修 订 版

向延安

海飞 著

花城出版社

中国·广州

图书在版编目（CIP）数据

向延安 / 海飞著. -- 修订版. -- 广州：花城出版社，2022.10
ISBN 978-7-5360-9462-8

Ⅰ. ①向… Ⅱ. ①海… Ⅲ. ①长篇小说－中国－当代 Ⅳ. ①I247.5

中国版本图书馆CIP数据核字(2022)第176142号

出 版 人：张 懿
责任编辑：夏显夫
特约编辑：李广媛
技术编辑：凌春梅
封面设计：仙僖 WONDERLAND Book design

书　　名	向延安 XIANG YAN'AN
出版发行	花城出版社 （广州市环市东路水荫路11号）
经　　销	全国新华书店
印　　刷	佛山市浩文彩色印刷有限公司 （广东省佛山市南海区狮山科技工业园A区）
开　　本	787毫米×1092毫米　16开
印　　张	19.25　1插页
字　　数	260,000字
版　　次	2022年10月第1版　2022年10月第1次印刷
定　　价	59.80元

如发现印装质量问题，请直接与印刷厂联系调换。
购书热线：020－37604658　37602954
花城出版社网站：http://www.fcph.com.cn

引　子……………… 001	第十章……………… 065
开　始……………… 002	第十一章…………… 069
第一章……………… 003	第十二章…………… 076
第二章……………… 012	第十三章…………… 078
第三章……………… 021	第十四章…………… 084
第四章……………… 029	第十五章…………… 091
第五章……………… 035	第十六章…………… 097
第六章……………… 043	第十七章…………… 104
第七章……………… 047	第十八章…………… 109
第八章……………… 054	第十九章…………… 119
第九章……………… 059	第二十章…………… 129

第二十一章…… 137	第三十四章…… 234
第二十二章…… 143	第三十五章…… 240
第二十三章…… 150	第三十六章…… 254
第二十四章…… 160	第三十七章…… 262
第二十五章…… 171	第三十八章…… 273
第二十六章…… 180	第三十九章…… 281
第二十七章…… 186	第四十章…… 283
第二十八章…… 192	第四十一章…… 290
第二十九章…… 195	后来…… 296
第三十章…… 205	再后来…… 298
第三十一章…… 218	结束…… 300
第三十二章…… 224	上海啊上海 关于《向延安》
第三十三章…… 228	答记者问 …… 301

引子

　　多年以后，当我无数次从长夜中醒来，我将久久不能入睡。特别是那些落雨的夜晚，我都会披衣下床，坐在简陋的书桌前，面对着窗外的风雨，一坐就是几个钟头。在漫长无边的夜色里，在雨声单调而静谧的声音中，我长时间的在往事里沉醉，徘徊，无法自拔。这不可收拾的心情，让我觉得黑夜是少数人最不安宁的时光。

　　有许多辰光，我的眼前会浮现出一座城市的轮廓。我晓得的，那个年代已经像一张《申报》一样陈旧，发黄变脆，而我的一生也即将走完。现在是1986年3月22号，自鸣钟已经从容地敲了三下。

　　再过片刻，怀德路上的洒水车必定会响起叮叮咚咚的声音，黎明来临以前，我想起了乔治·向，他总喜欢出现在三楼水泥洋房的屋顶……

开始

  乔治·向站在三楼水泥洋房的屋顶，穿着一件青灰长衫，长衫外面套着一件皱巴巴的格子西装。他用饶神父卖给他的德国产长筒望远镜专注地望着上海铅灰色的天空。远处滚动着沉闷的雷声，他预感到一场雷阵雨就要来临。

  风吹起了他的衣衫和头发，让他觉得自己像一页纸，或者一只风筝，随时都有被风吹走的危险。那支长筒的德国望远镜最远可以看到远处沙逊大厦的屋顶，那个屋顶上一定镀着一道湿答答的夕阳。乔治·向这样想着的时候，他的小儿子向金喜正在厨房里专注地剁着肉泥。这天是乔治·向的五十五岁生日，饶神父一定在赶来的路上，老友罗列和他的女儿罗家英一定在赶来的路上，外甥武三春一定带着新婚不久的妻子袁春梅在赶来的路上……乔治·向一点也没有想到，死神也在赶来的路上。

  这是1937年的上海。8月。一座城即将陷入死亡的阴影。

第一章

1

那天向伯贤就站在小洋房屋顶的风中,挺着一个大肚子,手持长筒望远镜极目四望。他十分喜欢这个平坦的屋顶,喜欢站在屋顶上,大声地用上海口音的普通话朗诵古诗词,比如,"君不见黄河之水天上来,奔流到海不复回"……二楼的某间屋子里,他的女儿向金美正在用墨水钢笔给报馆写稿。楼下天井左边的小厢房就是厨房。厨房里此起彼伏地翻滚与升腾着阵阵热气。金喜用两把菜刀同时在砧板上剁肉泥,他的双手像两只蝴蝶一样上下翻飞。金喜身边的一些帮工正在洗菜、切菜、刷碗,或者给炉子加煤。金喜既是向伯贤的小儿子,也是生日晚餐的大厨。从一年前的夏天开始,金喜就像得了一场神经病一样,疯狂地爱上了在厨房里掌勺。之前向伯贤曾经骂过他"十三点",但是饶神父说这是一种理想。饶神父送给向伯贤一个洋名,叫"乔治·向"。乔治·向也像一个"十三点"一样,固执、热烈,并且疯狂地爱上了西洋玩意:他吃饭的时候不用筷子,他用刀子和叉子。

金喜面前砧板上的肉泥已经如镜面般细腻平静,他想把这堆肉泥做成红烧狮子头。这时候,屋顶上的向伯贤正朗诵到"五花马,千金裘，呼儿将出换美酒"……一颗流弹随心所欲地向他飞来，仿佛后背被人推了一把似的，向伯贤从屋顶滚落，像一棵晒瘪的白菜一样重重地跌倒在隔壁人家的天井里。向金美的尖叫声随即响了起来，那时候她刚好往钢笔里灌注墨水，她本来是想让双眼休息一下的，但是她看到一团黑影从天而降，然后是沉闷的落地声。向金美握着手中的钢笔就往楼下冲，她尖叫的声音如同突然碎裂的窗玻璃哗啦啦地落地。从厨房奔出几位帮工和下人，他们先是被向小姐的喊声吓了一跳，然后一起向隔壁的天井奔去。

只有金喜是从容的。金喜不知道发生了什么事，他又看了那堆肉泥一眼，麻利地将两把菜刀砍入砧板。其实他不知道就在他奋力剁肉的时候，那沉闷的雷声是日本人的炮阵在长江上发威。在这样有力度的充满金属质感的炮声中，金喜一点也没有预感到他的生命已经如羽毛一般的很轻了。他只是在向金美尖叫声的尾音中，晃荡着走出厨房，然后踱出院门，他在隔壁家的天井里看到了一堆围着的人，其中就有他的姐姐向金美。金美手中握着的钢笔正滴着墨水，很快就把父亲长衫外面的西装弄得一片污黑。

金喜推开了众人，然后抱起气息奄奄的父亲向伯贤。隔壁家租房住的一家三口就站在屋檐下静静地看着天井里突然多出来的这些人。他们是日本人，男的叫秋田一郎，女的叫美枝子，小女孩叫秋田幸子。据说他们是来上海做生意的日商，在这儿已经租房住了三年。他们乐此不疲地把日本的清酒运来，又把中国绍兴的黄酒运回日本。他们都没有上前，表情呆板得像当时畅销沪上的《良友》杂志里的一张木刻插画。不过秋田仍然十分清晰地看到向伯贤的嘴里翻滚出一大片黏稠的血泡，发出咕咕咕的鸽子叫般奇怪的声音，然后从他的嘴里迸出了两个音节：金——山。

金喜抱起向伯贤就往家里跑。天井里的人都蜂拥着跟了出去，如同一群麻雀突然降临此地又突然飞去。向伯贤在金喜的怀里像个孩子一般蜷缩着，这位曾经贪玩而又面容威严的一家之长在此刻显得无

| 第一章 |

比弱小和无助。"金山",他奄奄一息地说"金山",他说"金山,金山,金山啊"。事实上向伯贤已经不会再说完整的话了,反复地说着"金山"是因为他预感到自己将看不见大儿子金山了。他突然觉得欠下了被自己扫地出门的大儿子很多。然后他的脑袋瓜就软软地垂下来,像秋天吊在藤上老去的丝瓜一样。

金喜一言不发地抱着向伯贤冲出秋田家天井的大门。秋田和夫人美枝子及八岁的女儿幸子仍然站在屋檐下。刚才发生的一切太突然了,他们还来不及回过神来。秋田侧耳又听了一会儿隐隐传来的炮声,他有些腼腆地笑了,蹲下身用白净温厚的手摸着幸子的头发说,幸子,你就要搬家了,你要换一个地方住。

这就是著名的淞沪会战的前奏,向伯贤——向老爷成为这场战争所开的一个小小的玩笑。他被小儿子金喜发疯一般地抱回家没多久就断了气,死在了金喜的怀里。只有带血的德国产"海哲"牌长筒望远镜被他紧紧地握在手中。

然后黄昏就降临了。炮声越来越密集,如连绵的滚雷。

2

当向伯贤的二儿子金水开亮屋檐下的路灯的时候,饶神父已经来了。他白净而肥胖的手中拎着一只蛋糕,像一个不知所措的孩子。饶神父脑门上的头发有大半秃去了,但是两腮和下巴长了一圈络腮胡子,总是让金喜认为这些胡子长错了地方。饶神父是骑着一辆德国新出产的脚踏车来的,本来他想把脚踏车卖给向伯贤赚些外快,这也是他来参加生日晚餐的目的之一。现在他不这么想了,他突然觉得他在这个悲伤的日脚里,应该遵循上海的风俗,为死去的老朋友守灵。

向伯贤这个有着外国名字的半老头子就躺在天井一块冰凉的门板上,两手交叠在胸,很安详的样子。出现在向家的主要有三拨人:武三春带着妻子袁春梅已经来了;金喜的同学程浩男、小崔、黄胖、陆雅芳、李大胆、邬小漫、罗家英也来了；罗家英的父亲罗列也来了。他们一下子无法适应这突如其来的变化，一个要过生日的人突然死了。他们呆呆地围着向伯贤的遗体不知道该说些什么，或者做些什么。

向金美是个话很多的女人，她不停地向大家复述着她是怎么样看到一团黑影从房顶往下掉的。她同父异母的弟弟金喜就躺在屋檐下的一把藤躺椅里，他的目光主要栖息在罗家英的身上。罗家英穿着黑裙白衣和一双平底的黑皮鞋，紧挽着父亲罗列的手，抿着嘴巴一言不发。往常罗家英一直都会隔三岔五地陪父亲罗列来看老朋友向伯贤，每年至少有十次以上吧。向伯贤老是开玩笑说，你一定要嫁到我们向家来当儿媳妇，这样的话我可以把我的西洋宝贝全传给你。

罗家英喜欢向伯贤这样的老头当公公，但是喜不喜欢让金喜当自己的老公，她有点儿拿捏不准。在她的眼里，所有华光无线电学校的同学都个性鲜明，只有金喜总是让人捉摸不透。现在她不再去想这些，她只是看着向伯贤胸口冒出的血，像一朵鲜艳的怒放的梅花。

3

一个漫长的守灵的夜晚开始了，金水和金喜跪在向伯贤的面前一言不发。许多时候，金喜的目光会落在表嫂袁春梅身上。袁春梅这次来穿的是一件绣着红色牡丹的旗袍，大片的红色像血一样艳丽，但是她的脚上套着一双绿色镶黄边的缎面鞋，色彩十分乡土。金喜的目光越过向伯贤肥胖的身体，长久地落在袁春梅的身上。他突然觉得袁春梅和武三春是不般配的。

同学们围着向金美热烈地讨论着，他们在说延安，他们把延安说成了一个热切的词汇。这让金喜有些不舒服，他认为自己的父亲刚刚去世，同学们怎么可以得意忘形，或者说喜形于色？

8月夜间的天气并不闷热，偶尔有几丝风经过金喜的身边。昏黄

第一章

的灯光下，金喜觉得每个人脸上都仿佛涂了一层阴森的绿油油的颜色，这样的场景显得缥缈而不真实。姐夫国良一直没有回来，这让说话过度而很快变得无话可说的向金美隐隐感到不安。她不时地抬起手腕看表，那是一块国良在某个结婚纪念日送给她的表。但是就算她看一千次的表，也没有办法把国良给看回来。

午夜来临的时候，金喜起身去了厨房。他的胃泛起了一阵阵的酸水，他想那一定是肚子饿了的原因，所以他飞快地在厨房里炒了几个小菜，让人端到天井里给大家填肚皮。他炒了茭白肉片、西红柿炒蛋，还有一碗酱爆螺蛳和一盘大蒜炒猪肝。那淡淡的菜香就荡漾在8月上海的夜晚。同学们的肚皮大约也饿了，所以他们频频举筷，吸螺蛳的声音此起彼伏地响着。武三春和袁春梅却吃得极少，仿佛藏着一大堆心事。武三春的样子看上去很乖巧，双手搭在膝盖上，拘谨得像没有见过世面的乡下人。金喜望着安静的袁春梅，她坐着的时候，身子微微侧了过来，两条腿斜着交叠，像《良友》杂志上的电话间美女。

金喜从向伯贤的柜子里弄来一坛花雕酒，这让饶神父很兴奋，不停地用中文叫着，酒，酒酒酒。在天亮以前，金喜一直都陪饶神父喝花雕，喝到最后两个人都有些醉了，因为大家都看到他们开始比赛翻跟斗。以前金喜和饶神父这个老顽童在一起的时候，饶神父就经常教金喜翻跟斗。这次比赛的结果是两个人由于不胜酒力，都重重地摔倒在地上，像两坨被冰冻过的烂泥突然落地一样，发出一声脆响。

二哥金水无声地走过来，脱下自己的衣服替地上的金喜盖上。和金美刚好相反，他是一个不太爱说话的人。在他供职的整个威利德洋行，他属于最不善言谈的人。很多同事都欺侮他，但是后来没有人欺侮他了，因为有一天，他突然出拳把骂他像猪一样笨的主任给狠揍了一顿。没有人知道金水个子并不高大，但为什么出拳那么有力。最后金水腾空而起，飞起一脚将主任踢翻在地。然后金水等待洋行的老板把自己开除，但老板什么也没有说。没过几天，鼻青脸肿的主任却接

向延安

到通知，让他离开威利德洋行。

事实上最关心金喜的是二哥金水，最直接，也是最重要的原因是他和金喜是同父同母，而大哥金山、二姐金美是向伯贤的大老婆生的。尽管四个人都流着差不多基因的血，但金水还是认为这是不一样的。向伯贤在娶第三个老婆以前，大老婆和二老婆已经相继去世了。她们好像并没有享到向伯贤给她们带来的福气，反而倒是勤勉地给向家生下了四个孩子。

金水把衣服盖在金喜身上以后就离开了。大家都看到他进了房间，但是不知道他在干什么。事实上他是在呜咽，他本来是要守灵的，但他觉得他有必要流一场眼泪。他不希望别人看到他流眼泪，所以他躲了起来，把脸深埋在父亲床上的薄棉被中，发出低沉的呜咽声。

罗家英去扶醉倒在地上的金喜，她拍着金喜的脸说，地上不是睡人的，床上才是。可是金喜翻了一个身说，地才是最大的床呢。同学们都面面相觑。罗列笑了，罗列说，你去扶他干什么，他是个男人，男人睡地上没有关系。

可是要得病的呀。罗家英显然有些着急，她说，爸，你是怎么说话的呀？

罗列耸耸肩，不再说什么。他又掏出一支雪茄，用未吸完的雪茄点燃了这支新雪茄。在他的眼里，已经把金喜看成了半个女婿。他和已亡人向伯贤在平日闲聊的时候，早就十分随意地把罗家英和向金喜看成理所当然的一对。

这个漫长的夜晚，金喜实际上是被泪水浸泡的。他躺在地上觉得整个眼眶都要被泪水胀裂了。金喜的同学程浩男仍然和向金美在谈论延安，他们一致认为延安是个阳光明媚的地方。我们要到延安去，程浩男说这话的时候右手用力挥了一下，一定要去！同学们都把头紧紧地凑在一起，他们在这个漫长的夜晚仿佛都已经下了最后的决心：去延安！

第一章

罗列一直在向伯贤的身边坐着。在雪茄袅袅的烟雾中他在回忆当年他和向伯贤相交的过程。当初向伯贤开了一家很小的药铺，罗列是报馆里一名最小的记者。好多年过去了，向伯贤开出了本草大药房，而罗列离开报馆成为沪上一位著名的专栏作家。每天都有报馆的人等在他家的门口，等着他急就的文章赶往报馆排版付印。罗列听到了女儿罗家英的同学们在高声地谈论着延安，他对延安没有什么兴趣，对党国也没有寄予什么厚望。有时候他的心里装满悲凉和悲观，他觉得这样的局势让他看不到方向。

金喜终于在晨曦微露的时候从地上站了起来，他看到饶神父已经不见了，显然他被人扛回了屋里，扔在了向伯贤曾经睡过的床上。金喜走到罗家英的身边，他看到只有程浩男和罗家英完全没有睡意，兴奋地和向金美一起讨论着去延安的路线。黄胖已经趴在桌上睡着了，邬小漫和李大胆、小崔、陆雅芳都打起了哈欠。金喜抬起头的时候，看到了天幕中那颗亮闪闪的启明星。隐约的炮声仍然在隆隆地传来，金喜突然想，不管上海滩是不是变成一片火海，每天的启明星都会是同一种模样。他脱下了身上的一件外套披在罗家英身上，罗家英没有拒绝，回转身温柔地说，你别受凉，这几天你会累的。

金喜被她的温柔打动。金喜说，日本人就要打进来了，你觉得受不受凉还重要吗？

罗家英的目光灼热：当然重要，因为我们要去延安。去延安就必须有好身板，没有好身板，怎么报仇。你没想过替向伯伯报仇吗？

邬小漫等人像是清醒过来似的，都七嘴八舌说了起来，你没想过要报仇吗？程浩男更是咄咄逼人：金喜，如果你没想过要报仇，你简直就不是一个中国人。

金喜回头看了安详的向伯贤一眼，说，报仇有那么容易吗？

这话显然激怒了程浩男和同学们，就连罗家英的眼神里也露出失望的神色，她轻微地摇了一下头，但是什么话也没有说。

程浩男冷笑着差不多将脸贴在了金喜的脸上，金喜能闻到程浩男喷出的难闻的鼻息。程浩男说，软骨头，这个仇如果你不想报，我们来替你报。

黄胖挥挥他的胖拳头说，我们要上前线，我们要去杀敌，我们来替你这个混蛋报仇。

小崔的手指头差点戳到了金喜的脸上。小崔说，金喜，刚才你说出来的是人话吗？你活得没有尊严，你连一条狗都不如。向金喜突然愤怒了，他一把抓住了小崔的手腕将他的手扭了过来，然后往前一送，小崔就跌倒在地上。金喜的一只脚迅速地凌空，重重地踩踏在小崔的身上。他喷着酒气的脸向下逼视着，他说，小崔，你给我听好了，你是不是活得不耐烦了？你是不是想寻死了？我告诉你们，谁要是再把手指头伸到我的面前，我把他的手剁下来。

罗列站了起来。他走到向金喜的身边，一双不大的眼睛透过镜片逼视着金喜，金喜才把脚收了回来。罗列说，向金喜，你也给我听好了，把你的这点儿劲用在对付日本人身上去。

众人都响应起来，向金美也响应起来，他们开始低声哼一首叫作《旗正飘飘》的抗日歌曲。金喜的手无声地猛挥了一下，又挥了一下，他的脚步是踉跄的，显然他的酒气还没有消散。就在他一下一下挥手的时候，国良出现在门口。

国良是金喜的姐夫，也是向金美的丈夫。国良看上去一宿没有睡，他发现天井里的一块门板上直挺挺地躺着岳父大人。国良好像没有觉得一丝奇怪，仿佛岳父之死是正常的。看上去他异常的疲惫，但他还是在向伯贤的面前跪了下来。

向金美说，你怎么到现在才回来，外面很乱你知不知道。

国良说，外面不乱我就不出去了。

向金美说，你这话是什么意思？

国良说，我没什么意思，别吵了，让我专心地给岳父磕个头。

国良就很认真地磕起了头，一边磕一边眼泪就流了下来。众人都看着他磕头的样子，罗列却在一边紧盯着他。罗列说，你知道你岳父

| 第一章 |

已经死了?

国良摇摇头说,我不知道。我出去的时候,岳父在摆弄一只长筒望远镜。我以为他想看到多远,没想到他看到的全是黑夜。

众人都没有再说什么,天已经完全大亮了。金喜慢慢地在一张椅子上坐了下来,罗家英踱到了他的身边说,你要谢谢同学们。

金喜迅速地站起来,将腰略略地弯了弯说,谢谢同学们。

这时候,金喜顺着俯视的目光看到了袁春梅脚上的缎面鞋,以及袁春梅修长的有着良好弧度的脚。那合身的旗袍上,大朵的红牡丹让人触目惊心。袁春梅很不习惯金喜的目光,她扭动了一下身子把头别转过去,在金喜眼前呈现了半个背影。这时候她突然觉得天气仿佛有些凉,她不由自主地用双臂抱紧了自己的身子。炮声似乎又响了起来,这让她的身体有了轻微的震颤。看上去战争很远,实际上已经近到鼻子面前了。

第二章

1

同学们在清晨的时候离开了向家,金喜的酒已经完全醒了,他红着一双眼把大家送到了家门口。不远的苏州河上一片寂静,已经看不到船只的身影了。金喜对罗家英说,家英,你也走吗?家英笑了,家英说,是的,我帮不上忙,我是要添乱的。爸爸也让我走。

是罗列让她走的,金喜就不再做挽留。本来他是希望罗家英就留在自己的身边,看到罗家英的身影金喜的内心会安定许多。同学们走了以后,金喜就傻愣愣地站在空无一人的屋前,他突然觉得人在这个世界其实是很孤单的。

金喜在家门口站了很久。邻居秋田带着妻子美枝子和女儿幸子打开了门,他们决定搬离苏州河畔这块地方。秋田叫了一辆汽车,这不是一辆搬场的汽车,而是一辆黑色的小轿车。一名日本男人打开车门,躬着腰在车门边迎候着秋田。在上车以前,秋田走到金喜的身边拍拍金喜的肩。他说了一句日本话,他明明能说许多的中国话,但是他偏偏说了一句日本话,让金喜不明白他说了什么。但是从他的眼神和语气来看,大概他是说了诸如"节哀"之类的话,所以金喜重重地将头往下一点,大声地发出了一个属于日本的音节:哈依。

| 第二章 |

美枝子笑了。她什么也没有说，牵着幸子的手上了车。倒是幸子舍不得金喜，她一只手握着一只洋娃娃，另一只手不时地向金喜轻挥着。秋田也上了车，车子很快就消失了。现在门口又只剩下金喜一个人，这让他略略有了失落感。金喜就这样想，我本来就是一个人的。

好久以后，金喜对着黑色小汽车远去的方向突然大吼了一声：娘的，幸子，你一定要给叔叔保重。在金喜的吼声中，院门打开，武三春带着袁春梅离开了向家。武三春的老家在高邮，到上海混日脚以后和向家往来并不多。他在长乐路茂名路口开了一家"老苏州"旗袍行，一边当裁缝，一边雇了几个人自己当起老板。金喜不知道武三春是怎么变成裁缝的，在他的记忆中，武三春从来就没有学过裁缝。武三春四下张望着，你看，你看，都没有人了。武三春急促地说着，他拉起袁春梅快速地向前走去。袁春梅小跑的样子有些夸张，金喜想，真像一只小鹿。

金喜仍然愣愣地站着，枪炮声仿佛越来越近了。他的嗓子眼有些痒，他本来想在这空无一人的地段说一句什么的，但当他看到二哥金水站在门口用阴沉的目光看着他时，就什么也不想说了。

2

丧礼很简单。到处都是噼啪的枪声，你想要复杂也复杂不到哪儿去。金水、金喜、金美和国良请来了几名工人，把父亲弄到了西郊，找了一块地草草地安葬了。在那口并不考究的棺材里，金喜把望远镜放进去又拿了出来。金喜趴在棺材板上对向伯贤说，乔治·向，你那边黑咕隆咚的，有了这个望远镜也不能看到什么，还是我替你保管吧。等到有一天我来找你了，再把望远镜还给你。

自此，望远镜就留在了金喜的身边。在向伯贤的床下，金喜发现了一只上了桐油的藤箱，藤箱里全是新奇的西洋玩意儿，甚至有一只德国产的莱卡照相机。令金喜兴奋的是，在这些玩意儿里面竟然躺着一支"点四五"口径的勃朗宁。这是一种大口径的杀伤力极强的武器。等到金喜发现这支勃朗宁只有一颗锈迹斑斑的子弹时，一下子就泄气了。他本来想要拿这支枪防身的，他甚至幻想这支枪或许能杀死几个日本人。

炮声仍然隆隆地传来，金喜对这种单调的声音已经习以为常。他无数次爬上自己家的屋顶，用长筒望远镜望着远处。他好像是在向日本人的流弹挑战，如果又有一颗流弹袭击，他希望自己也像父亲一样中弹后从屋顶一头栽倒在地上。

其实金喜想要用望远镜望到的，是罗家英坐着黄包车到他家来的情景。但是罗家英根本没有在望远镜里出现，而那一团团的火光和浓黑的烟，倒确实盘旋在金喜镜头中的天空里，摇摆成水草的味道。

3

金水突然变得无比空闲，所以他爱上了和金喜一起喝酒。一场战争让两兄弟有了更多的时间在一起，偶尔地，向金美也会倒上酒加入到他们的行列中。其实国良也喝酒，但是他喝的是洋酒，他一直都喜欢把一种叫"杰克丹尼"的洋酒装在一只不锈钢酒壶里带在身边，随时可以拧开壶盖美美地喝上一口。

在这样的时候，金喜的厨艺发挥了巨大的作用，他乐此不疲地炒着小菜。六大埭的菜市场差不多已经瘫痪，只有很小一会儿时间才有人在那儿交易。但是金喜不知道从哪儿弄来了许多的肉食和蔬菜。他是天生的适合办伙房开食堂的厨师。

事实上不光是菜场，大街上有好多店铺也都已经关门，国军部队在高楼和大街上修筑工事，所有的老百姓都已经避开。其实他们已经无处可避，瓦片、薄墙与门板根本不可能挡得住飞机的轰炸。有一次金喜站在屋顶上，模仿向伯贤的姿势望着天空，天空中灰色的铅云深处果然出现了无数架蝗虫一般的战机，它们发出呜咽一样难听的声音

第二章

向霞飞路一带飞去。然后阵阵爆炸声响了起来,金喜就狠狠地闭上了眼睛,他总是想象着在爆炸声中必定有一些胳膊、脑袋或者肠子会在弹片的裹挟下飞起来。

金喜终于在一个午后和金水一起去了本草堂大药房。本草堂就在已经显得有些残破的福州路上。那是向伯贤维持向家生计的产业。福州路上妓院、烟寮、书场、酒楼、商店一间挨着一间,是做生意的好地方。当金喜和金水挤进半开的排门时,金喜看到了瘦弱的账房梅先生。梅先生穿着长衫,尽管瘦弱却精气十足。他的手里拿着一面算盘,他将算盘举手一甩,算盘珠子就发出一排脆响。梅先生说,二少爷、三少爷,我该把这店交还给你们了。

金水脸上堆满了笑容。金水说,梅先生,您要是走了,就等于是杀光了我们向家的人,走的时候还烧光了向家的房子。

梅先生说,山河破碎风飘絮,身世浮沉雨打萍。我这半条像稻草一样的命还会有啥花头?

梅先生是一个热爱古诗词的中年人,他是向伯贤聘来管理药房的。金水说的一点也没有错,如果他走了,等于是把向家的营生给断了。金水沏了一壶茶,让梅先生和金喜坐下来。金水的意思是希望金喜能跟着梅先生学做生意,然后慢慢学会料理药房的一切事务以后,再放梅先生回家。

金水说,反正你们学校停课了,不在药房学生意,你还想干什么?

望着一格一格仿佛藏着无穷秘密的药屉,向金喜答应了。他突然觉得自己如果不做些什么,那简直就是在等死,等日本人把子弹射进他的身体,然后他会像一条死狗一样被日本兵捅上几刺刀扔进一条臭水沟里。他觉得学做生意也许是一件不错的事。他突然想到了罗家英,如果想要和罗家英过普通的日脚,不做生意怎么行?

金水走的时候,在梅先生的手心里塞着钞票。梅先生推脱着,但是很明显,他推脱的力度并不是很大。金水说,都不容易,都不容易。梅先生这才像是被金水的诚意打动了似的，收下了那些钞票。

金水头也不回地走了。药房有人管了，那么他可以安心地待在家里了。他什么也不想做，他喜欢攀登，从前跟几个日侨俱乐部的人一起徒手攀爬过沙逊大厦。他是用最短的时间内爬得最高的人。但是现在那些日侨成了敌人，他不愿意再和敌人在一起玩。现在他大步流星地走上了回家的路，金喜的声音跟了上来。金喜说，喂，如果爹"五七"的时候金山还没有回来，那么他就别想再进咱们向家的门！

金水头也不回地说，有道理。

一周以后，金喜出现在威利德洋行的门口。门房把金水叫了出来，金水就在门房间里和金喜碰头。金喜什么话也没有说，但是金水已经知道是怎么回事。金水和金喜二十来年的兄弟，他当然就像是金喜肚皮里的蛔虫一样。金水说，才七天。

可是对我来说，至少七年了。金喜说，我想当的是大厨，人可以不吃药，但肯定不能不吃饭。

金水没有强求金喜。金水后来在门房消失了，他不愿意再和金喜浪费时间。他发现金喜不是省油的灯，别看他不太说话，说出来的话句句都能把你逼到墙角。金水头也不回地走了，他丢下了一句话：随便你。

金喜笑了，随便就随便。

4

向伯贤的"五七"是一个不安、冷清而寂寞的"五七"。"五七"那天只来了饶神父和罗列，以及罗列的女儿罗家英。金喜故意把大门开着，他们集体在向伯贤的遗像前焚香跪拜。一直到半夜屋角那口台式的自鸣钟敲响了十二下以后，仍然没有看到大哥金山的身影。

金喜盯着墙上向伯贤的遗像说，乔治·向，你别再指望着你的大

第二章

儿子回来看你了。

这次给向伯贤做"五七",饶神父又做成了一笔生意:他把他的脚踏车卖给了金喜。这遭到了二哥金水和姐姐金美的反对,但是金喜打定了主意,把自己积攒的钞票全部拿了出来。金喜把大洋扔在桌子上时对金水和金美说,这脚踏车是送给家英的,你们管不着。

饶神父在桌面上拿起其中一枚大洋,弹了一下然后放在耳边听。他听到了大洋欢叫的声音,脸上露出了满意的笑容。罗家英望着那辆脚踏车,她笑了一下,走上前仔细地研究着脚踏车的零部件,好久以后她仍然半蹲着抬起头对向金喜说,我对这东西不感兴趣,我不要,我怕我会迷路。

向金喜不再说什么。他在想:还迷什么路啊?这到处都是子弹在飞,你还能上街迷路?

5

1937年的上海之夏,一直都沉浸在炮火中。一直到秋天,战争仍然没有结束,这一仗把日本人也打得十分的疲惫。国军最后扔下了一个团,那就是著名的88师524团。士兵们在副团长谢晋元带领下坚守着四行仓库。当他们的旗帜被打烂的时候,一名杨姓少女泅过苏州河为他们送来了青天白日旗。所有诸如此类慷慨激昂的事件仍然通过报纸在向市民传达着战乱的信息,民众并没有真正地躲在家里,他们开始自发为坚守四行仓库的谢晋元部八百壮士运送物资。

程浩男的脸一直是浮肿的,他头发愤怒地竖了起来,眼睛红肿,嘴唇干裂。他和华光无线电学校的同学们一起组成了青年志愿队,日夜为守军运送着民众捐献的物资。程浩男的声音异常洪亮,实际上他是能拉一手小提琴的,但是他的小提琴已经在宿舍的墙上积满灰尘。他挥舞着拳头大声地说,即便我们成仁,我们的生命又算得了什么?我们要挽救整个的民族,我们要和谢团长的八百壮士共存亡。

向延安

在他嘶喊的声音里，同学们一次次举起了拳头，高声地大喊，还我河山！还我河山！

程浩男和同学们一直在枪弹里钻着。有一些同学受伤，或者牺牲了，而程浩男的名字却在八百壮士中越来越响亮。国军士兵兄弟都知道了一名优秀的学生，正以超强的能力组织大家运送物资。

就在战争进行得如火如荼，学生们走上街头呐喊的时候，金喜却躲在厨房里研究一式新菜。这令向金美很不满意，甚至可以说是气愤。她对着金喜刚刚拼起来的一式叫作"丹凤朝阳"的冷盘不屑地说，你把一只三黄鸡的鸡头拼成这样，就叫丹凤朝阳？

金美拎着金喜的耳朵，把他从厨房拎到了天井。金美说，你能不能像家英一样，心里稍微装一点点的民族尊严。

金喜愤怒了，说，你放开我。

金美没有松开手，继续用姐姐的口吻教训着金喜，你明明长成了一个男人，男人该有的你身上一样不少，可你怎么一点也不像个男人？

金喜更愤怒了，他猛地甩脱了金美吼了起来，我不用你管的，你要管去管好你们家国良，我不是国良，我是向金喜。

金喜吼得太响，他整个人因此而颤抖。他的话令金美目瞪口呆，也让那天刚好在向家的罗家英有些失望。罗家英就是这时候离开向家的，程浩男他们的一个演讲活动在等着她。她没想过要去改变一下金喜，但是显而易见的，金喜好像已经和她不是一路人了。罗家英走到院门边的时候回过头来说，金喜，金美姐姐说的话没有错，你要是像个男人该有多好。

只有国良是站在金喜一边的。国良刚刚从外面匆匆地进来，他的手里仍然捏着不锈钢小酒壶。国良旋开壶盖喝了一口酒，咂巴着嘴说，我觉得金喜这样挺好的。向金美忍无可忍地和国良争吵起来。和罗列一样，向金美一直都在给报馆写稿，最近写得更为疯狂。向金美脑子里的词汇多，口才好，很快就把国良骂得哑口无言。金美说，你以为你是谁？你神出鬼没的，我都怀疑我嫁了一只鬼。

国良当然不是一只鬼。但是国良大概是忙的，所以他回家的时候总是很少。国良没有和她争辩，而是在一张椅子上坐了下来专心地喝起了酒。金喜笑了，他觉得国良有一股读书人的味道，这是一种十分好的味道，至少金喜是喜欢的。向金美仍然在数落着国良，国良不再说什么，他保持着微笑，大概是为了证明自己是绅士的。

金喜后来在腰间插了"点四五"的勃朗宁手枪上街了，他还带上了莱卡相机。他无所事事地游荡，就像一张飘荡着的画。他只是觉得他必须去街上走一走了。离开家里以前，他看到国良脖子上的金锁片一闪一闪。金喜知道那是国良为儿子准备的，可是向金美一直没能怀上孩子，所以国良就必须一直戴着小孩子挂的金锁片。金喜一点也不觉得国良的举动滑稽，反而觉得国良和向金美走到一起，是一个不大不小的错误。

6

空气中弥漫着焦煳的味道和炸药的气息，除此之外就一定是血腥味了。天空不再高远，云层压得很低，让人有喘不过气来的感觉。一声声的充满金属感的脆响，让金喜懂得这一定是重机枪或者高射机枪在进行射击。这让金喜的血液流动加快了许多，他在大街上奔跑起来，仿佛有了勃朗宁，他的浑身都充满了胆气与豪情似的。他看到一些黑衣服警察神情憔悴地和国际红十字会的洋鬼子一起，在沙滩上指挥着一批拥入难民区的人群。

那是法租界和华界交界的民国路上，一扇黑色的铁门将法租界和华界冰冷地隔开了，门边站立着全副武装戴着钢盔的法国军人。铁栅门北面空无一人，显得冷清而辽阔。而铁栅门南面却挤满了难民，他们发出的混浊不清的声音中夹杂着几句哀号，这里面当然有被炮火伤手伤脚等待死亡的人群。他们渴望着进入租界，但是通往租界之路尽

向延安

管只有一步之遥，要迈出这一步却十分的艰难。金喜按动了快门，他其实不懂照相技术，但是他还是固执地以为，他所选的角度和所拍的照片，一定是不会差到哪儿去的。

金喜的身影频频越过租界出现在战区。硝烟弥漫，火药的气息和残破的城市让他觉得他必须做一些什么。他的心终于安定下来了，甚至远离了心爱的灶披间。在很多年以后，金喜才意识到自己那时候原来一直是在排斥和逃避自己的家庭。那时候金喜在空无一人的大街上跑，在各类屋顶上跑，在一些被炸弹炸毁的满是瓦砾的断墙残垣上跑，不经意间他会被绊倒在一个正在腐烂的或者手脚不全的人身上。他已经不怕死人了，在他的眼里死人只是战争这卷大书中的一个标点符号。他就那样乐此不疲地不停奔跑着，双脚重重地落在大街或者瓦砾上，不停地流汗，又不停地拍下一张又一张充满硝烟的照片。

每个人的日脚都在瞬间改变了。金喜最后的结论是这样的，我们没有力量改变一切，那就只能让一切来改变我们。

第三章

1

金喜去了圣彼得堂。在他去圣彼得堂的路上，总是能突然听到一两声单薄而坚硬的枪声。他在想象着是某一个躲在暗处的人在向日本兵开枪。然后他在这夏秋之交的天气里，飞快地掠过街道，或者某片废墟。有一些行道树被炸弹掀起，横倒在路面上，像奄奄一息的瘪三。零星的行人像跳鸡一样跳过树干。他们呆滞的目光中，总会看到一个骑着脚踏车不停奔跑的人。他的胸前就晃荡着那只莱卡相机，很像钟摆的模样。

金喜很快抵达了教堂。教堂里的大厅、屋檐，甚至窗台、阁楼，到处都挤满密集的中国人。他们都是逃难的人，这些逃难者已经头发蓬乱，衣服脏得不成样子。他们的目光散乱，有时候会语无伦次，甚至有一些女人会突然爆发出尖叫。金喜知道战争很容易让一些在炮火中残存的人精神错乱，枪炮声也很容易使一些人的耳朵麻木。金喜显然是后者，他放慢了脚步，一步步地走向被人群围着的饶神父。饶神父消瘦了很多，仿佛他衣袍里裹着的不是一个人，而是一根瘦长的竹竿。风掀起了他稀疏灰白的头发，让金喜觉得有些微的悲凉。这个背井离乡的德国男人正用蹩脚的上海话给大家讲着笑话，他甚至突然一

向延安

个倒立，头朝下将双脚贴在了墙上。尽管他自己一直在放声大笑，但是这些难民没有笑，他们已经不会笑了。难民呆呆地望着他，像望着一只秋千架上高鼻梁的猴子。

金喜没有惊动饶神父。他在教堂内四处转悠着，很像一个游手好闲的参观者的样子。其实他对圣彼得堂很熟悉，他顺利地进入了伙房改成的粥房。一些人在熬粥，圣彼得堂必须熬大量的粥，蒸大量的馒头才能解决难民们的肚腹问题。所以在热气腾腾的氛围里，这些人在无声地劳作着。金喜缓缓地举起了莱卡相机，他的相机对准的是一个穿阴丹士林旗袍的女人。他按下了快门的时候，"阴丹士林"转过身来，后来出现在这张照片里的女人，是侧着身子的，上半身夸张地扭了过来。她就是袁春梅。

金喜没有想到袁春梅竟然会在难民营里。他没有去问她为什么武三春没有来，他突然觉得表哥不在的时候，他和袁春梅是平等的。他不再把她当成是表嫂，他只把她当成一个女人，或者是在粥房里为难民服务的教堂的义工。

袁春梅看上去动作麻利，她一定是平常干惯了家务活的。她开始指挥一些人升火蒸馒头，就在这时候，隐隐的炮声再次传来，这让金喜有了一个决定，他把相机挂在胸前然后卷起袖子，走到袁春梅身边说，让我熬粥吧。我熬的粥一定好喝。

金喜在圣彼得堂成为临时的教堂公职人员，他在粥里面竟然加了瘦肉，然后用半块铁板挡隔了大煤炉的火。他坚持粥是要用文火慢熬的，这让饶神父大为光火。他仿佛是从来都没有认识金喜似的，指着金喜的鼻子骂他是不学无术的少爷。饶神父的骂声中偶尔充斥着几个德语，金喜一动不动，像一根柱子一样站在面前任凭饶神父骂着。等到饶神父骂完了，金喜才说，饶神父，我明白了一件事。

你明白什么事了？你什么都不会明白。救人，救人不是看戏听音乐。饶神父仍然挥舞着他那瘦长如猿的手臂，动作激烈而夸张。

金喜说，我明白了，原来这个世界上任何国家的人，生气的样子

第三章

都差不多。

金喜的话让袁春梅低头笑了。饶神父发了一会儿呆，突然出手在金喜的头上拍了一记说，和你爹一样，是个呆子。

金喜在圣彼得堂住了下来。黑夜来临的时候他就蜷进一间小阁楼里，抱着他的相机入睡。他猜想他住的地方，应该是教堂的一间仓库。现在仓库里胡乱地扔了一床被子，就成了他的房间。狭小的空间让金喜蜷起了双腿，金喜觉得睡在阁楼里无比妥帖。好多天以后，他突然想起来他竟然把国良和金美、金水忘了，把罗家英、程浩男以及同学们都忘了。金喜突然忘记了租界以外还有世界。他把饶神父的一只无线电收音机借来，一个人偷偷地听着木盒子里的声音，除了战报，他听到了许多的歌曲。有一首叫《茉莉花》的歌，一下子就把他吸引住了。他把耳朵紧紧地贴在收音机上，想象一个女人边摘茉莉花边唱歌的情形。他想一定是在一片农田里，四周升起白茫茫的晨雾，一个穿土布碎花衣裳的乡村女孩，边唱歌边弯腰采摘茉莉花。农田不远，可能还有一条平静的河，河上会有轮船跑过的影子。

有一天他在粥房里对袁春梅说，你知道有一首歌叫《茉莉花》吗？

袁春梅说，《茉莉花》怎么了？

金喜说，收音机里天天都在唱。

袁春梅没有再理会他，斜了他一眼又开始清洗一只巨大的木桶。帮工们说那是用来淘米的，但是金喜一直认为，这或许是饶神父用来洗澡的，至少以前是。现在的饶神父已经脏得不成样子了，他的身上会散发出一种臭味，头发打成了结，头发中还经常会出现草屑。他的眼睛通常是红的，好像要随时准备吃人的样子。直到有一天，饶神父血肉模糊地被人从闸北的战区抬了回来，他的一条手臂像破棉絮一样支离破碎地挂在肩膀上。担架跌跌撞撞快速地抬进了教堂，金喜还拿着相机没有反应过来，饶神父却脸色苍白地笑了，他说，我不能再和你比赛翻跟斗了。

向延安

饶神父果然不能和金喜比赛翻跟斗了。这个可怕的外国老头的手臂被截去,说确切点这不是截去,而是把本来就差不多只带了点皮的手臂从肩膀上扯下来。饶神父不停地用上海话骂娘:赤佬,瘪三。他显然是在骂小日本鬼子。他一边哼哼着喊痛一边大声地叫着:赤那,赤那。

2

南市的居民十有八九都避入了租界。尽管租界的各种肤色的守军都用枪械在阻止大量难民的进入,但是像潮水一样的难民终于像海啸一般没有办法阻挡了,因为租界的另一个名字是安全地带。城隍庙、沉香阁、老天主堂都被难民们挤得水泄不通,在这样的地方,中国人至少可以睡安生觉。那些侥幸挤进租界的难民都会长长地呼一口气,他们完全不相信日本人的炸弹会袭击租界。

在圣彼得堂,几乎所有的难民都知道有一位敬业的大厨,他的胸前总是挂着一只照相机。看上去他已经二十挂零了,他起早摸黑地在粥房里忙碌着,胡子拉碴,红着一双眼睛为难民蒸馒头,熬粥。炮火中的时光其实也是很快的,隆隆的声音周而复始地滚动着,然后带出白天和黑夜,再白天和再黑夜。金喜已经忘了自己在圣彼得堂住了多少天,他只记得自己的指甲已经很长了,一直都没有剪。

袁春梅仍然每天都来。她好像是和武三春已经不搭界似的,反倒是和断了一只手臂的饶神父很融洽。饶神父一共哼哼了三天,那三天是他最难挨疼痛的三天。他总是觉得有一把锋利的针从远处扔过来,齐刷刷地扎在他的肩膀断臂处。金喜每天给他熬鱼汤,他听说喝鱼汤是长伤口的。但是让人百思不解的是,在炮火连天的岁月里,他去哪儿弄来的鱼?有一天夜里,当他湿淋淋地出现在饶神父面前时,饶神父的眼泪流了下来。

饶神父说,赤佬,你疯了,苏州河边都是日本人。

第三章

金喜说，我没有疯。我就是苏州河边长大的，我还能不知道苏州河去得去不得？

饶神父说，你大概是不想活了吧，你想跟你老子去了吧。

金喜说，胡说，我就想你快点好起来，可以救更多的难民。别以为我是为了你！

饶神父不说话了。静默了好久以后他又说，其实我骗了你爹很多钞票，我把那些西洋玩意儿都卖贵了。

金喜冷笑了一声说，我爹一直都知道，他说你个洋鬼子骗钞票不要命。不过他还说，送你一些钞票用用也没关系，毕竟兄弟一场。

饶神父的眼泪就又流了下来，他不再说话，他大概是开始想念一个叫乔治·向的人。

夜深人静的时候，教堂附近并没有多少行人，只有金喜晃荡着孤零零的身影在街上闲逛。他突然开始想念罗家英，罗家英的面容清丽而端庄，他喜欢她的两道眉，他觉得那两道眉有书法的味道。金喜开始自责，觉得自己冷落了罗家英。他想见罗家英的念头越来越强烈。

天空中突然一片白亮，炮声隆隆地传来，又一场战斗开始了。金喜知道他不能再走出租界，如果他胡乱地闯来闯去，说不定会闯到一片战场中。他看到过战场的模样，墙屋倒塌，街中心沙袋叠起的堡垒被炸弹掀翻了，歪把子机枪散在地上，还有几具血肉模糊的穿着破碎国军军服的尸体。在金喜的眼里，明明是繁华如锦的上海，已经变得满目疮痍，很像一个长满了恶疮的老人。

在不远处一片瓦砾之中，金喜借着微弱的光，看到一团毛茸茸的东西在一块砖头上轻微地颤动，很像一朵放大了的蒲公英。金喜走了过去，用双手捧起它，放在自己的掌心里。那是一只刚开眼不久的幼年的猫，它伸出小小的粉红的舌头在他掌心舔了一下，那毛喇喇的湿润感觉一下子打动了金喜。他觉得这只小猫就像是从天而降的他的孩子，于是他捧着这只猫满心雀跃地回到了圣彼得堂。

3

邬小漫像一只年轻的麻雀，越过1937年上海滩一道道的沟坎。那些炸弹掀起的土堆和泥坑几乎有半人高，有些水管已经破裂，无论是脏水还是清水都在发出轻微的汩汩之声流淌着。每隔十来二十步，总有一个仰卧、侧卧或俯卧的死人，他们的目光空洞，或者说根本就没有了目光。邬小漫不仅越过了这些砖瓦残木，越过了隆隆的炮声，还越过了自己放得最低的尊严。因为她是冒着随时丢命的危险去看金喜的，因为她去了金喜家几次都没有碰到金喜，因为金水说金喜不见了，还因为有一个面熟的人告诉她，金喜在圣彼得堂给人熬粥蒸馒头。

所以邬小漫是必须去圣彼得堂的。她甚至没有告诉罗家英，是因为在她的小心思里不希望罗家英也去圣彼得堂找金喜。当她气喘吁吁地在粥房见到金喜时，金喜正用一把铲子在巨大的铁锅里搅动着滚烫的热粥。而袁春梅就在离他不远处的一块案板上，奋力地揉着一大团面粉。

你怎么来了？金喜把铁铲扔进一只盛着清水的搪瓷大盆里淡淡地说，你大概是不想活了。

邬小漫笑了。其实她的布鞋在经过一个曾经的战区时，被瓦砾碎片切开了一道口子，同样被切开口子的是她白嫩的脚底板，她的皮肉被一块铁皮轻易地划开。见到金喜时，伤口已经结了新鲜的痂，但仍能让邬小漫能感觉到一阵又一阵热辣辣的痛。金喜又问，家英呢，家英她怎么样了？她没事吧？

邬小漫笑了，当她低下头看到鞋子上那一大片血的时候，零星的眼泪随即掉了下来。她擦了一把眼泪抬起头，又努力地挤出一个笑容说，她很好。她和程浩男一起组织了一个天亮剧社，想要去学校的剧场，还有街头演出活报剧。

金喜的口气平缓，仿佛在说一件和他毫不相干的事体。他说，家

第三章

英这不是在胡闹吗？一定是程浩男在哄她干这干那！以后你也不要来这儿，来这儿的路上多危险。你也不要告诉同学们说我在圣彼得堂。

邬小漫缓慢地转过身去说，金喜，你在这儿一定要保重，家英她说一定要等你回到同学中间。

邬小漫说完就离开了粥房。但是她被袁春梅叫住了，袁春梅飞快地洗净了手，对邬小漫说，你必须在这儿包扎伤口，不然伤口会发炎的。

袁春梅拉着邬小漫的手，像是拉着亲人的手一般，领着她离开了粥房。经过金喜身边的时候，她看都没看他一眼。邬小漫泪流满面地走了，她一直都看着表情漠然的金喜，金喜的眼睛盯着地上那只慢慢蠕动着的黄猫。一直到邬小漫消失在粥房门口，金喜的目光始终都没有抬起来一寸。他突然感到无比的悲凉，像春寒中的河水一样，在瞬间漫过了他的头顶。他开始想念早些年就死去的他和金水共同的母亲，那个有着普通名字的女人什么福也没有享到，就撒开双手一个人走了。

邬小漫在离开圣彼得堂的时候，没有再来粥房和金喜道别。袁春梅回来的时候，手里拎着一双血鞋。她把血鞋扔在了地上，盯着金喜看。金喜突然发现袁春梅不像以前那样好说话了，她的目光比较坚硬。她说，你像个男人好不好？你别让我瞧不起你！

这句话金喜揣在怀里几十年不放。金喜很难过，在以后的岁月里他看到了袁春梅的淡定，所以他认为袁春梅的话是对的。

有一天清晨，刚刚下过一场小雨，天气已经是很凉了。金喜看到灰头土脸的武三春正向这边走来，看上去他已经越来越胖。人能不能长胖，真的和打不打仗没有关系。他滚动着圆润的身体越过一堆瓦砾，因为站立不稳的缘故，差一点跌倒在瓦砾堆里。金喜以为他是来找袁春梅的，金喜搞不懂武三春怎么可以把袁春梅从身边放开那么多天竟然不问不闻。

武三春并不是来找袁春梅的，武三春找的人是饶神父。那时候

向延安

饶神父脸色苍白地坐在教堂门口的一把藤椅上,他正底气不足地哼着《茉莉花》。他一直都在微笑着,一只空空的袖管在风中轻微地荡漾。

这天傍晚,武三春和饶神父、袁春梅一起喝金喜熬的粥。他们一直没有说话,只能听到喝粥时此起彼伏的吸溜声。在喝完粥的时候,饶神父像一个中国人一样用长衫的袖子擦擦嘴说,放心,我会安排他们去苏北的。

这时候金喜出现在门口。袁春梅看到金喜的手心里托着三只咸鸭蛋。金喜说,这是高邮的鸭蛋,难得的。袁春梅笑了一下,袁春梅的笑让金喜感到温暖。她看到袁春梅的发型好像已经和以前不一样了,果然袁春梅对武三春说,我的发型变了,你没看出来吗?

正的往嘴里扒着粥的武三春愣了一下,然后丝毫都没有表情地说,这个发型很不错的。接着武三春又开始认真地往嘴里扒粥,他的嘴角上留下了几粒粥米,像白色的小痣。

第四章

1

金喜是后来才知道程浩男组织的上海大学生青年志愿队有三名学生死亡的消息。几乎所有的同学都参加了追思会，会上，程浩男一边致辞，一边泣不成声。在华光无线电学校木结构的狭小礼堂里，程浩男站在台上望着台下的人群。同学们都把小纸花扎在了胸前，看过去就像是纸花的一场聚会。那天同学们没有喊口号，他们静默无声，只是为三名牺牲的学生送行。程浩男在台上拉了一首哀伤的小提琴曲，拉完琴他只说了一句话，他说，三位同学，让我们为你们活下去。

然后，程浩男深深地弯下腰去。

就是这句话感动了所有的人，罗家英的眼泪当场就掉了下来。而此时金喜正在圣彼得堂饶神父的房间里，他的手上捧着那只捡来的玲珑的黄色小猫。金喜是来和饶神父告别的，金喜想要回家。饶神父什么也没有说，他手臂上大概已经长出了新肉，所以他总是感觉到伤口像蚂蚁在咬一样让他酥痒。那天饶神父送给金喜一支钢笔，这是饶神父用了很多年的一支派克牌钢笔。金喜小心地将钢笔插在了衣服口袋上，然后他捧着小猫转身走出了饶神父的房门。

饶神父的视线一直都没有离开金喜的背影。在他的眼里，金喜好

向延安

像突然之间长大了。这个漫长的下午饶神父什么也没有干，他只是在回想着他和乔治·向结识的过程。乔治·向穿着一件皱巴巴的西装来圣彼得堂找他的时候，是五年前春天的一个午后。那时候乔治·向还叫向伯贤，他推开了忏悔室的明显有着虫蛀痕迹的木门后就跪在了饶神父的面前。其实那天他流了半天的泪，断断续续地说了一些什么，但是在饶神父听来好像什么也没有说。他主要是说了两个女人都离去了，但他没有把两个女人当女人，他一直在吃喝玩乐。他也不知道他为什么就那么爱玩。他玩得最疯狂的一次，是带着牛奶去了崇明的一个农场，非要让一头奶牛喝下他带去的牛奶。

现在这个疯狂老头的儿子，已经变得坚硬、固执，他已经在风里长大成人。炮火让他变得不再惊慌，在没有见到明晃晃的刺刀以前，他就已经什么都不怕了。当然，这时候离晃动的刺刀映入金喜视线的日脚已经不远。

金喜骑着脚踏车去了洋房林立的福开森路，罗家的大房子就坐落在这片安静的宝地。金喜离开租界以后第一个想见的当然是罗家英。那时候已经是晚上了，金喜胸前挂着的那只德国怀表显示晚上九点多，程浩男和罗家英刚好就站在一棵饱经风霜的树下告别。罗家英替程浩男扣上了学生装领口下的扣子，而程浩男的手一直都搭在罗家英的肩上。他们具体说了些什么，金喜一点也没有听清。

金喜的喉结在不停地滚动着，他看到罗家英反身进了屋。门合上了，金喜的目光就落在墙上"罗宅"两个字上。罗宅里住的是他喜欢的女人，但是现在这个女人在替别人扣衣扣。程浩男一直没有离开，他的视线飘忽不定地罩着罗宅，他也肯定是在留恋着一些什么，或许就是罗家英那淡淡的气味。因为有些累了，他还把身子靠在了树干上。

金喜扛起了脚踏车。这是一个奇怪的动作，他竟然扛着脚踏车往前走，很快走到了程浩男的身边。金喜说，请问你是程浩男吧？

程浩男看到失踪了好久又突然现身的金喜。他说，你癫掉了吧，

第四章

你连我是谁你都不认识了。

金喜说，是你说我癫的，那我就必须得癫一癫了。

金喜说完，那辆脚踏车就飞了起来，重重在砸在程浩男的身上。然后金喜腾空而起，他不知道从哪儿涌出来许多力气，这些力气如果用不完的话，他觉得自己身上的皮肉就会炸裂开来。在很短的时间内，金喜又是挥拳又是踹脚，把程浩男彻底地打翻在地上。程浩男在地上扭曲了起来，他一直捂着自己的肚子哼哼。就在金喜整理着自己的衣服时，门打开了，罗列叼着雪茄出现在门口。他突然大笑起来，他说，哈哈，像男人，你们两个像男人。我女儿就是要被人抢才行的，不过打成这样可不行，最多掰个手腕划个拳什么的就可以了。

然后是罗家英也奔了出来。罗家英看到地上的程浩男，忙上前把他扶起来。这时候金喜才发现程浩男的嘴角在淌血，鼻子上挂下两串面条一样的血条。这天晚上，罗家英冷冷地看了金喜一眼，然后把程浩男扶进了罗宅。她的语音温柔，她说，别生气，咱们不和这种人一般见识。

金喜一下子就愣了，因为他一下子变成了"这种人"。罗列笑了，罗列耸了耸肩，重又把雪茄叼在嘴上，他用力地揽过金喜的肩说，公平竞争很重要的，花头精也要透一点，以后需要的话我可以给你出点子。现在你走吧。

金喜就扛起那辆掉了链子的脚踏车，神情阴郁地转身离去。罗列的声音又紧紧地追了上来。罗列说，喂，小伙子，你不要怕，我和你一样年轻过。

金喜没有回头，也没有说话，他只是扛着脚踏车一路向前走着。枪声爆豆般零落地传来，然后变得密集。炮弹炸响的时候，总会让某处的天空偶尔地亮堂一下。金喜一直往前走，走到家的时候，他看到天井里站着国良和向金美、向金水，他们一言不发地看着金喜。

向金美的手里捧着那只叫阿黄的小猫说，你回来过了？

向金喜说，难道你不希望我回来？

向金美说，这只不会叫的哑巴猫是你带来的？

向金喜说，它叫阿黄，是我的儿子。

国良温厚地笑了，一把搂住了金喜的肩，不停地轻拍着他的肩说，回来就好。兵荒马乱，一家人要全在一起才是最要紧的。

所以金喜在很多时候都会觉得，姐夫国良更像是他的兄弟。

2

坚守"四行仓库"的国军八百勇士最终没能招架住日本人的钢枪和钢炮，上海正式沦陷。那天的天气其实是很好的，金喜约了罗家英一起逛街，罗家英仿佛已经忘了金喜把程浩男打翻在地的那桩事体，在她脸上看不出热情还是冷淡。她只对金喜说了这么一句话，你以为拳头大就可以做阿哥的？

那天金喜在街上买牛皮糖给罗家英吃，他知道家英喜欢吃扬州产的牛皮糖。然后他们听到了军靴的声音远远传来，一队日本兵排着队向这边走来。他们的刺刀上，清一色挑着一面日本的膏药旗。街道两边零星地站着中国人，有些中国人手中也举着一面膏药旗。金喜知道那是被赶上街头迎接皇军的，这些中国人的表情漠然，挥动着小旗的时候，仿佛是在用苍蝇拍子驱赶苍蝇，显得毫无热情。好多皇军看上去其实很年轻，有些简直还是孩子，他们的嘴唇上可以看出刚长出来的细密的绒毛。那些年轻的士兵用好奇的目光打量着上海这座城市，对于他们来说，上海是一个没有打开的锦盒，里面有许多东西都足以让他们眼花缭乱。

金喜抬起头的时候，看到街边屋顶瓦片上像球一样滚落下来的一团团阳光。这让金喜不得不眯起眼睛，就是这时候，他才发现屋顶上已经插上了膏药旗。金喜的心里不由自主地升起一阵阵的悲凉。罗家英伸手拉他离开，他却不愿意离开。他要看着最后一个士兵走完队列，他在细数着每个士兵刺刀上能发出几朵光芒。那些光芒把他的眼睛灼伤了,所以他很生气。他对家英说,我已经很生气了,我一定要让他们滚蛋!

3

武三春的身影再次出现在圣彼得堂。他好像是越来越胖了,走路的样子明显地像一只摇摆的鸭子。他和饶神父也越来越熟,他们总是躲在教堂的小阁楼里一聊就是好几个小时。武三春对在圣彼得堂为难民煮粥的妻子袁春梅好像并不热情,两个人像陌生人一样,最多见面的时候点一下头。

袁春梅也走了。就在这一天,她跟着武三春从圣彼得堂回了"老苏州"旗袍行,继续当她风姿绰约的老板娘。没多久,难民营里少了一部分年轻的难民。就像上海沦陷以后枪炮声也在少去一样,难民营的难民也在不断地少去。那天向金喜自己动手修好了脚踏车,他用脚踏车带着罗家英来教堂看望饶神父。他们到达教堂门口,顺着石台阶往上走的时候,看到了匆匆从教堂出来的武三春和袁春梅。

金喜的目光就落在了袁春梅的身上,他甚至还能闻出袁春梅身上淡淡的粥香。因为匆忙,武三春只是和表弟金喜寒暄了几句就带着袁春梅离开了。金喜的目光望着袁春梅的背影,他觉得袁春梅屁股的弧度非常地有线条,在这一点上肯定远远地强过了罗家英。对于他来说,那件印着月季花的旗袍里,是一个完全未知但十分饱满的世界。

饶神父此时就出现在教堂门口,他微笑着,唱着苏北民歌《茉莉花》。金喜的目光硬生生地从袁春梅远去的背影收回,他一方面觉得袁春梅是一个水性杨花的女人,一方面又觉得袁春梅成熟女人的味道其实对他有着足够的吸引力。他为自己有这样的念头而感到可耻,为了掩饰自己,他大声地吼起了《茉莉花》。他吼得完全走音了,但是挽着他手的罗家英还是很高兴。罗家英喜欢的男人,是必须有男人味的。

向延安

  金喜一抬头,看到1937年冬天已经来临,树枝上已经没有一片树叶了。同样的,枪声在这个冬天戛然而止,上海城完全沦陷。金喜突然觉得,从11月12日这一天开始,他已经没有了故乡。他眼里那曾经沙船林立的苏州河,也将是别人的苏州河。

第五章

1

一切仿佛都平静下来了……

2

程浩男一直带着黄胖和李大胆、陆雅芳、小崔、邬小漫等同学们集会，他们开始学习抗日歌曲。罗家英组织的天亮剧社也在积极地排戏，他们会去街头演活报剧，当然他们也会演莎士比亚的《第十二夜》。金水变得忙碌起来，他说威利德洋行最近的生意反而是大好了，需要他不停地加班。但是再忙他仍会找出一个时间，和金喜一起吃饭。国良一天到晚出去游荡，他说他闷得慌，他谋职的公用局几乎没有什么鸟事可干，但他仍然要装出日理万机的样子。

最忙碌的是向金美，她总是披着棉袄，生一个细小而温暖的火炉，不停地赶着她的言论稿件。向金美的名气越来越大了，她的烟量也越来越大。她一边腾云吐雾地抽着烟，一边不停地给报馆写稿，换取一些稿费。她在《大美晚报》开出的栏目很受欢迎，这使得她供稿的报纸和《良友》杂志一样畅销。最无所事事的，当然就是金喜了。

向延安

在更多的时间里，金喜就躲在厨房里钻研厨艺，偶尔也会去天亮剧社看罗家英带着陆雅芳等人排戏，或者登上三楼屋顶，用"海哲"牌长筒望远镜望满目疮痍的上海。

在天亮剧社的排戏房看同学们排戏的时候，金喜突然有了一种感觉，那就是同学们都和他疏远了。同学们甚至不愿搭理他。金喜坐在地板上，把自己的后背靠在华光无线电学校的某间砖木结构房子的墙上，无精打采地望着罗家英、程浩男们排戏。他们在排一个叫作《保卫卢沟桥》的抗日剧目，所有的道具枪都是用木棍代替的。但是罗家英和程浩男仍然演得很精彩，有些壮怀激烈的味道。金喜坐在地上感叹，他觉得其实罗家英和程浩男演技十分来事，如果不是因为打仗，他们是完全可以去考电影公司的。

金喜开始寻找自己的原因。那天他和国良在一起喝酒，金美陪着他们，但她没有喝酒。金美只是拿着一支笔在纸上毫无规则地涂来涂去。金喜说他的同学们为什么都不愿搭理他了，是不是自己身上有什么原因？

国良告诉他，金喜，没有原因的，没有原因就是最大的原因。

那天晚上金喜做的一共是四道菜：一道是面筋菠菜汤，一道是冬笋胡萝卜肉片，一道是五花肉炖油豆腐，再一道是醋鱼。那天晚上国良好像很兴奋，他显然是喝得有些多了，桌上酒瓶子里的酒被他喝尽以后，他又拿出了风衣口袋里的小酒壶喝起来。他的手摇晃着伸过来落在金喜的肩上，重复了一句，没有原因的。

这时候金美突然用笔重重地划在了纸上，那几张她用来打草稿的纸在瞬间被划破了，像一张被手指甲抓花的脸。金美将钢笔往桌上一丢说，写稿有什么用？写稿能改变日本人占领上海？能改变他们在南京杀那么多人？能改变有些中国人当汉奸吗？

金美说完夺过了国良手中的小酒壶，仰着脖子灌了起来。这时候金喜一抬头，看到了墙上镜框里的向伯贤目光散淡地望着他。金喜突然觉得，这个喜欢玩的老爹，那眼神里透出的好像是一丝不怀好意的坏笑。

无所事事的金喜又登上了屋顶。他站在屋顶上用望远镜四处眺望的身姿已经很像是当年的向伯贤了，只不过他没有"洋泾浜"地套上向伯贤的青灰色长衫和西装。阿黄也上了楼顶，它明显地已经长大了许多，眼神里充满着忧郁，走路无声无息，从来不会叫一声。所以金喜一直认为阿黄是一只阴险的猫。阿黄一纵身，就跃上了金喜的肩膀。这时候金喜看到了远处霓虹灯散发出来的七彩魅惑的光线。上海沦陷并没有多久，但是歌舞升平的迹象又重现了。舞厅里总是人满为患，这些汉奸、商人、日本军官和舞女，仿佛有怎么也用不完的钞票。

大门吱呀开了。在屋顶上的金喜看到天井里多了一个站立不稳的人，他是金水。金水的脚钉在大地上，但是他的上半身在不停地摇晃，最后他腿一软倒在了地上。他的手中紧握着一只酒瓶，金喜就知道，在大上海歌舞升平的人群里，其中还有他的二哥金水。

3

尽管战争是刚刚过去的昨天的事，但是在金喜的记忆里仿佛很远了。阳光和以前一样温暖，光线里弥漫着上海这样的南方地区特有的水汽。街上的商店重又开张，上海话及绍兴话、宁波话、扬州话，甚至北平话，以及日本人发出的各种叽里呱啦的声音，交织着黄包车夫的叫嚷声、报童的叫嚷声、卖糖炒栗子的小贩的叫嚷声，还有有轨电车的叮叮声，四面八方交集的声音，织成一道无形的声波，源源不断地一起涌进金喜的耳朵里。

金喜带着他的莱卡照相机上街，看上去他有些游手好闲的味道。他先是去了二哥金水供职的威利德洋行，但是洋行门房把他挡在了铁门外，告诉他金水离开洋行已经快一年了。然后金喜去了福州路上的本草堂，梅先生戴着老花眼镜正在盘账，他瘦长的指尖上留着长长的指甲，打算盘子的声音此起彼伏，很是闹猛。他只是抬眼看了金喜一眼，就没有再理会这位酷爱厨艺的少东家。然后金喜又开始四处游荡，他终于可以近距离地看到日本兵了，这些日本兵总是一小队一小队地出现在街头，他们肩上的枪刺在阳光下发出寒光，有时候他们也叼着烟，看上去其实和国军的士兵没什么两样。但是据说，他们肩上背着的"三八大盖"穿透力很强，穿透力强是一件要命的事，他们已经花了几个月的时间，把上海给穿透了。除此之外，金喜还能见到的就是一辆又一辆的黑色车子，呼啸着从街上奔过。车边站着一些戴礼帽穿黑衣的人，这些人已经成为日本人的爪牙，他们总是配合日本宪兵的行动。从表情上看，这些人有一些春风得意的味道。他们的脸上露出肆无忌惮的笑容。

战争好像已经很远了。金喜在一家日本人开的浴场门口见到了久违的邻居美枝子。美枝子的脸色白净中透出些许的红润，大约是春天不远的缘故，她让金喜觉得浑身都洋溢着一股活力。她在用一块毛巾擦着湿漉漉的头发，所以她一直都是歪着头朝金喜笑着，她笑起来的时候有很浅的酒窝，以及些微露出唇边细碎的小虎牙。金喜总是觉得美枝子不像一个孩子的母亲，她更像是孩子的姐姐。她浑身散发着来自岛国的水汽，令金喜感到新鲜而清爽。美枝子和金喜打招呼。嗨。她说嗨。她用半生不熟的中文和金喜说话，她说真巧在这儿碰上了金喜君。

金喜这时候才知道，自己已经成了"金喜君"。金喜在这时候毫不犹豫地按动了快门，在相机里留下的是美枝子歪着头的微笑。

那天金喜回到家的时候，看到二哥金水一个人在天井里喝酒。金水没有下酒菜，只有一碟花生米。金喜推开院门的时候，刚好看到金水一仰脖喝下了一小杯的酒，他擦了擦嘴唇对金喜说，坐下。

金喜没有坐下，只是定定地看着金水的黑色衣服。以前金水从来都不喜欢穿黑色的衣服。

你不在威利德洋行做了？金喜问金水。

第五章

金水愣了一下，然后点点头，又仰脖吱溜喝下了一小杯酒说，不要你管。

4

金喜和同学们总是若即若离，国良告诉他，造成这样的局面，没有原因就是最大的原因。但是金喜需要见到罗家英，罗家英一直都很忙，她和程浩男比任何人都要忙。要见到罗家英，必定是在学生的聚会上，或者是在华光无线电学校的排练房。学校暂时没有复课，所有的教室和大部分的宿舍都空了下来。校园里的芭蕉在春光里欢叫着拼命地生长，它们吸着地气，然后发出吱吱的声音，努力地把身体拔高。

金喜找到罗家英的时候，程浩男正在狭小的排练房里给同学们做着演出动员。他们就要出去，到街头去演活报剧。罗家英看到突然出现在门口的金喜时迎了上去，她说，你怎么来了？

金喜说，我怎么就不能来了？

罗家英说，我们有好多事，我们很忙，我们马上就要走了。

金喜说，那我可以跟你们走。

罗家英不再说话，因为陆雅芳正在喊她。陆雅芳是想要和罗家英商量演出中的一件小事。这时候梳着两只小辫的邬小漫走到金喜的面前，她笑了，说，你还记得同学们啊。

金喜说，这话得由我来说，你还记得我啊？

李大胆凑到了邬小漫的身边，催促着小漫说，小漫，你得赶紧整理道具，我们要走了。

邬小漫转身奔向了屋角的几只箱子，她去整理道具。李大胆生硬地挤出一个笑容对金喜说，金喜，你好像胖多了。你越来越像一位贵人了。

金喜说，李大胆，你啥意思？你是在笑话我吧。

向延安

李大胆说，我胆小如鼠，我不像是一个敢笑话你的人啊。

金喜笑了，他伸手扭了一下李大胆的脸说，你要是敢笑话我，我一定让你趴在地上。

李大胆想要表白一些什么，但是他最后忍住了，两手一摊，然后转身离去。他很快地走到了邬小漫的身边，殷勤地帮助邬小漫整理着道具。金喜笑了，说，软骨头。

其实很多年后陆雅芳仍然记得，那天的天色有些阴沉。那天她一直都觉得小崔的脸色不太好，大概是夜里迟睡的缘故。那天他们一起去了闸北一个菜场边上的一大片空地上，他们对场地做了简单的布置，然后就开始演活报剧。在陆雅芳的记忆里，她仍然对那天的景象有些恍惚，她觉得眼里的一切都变了形，在空气中扭动着，缥缈着，显得那么的不真实。陆雅芳对向金喜最为反感，因为他老是拿着一只莱卡相机拍来拍去。他显然不是一个革命者，连激进的青年学生也算不上，最多算一个厨师。但是他还是出现了，像阴魂不散的海藻似的紧紧缠绕在他们身边。

陆雅芳记得他们演的是自己编的新剧《天色微明》，说台词的时候他们偶尔会说错，或者说得相当生硬。这当然是一场不成功的演出，但是仍然引来了围观者的阵阵掌声。其中一个情节是程浩男和小崔面对日本人的那把硬纸做的屠刀，举起了手高呼：天色终将慢慢明亮，看，天边的启明星已经升起了，黑暗还能有多久？天亮还会远吗？

就在小崔还没有把高举的手臂放下的时候，三辆黑色的日本特务机关下设的特工总部的车子从远处急速地驶来，并迅速地停了下来，从车上跳下一群黑衣黑帽的中国人。他们拿着橡皮棍和高压龙头，冲上前和演出的学生，还有围观者扭打起来。陆雅芳的头上重重地挨了一记，随即她的额头上挂下一条血色的蚯蚓。向金喜收起相机冲向罗家英，他的眼里没有任何人，在嚯嚯嚯的警笛声中，他冲向罗家英，

| 第五章 |

并且将她一把扛在肩上就要向外冲去。但是黑色的人群还是把学生们紧紧围住,高压水枪的水在金喜身上掠过,让他感到了疼痛。

罗家英却在挣扎着,她要从金喜的肩上下来。她看到两名黑衣人正用警棍殴打程浩男,她大叫着,浩男,你快跑。程浩男显然是跑不动了,他软了下来,像一团泥一样瘫在墙角。有几名同学夺下了特工手中的警棍,有一名学生还咬下了一个小个子特工的耳朵。然后,事件就开始变大了,因为一名一直躲在车里的特工突然拉开车门冲了出来,朝天开了一枪。

他大声地吼道,如有反抗,给我毙了。

金喜一下子呆了,他看到的这位威风凛凛又满脸杀气的特工头目竟然是二哥金水。金水显然也认出了金喜,但是他什么话也没有说,又朝天开了一枪。有了金水的指令,凌乱的枪声随即响了起来。这时候小崔刚好拉起陆雅芳的手要冲出包围圈,一名特工举起手枪时小崔瞪大眼睛,他一把将陆雅芳拉在了身后。枪声响起,小崔看到那不远处的枪口还冒着青烟,然后他就圆睁着眼睛不由自主地颓然跪倒在地上。他的胸口中了一枪,接着又是一朵血花在他的胸口爆开,他向前跌扑着终于整个伏倒在了地上。陆雅芳像疯了一样地扑在了他的身上,不停地摇晃着他的身体说,小崔,小崔,小崔……她像是想起了什么似的,把一块绣着牡丹的手帕塞在了小崔的血洞口,但那血还是汩汩冒着泡,不停地流出来。很快,小崔成了一个血人,陆雅芳也成了半个血人。黄胖冲了过来,一把拉起陆雅芳要走,被陆雅芳猛地推开。她像疯子似的大声嘶喊着,起身要向特工冲去,被黄胖紧紧地抱在了怀里。

一名特工向金喜冲来,经过金水身边时被金水挡住了。而另一名特工又冲了过来,金喜放下了肩上的罗家英,拿起胸前的相机对准特工的脑瓜砸下去。金水上前一脚踢在金喜的肚皮上大声喊道,小赤佬你找死,你还不快滚。

金水又开枪了,他的枪管在微微颤动,但是没有一枪是射在金喜

向延安

身上的,几乎全部射在了墙上。金喜拉起罗家英就跑,一个闹猛的夜晚草草收场,在地上留下了一摊摊血迹,以及金喜的莱卡相机沾着血的零件。金喜拉着罗家英跑过一个拐角的时候,头上重重地挨了一棍子,金喜随即毫不犹豫地瘫倒在地上。

血水很快糊住了金喜的眼睛,他很像是一条奄奄一息的被扔在岸上的鱼。邬小漫不知道从哪个角落里挣脱了拉着她不放的李大胆,飞快地跑到了金喜的身边,和罗家英一起把金喜往一条弄堂里拖。金喜的眼睛里看出去,全是血红的一片。他在弄堂里四仰八叉地瘫软在地上,但他仍然能透过一层红光,看到二哥金水站在路灯下面。他的身姿很挺拔,他的手里一直握着一支手枪,他的手很用力地挥了一下,就有两名特工挟持着程浩男上了车。

扔掉金喜以后罗家英冲出了弄堂,她跌跌撞撞像一只胡乱旋转的陀螺一样向汽车冲去。她大声地叫着程浩男的名字,但是没人能听到她发出的微弱的声音。一个黑夜再一次向这边漫延过来,罗家英能闻到空气中弥漫着的血的腥味。当她拖着沉重的步子回到弄堂时,看到弄堂内已经空无一人。

金喜不见了。金喜是被邬小漫费了九牛二虎之力拖走的。在邬小漫租来的狭小的公寓楼里,邬小漫重重地将门撞开,然后拖着金喜进来。金喜就像一只被捡回来的麻袋一样,被胡乱地扔在了地上。然后邬小漫开始烧水,开始用热水擦去金喜身上的泥污,然后把他拖上了床。再然后金喜开始乐此不疲地发起了高烧,在天亮即将来临之前,一位医生站在了金喜的床前,他是被邬小漫请来的。

金喜不快地皱了皱眉头,尽管他的头痛得厉害,但是他仍然说,我又没有病,你请什么医生。

说完这句话,金喜就晕了过去,然后开始了他三天三夜的长睡。

第六章

1

三天三夜金喜都是神志不清的，他一直都在做着关于飞翔的梦。他觉得自己的身体很轻，可以随意地飞起来，然后越过苏州河的上空。同时他不停地发出声音古怪的呓语，他分明在苏州河上空看到了日本人的炮舰，也看到了那些凌乱的沙船，还看到了自己家的那幢三层小楼。那是一幢土洋结合的小楼，楼顶上金喜站过的地方空无一人，只有一只黄色的小猫蹲伏在那儿，安静得像一尊石雕。

邬小漫也累了三天三夜。她几乎没有怎么合眼，总是疲惫地守在金喜的身边。她差不多用完了老家青岛寄给她的生活费用，为金喜请来了医生。她甚至在当铺里当掉了一只祖传的玉镯。

三天以后金喜正式醒来。他醒来的时候刚好罗家英来看他。程浩男被抓走了，所以罗家英显得有些心神不定。她还要去赶一个复旦大学联合各学校的学生代表的集会，因此她看上去行色匆匆，而且脸色也十分的难看。她只在床沿上坐了一炷香的工夫，然后她把手轻轻压在金喜缠着白色绷带的额头上，轻声说，好好养伤吧，我走了。

罗家英说完就走，走得像一阵仿佛根本就没有来过的风一样让人无知无觉。向金喜干燥的嘴唇轻轻颤动，他结着血痂的手缓慢地摸索着，落在了罗家英坐过的地方。那儿依稀留存着罗家英的温度，只有摸到温度，金喜就认为摸到了罗家英的肩膀，或者冰凉的手，或者是她乌黑的头发。

邬小漫在旁边一直看着他的举动，她轻声地说了一句，程浩男才是她的白马王子呢。

金喜却不以为然地牵了牵嘴角。金喜说，只要他是匹马，那我就得把他的脚给剁了，看他能往哪儿跑。

2

在复旦大学的集会现场，罗家英就站在一只空木箱上。其实那是日本兵用过的一只空子弹箱，里面曾经存放过的子弹不知道已经制造了多少冤魂。罗家英被集会选为了代表，她本来应该喊一句口号的，但是她没有喊出来，只是无声地举起了拳头。人群中也没有人喊口号，尽管他们的表情愤怒，但是他们也只是无声地一次次有力地举着拳头，仿佛像要击破什么。罗家英的眼泪此刻流了下来，她觉得生命不是属于她的。生命属于她的祖国。

3

金喜背着那只破旧的缺少了零件的相机回家了。他的额头上依然包着一块白色的医用纱布。推开院门的时候，他看到罗列正和向金美讨论着一个问题，就是凭着一支笔还能不能为抗日做出贡献。罗列认为只要不停地用笔做斗争，那么这样的笔远远胜过一挺机关枪。但是金美认为光写稿不是出路，应该去参加革命。这时候，金水就那么面无表情地坐在一张竹椅上，一言不发。

到延安去！向金美口齿一点也不含混地说，必须到延安去！

金喜推开院门的时候，向金美和金水站起了身。他们呆呆地望

第六章

着风尘仆仆,脸上还结着血痂的金喜,突然觉得有些不太习惯。金美却一把抱住了金喜喜极而泣。她说,你死到哪儿去了?你死到哪儿去了?

金喜什么话也没有说,只是凄惨地笑了一下。他在笑的时候,甚至能感觉到牵动伤口神经时的疼痛。金水在口袋里摸索着,他掏出了已经破损的照相机零件,这是他在街头捡到的。他看到金喜用照相机砸了自己手下的一名特工,把那名特工砸得头破血流。

金喜接过了那个照相机配件,摇晃着身子要往屋里走。金水叫住了他,金水说,你以后别再去参加什么革命,你连革命是什么都不懂,千万别把自己的命给革掉了。

金喜说,不要你管,我革不革命和你有什么关系。

金水说,怎么没有关系?你是我兄弟,你死了,我就少一个兄弟。

金喜说,你还有金山和金美,多我不多,少我不少。

金水说,你混账。你要是再去街头参加什么学生集会,我就把你关起来。

金喜这时候回转了身,盯着金水说,我长大了,我自己的脚会走自己的路。我不懂什么革命,但至少比当日本人的狗强。

金水咬着牙上前一把揪住金喜的时候,金美冲上去猛地拉开了金水。她的动作显得夸张,但是十分有力。

有什么错?他有什么错?金美大声地吼着,金水你说,你是不是正在为日本人做事。你要是为日本人做事,你就不是我二弟。

罗列叼着雪茄,他什么话也没有说,只是坐在一边静静地看着,偶尔还会低头喝一口茶。他看到向家三姐弟在天井里一堆破棉絮一般无力的阳光下纠缠着。院门打开了,国良穿着笔挺的西服出现在门口,他也一言不发,安静地望着三姐弟,好像本来就预感到应该有一场争吵一样。

金水说,我为日本人做事怎么了?我们是日本人的对手吗?我们的枪、炮、飞机，我们的兵，都不是日本人的对手。南京死了多少人？如果我们不要拿鸡蛋去和日本人碰，南京会死那么多人吗？

金美突然抡起了巴掌，一巴掌甩在了金水的脸上。当她再次像一只发威的雌老虎要扑上去的时候，国良从背后把她拦腰抱住。她仍然在咆哮着，甚至她的脸也因为愤怒而变形。她的身子被国良从背后紧紧地箍住了，但是这并不能阻止她的骂声。她唾沫横飞，试图要用唾沫将金水淹没。金水这时候反而平静下来了，他竟在罗列的身边坐了下来，为自己泡了一杯茶。他喝了一口茶，咂咂嘴，慢条斯理地说，好茶。

金美像一个泼妇，她向金水狠狠地吐了一口唾沫。金水用手擦掉了脸上的唾沫，然后说，我是极司菲尔路76号特工总部行动队中队长，是行动队长吴三保把我叫去的。他在威利德洋行找到我，在我面前放了三根金条。他说他不认识我，在我面前放三根金条，是因为我身手好。我能徒手爬到沙逊大厦的顶楼……我要说的就这些，全都说完了。

向金美在国良的怀里挣扎着，大声地说，你还能向手无寸铁的学生开枪？！

这时候罗列站了起来，他轻声地说，都别闹了吧。他的目光越过了天井，落在屋子里他的好朋友向伯贤的遗像上。向伯贤正在墙上露出难看的笑容，罗列还仿佛听到了向伯贤的一声叹息。

老爷子在墙上看着你们呢，罗列说。

天空中下起了小雨，几个人都傻愣愣地站在小雨中。罗列走到屋檐下拿起了一把黑色的长柄雨伞，他撑开雨伞慢吞吞地走出天井。院门开合了一下又安静下来，这让天井以及天井里的金喜、金水、金美和国良仿佛成了一幅静止的画。

一直到好久以后，金美知道，头发已经湿了。这时候她才低头对着脚下越来越湿的地面轻声地说，金水，你一定是忘了爹是怎么死的吧？

第七章

1

罗家英和李大胆、邬小漫在金喜家的灶披间找到了金喜。金喜那天在灶披间里炖一只蹄髈,他认真地往砂锅里加料,然后找了一张凳子专注地坐在了小炭炉边上。炉火有些红润,举着温暖而热烈的小火焰。这样些微的暖意,很容易让人昏昏欲睡。就在金喜打着哈欠的时候,罗家英和李大胆、邬小漫出现在他的面前。

罗家英来找金喜,是因为李大胆的怂恿。李大胆说想要救出程浩男,那就得找金喜。李大胆曾经在街头上演活报剧被76号特工总部的人冲散时,和金水打了一个照面。他坚定地说,金水肯定是特工总部的人。

金喜听罗家英说完了一定要救出程浩男的理由,然后他一言不发地往砂锅里加着黄酒。当他重又盖上砂锅的盖子后,对邬小漫说,小漫,你不是说那是一匹白马吗?我看这马蹄子好像不够硬啊。

邬小漫就愣愣地说不出话来。

金喜最终还是去了极司菲尔路76号,持枪的门岗用电话通报了金水,金水才让金喜进去。金喜进入这个日本特务机关设在上海的特工总部时,看到大院里几条狼狗的狗绳牵在几名黑衣特工手中,它们集体吐着猩红的舌头显出躁动不安的神情。金喜果然在二楼的一间办公室里找到了金水，金水正在和另外一男两女搓麻将。金水丢出一张牌说，你来干什么？

金喜说，我的同学叫程浩男，被你们抓进去了，你能不能帮我把他放出来。

金水笑了笑说，你以为76号是赌馆，随便就可以进来。就算进赌馆，那也得有大把铜钿才能进。

金喜说，因为你是我二哥，所以我才来找你。

金水说，你还认我这二哥？

金喜看到了吴三保的三姨太凤仙。凤仙的头发是烫过的，还留着烫发水的香味，看上去那头发黑得有些触目。天气有些热，但是凤仙竟然还围着一块狐狸皮的围巾。她的脚上就套着一双皮鞋，一条腿交叠在另一条腿上。所以她右脚的鞋子是半套在脚上的，就那么晃荡着。她好像从来都没有正眼看金喜一眼，只是不停地说着粗话。金喜皱了皱眉，他对这个叫凤仙的女人天生厌恶。

凤仙扔出了一张牌，这一次她好像算是瞄了金喜一眼，但很快就把目光收回了。她说，金水你自己想清楚，你放他同学一次，就会有第二次。

金水没有再说什么，他挥了一下手说，你走吧。

金喜转身就走。走到走廊上的时候，金水从里面追了出来压低声音说，你以为放一个人很容易，需要很多钞票的。吴三保这个赤佬开口很凶，你晓得伐。

金喜没有理会金水，他的脚步迈得很大，仿佛是想要有意把金水给落下。这时候突然一声枪响，把金喜吓了一跳。金喜停下脚步，从二楼的走廊上看到大操场上跪着三排被五花大绑的男人和女人，他们的表情漠然，双眼空洞无光，好像是看不到任何景象。一名汉子已经歪倒在地，脸就贴在地面上，脑浆和血混在一起流淌出来。在这三排跪着的人附近，是一整排的日本宪兵，他们戴着钢盔，刺刀在阳光下

| 第七章 |

闪着灼目的光。

一直到后来,金喜才知道那个拿着手枪、脸上长着一颗黑痣的便衣叫作浅见泽,实际上他是宪兵小分队的队长,一直驻扎在76号特务机关,主要是监督76号的特工们抓捕军统和共产党的疑犯。浅见泽的手枪枪管抬了起来,又对准了一名短头发的女子。短发女子穿着蓝色旗袍,她的五官看上去很干净。枪响了,金喜看到短发女子也歪倒在地上,那黑色的头发丛中瞬间就有了血迹。

金喜一直在二楼的走廊上看浅见泽,他从来没有想到过原来一条命可以那么简单地在世界上消失。枪声越来越密集了,那是因为浅见泽开始一枪一枪地击发,在很短的时间内,三排男女全部歪倒在地上,他们的头都被爆开。浅见泽叽里呱啦地冲宪兵们嚷着什么,然后几辆板车拉了进来,那些车夫开始往板车上抬尸体。

金喜的心里一下子像被掏空了似的,他觉得空气仿佛在瞬间凝固了,他自己也成了一尊雕像。在很长的时间内,他的脑海里一片空白。金水的声音却在他耳畔响着,看到了吗?76号几乎每天都在杀人,中国人的命在日本人手里不值铜钿的。

金喜说,那是不是有钞票就可以向吴三保买回程浩男的命?

金水笑了,命就是钞票,钞票就是命,可是你有钞票吗?

2

这天晚上,金喜带着同学们去了福州路上的本草堂。这是一个漆黑的夜晚,大街上已经空无一人,连一丝月影也没有。金喜让罗家英、李大胆他们望风,然后他用一把惯用的菜刀撬开了本草堂的排门。

很远的地方传来一阵狗叫的声音,接着是疯狂的大卡车开过,那其实是日本宪兵队的巡逻车。罗家英在本草堂外等了好久,他们突然看到本草堂的灯亮了起来,响起一阵嘈杂的吵嚷声。然后大门打开了，穿着黄白色睡衣裤的梅先生顶着蓬乱的头发用一支手电筒在大街上胡乱地晃动。

罗家英叹了一口气，轻声说，走吧。众人就跟着罗家英走了。他们无声地潜入一条弄堂，然后消失在这个上海之夜的最深处。

第二天清晨，金水正坐在餐厅里吃早餐，他吃的是一根金黄松脆的油条。他看到院门被推开了，梅先生带着药房的人把被捆成一团的金喜扔进院子。梅先生的手里还拎着一只钱袋，他晃荡了那只布口袋一下，大洋碰撞的声音就响了起来。

金水把手里的一小截油条全塞进了嘴里，然后他还拿起大碗喝了一碗豆浆。他把碗扔在桌子上，那只碗滴溜溜地转了起来，最后在桌面上停住了。

金水说，我知道小赤佬想干什么，梅先生，金喜是本草堂的少东家，你把绳子解了吧。

梅先生愣了好久以后，低头轻声嘀咕了一句。

他仿佛是对自己积满灰尘的鞋面说的，他说，要是老爷在，不会这样。

3

程浩男从极司菲尔路76号大门口走出来的时候，已经是这一天的黄昏了。罗家英站在同学们中间，把脖子伸得老长。她看到程浩男不慌不忙地走出来的时候，就觉得程浩男是沉稳的，处事不惊的，她的心底会漾起一丝异样的感觉。程浩男看上去在里面没有吃过什么苦头，至少在脖子以上没有看出他受了什么伤。金水把程浩男送了出来，他摇头晃脑的样子，实际上和金喜有着十分的相似之处。

金水盯了金喜一眼，头也不回地回转身走了。金水还是找到了吴三保，还是花了一笔钞票，基本上是把当初吴三保给他的金条还了回去，然后吴三保才把程浩男给放了。吴三保的三姨太凤仙曾经一再告

第七章

诉他,没有必要这样做,为一个不相识的大学生去花费钞票和精力是不合算的。但是金水坐在凤仙的床沿边,光着瘦而白亮的背想了很久以后,还是决定帮助金喜。

我只有一个弟弟。金水这样说。

现在同学们很快地把程浩男围在了中间,他们几乎是在压抑不住地欢呼起来。家英脸上荡漾着无法掩饰的笑容,程浩男和同学们一阵寒暄后走向了罗家英。罗家英和向金喜并排地站着,她很安静,像一棵种下不久的树。程浩男就站在罗家英的面前说,我出来了。我不信他们能把我怎么样,因为我是正义的。

向金喜冷冷地看着程浩男,他的心底里升起一股凉意,是因为他在罗家英的眸子里看到了跳跃的火焰。

金喜对程浩男说,你以为那些特工是在怕你?

程浩男盯着金喜说,那你的意思是我怕他们?血可以流的,头可以断的,信仰不能改变!

向金喜就要愤怒地扑向程浩男的时候,被邬小漫一把拉住。邬小漫的眼神里透着担心,但是她什么话也没有说。向金喜甩脱了邬小漫的手,这时候他听到了陆雅芳的声音。陆雅芳说,你们向家可真是出人物啊,小崔就死在76号的手上。

金喜说,你什么意思?

陆雅芳说,没有意思,但是我知道出来混,一切都是要还的。

金喜说,谁在混?

陆雅芳说,谁混谁知道。

这时候黄胖出来打圆场。黄胖的声音有些沙哑,他的一张脸永远是浮肿着的,像一张刚刚摊好的麦饼。他说别吵,浩男出来我们要感到高兴。

李大胆欢呼,高兴,高兴,今天咱们要高兴。向金喜,你请大家吃饭喝咖啡。

邬小漫说,凭什么让向金喜请大家呀,要请也轮不到他啊。

向延安

李大胆说,因为他有钞票,他家有本草堂。

邬小漫说,那黄胖家还办着工厂呢。

金喜突然挥了一下手,我请大家喝咖啡。

这时候,1939年上海的一场雪刚好落下来,大街上的路灯亮了,突然之间红黄光线下的雪飘舞起来。这些年轻人们开始勾肩搭背地在大街上行走,他们唱的歌就是《旗正飘飘》。他们一起向"凯司令"咖啡馆走去。

在咖啡馆里,金喜看到了久违的武三春,他穿得很温暖,围着围巾。他看上去一点也不像一个裁缝,倒像一个开着商店或者工厂的殷实的老板。他正和一个秃了头发的男人在一起喝咖啡,金喜只看到秃发男子的背影。看上去他有些胖,穿着格子西服。在衣帽架上,并排挂着两顶他们的礼帽。看上去这是一个多么悠闲和充满咖啡清香的傍晚。金喜看到罗家英脸上漾着微笑,她就坐在金喜和程浩男中间的椅子上。她不停地和程浩男说着一些什么,这让金喜的心里像填进了一坛酸菜。罗家英敏感到金喜会不高兴,所以她会抽时间来和金喜也说上几句。金喜装得很大方的样子,但是他忽然间明白了,程浩男已经是他的敌人。

金喜看到武三春走出了咖啡馆,武三春像是没有看到金喜似的,但是金喜可以确认,武三春一定是看到了自己的。因为自己的座位就在过道边上,实在是太醒目了。望着武三春离开的身影,金喜想起了表嫂袁春梅。金喜这时候才想到,他和袁春梅已经很久没有见面了。在咖啡馆里,金喜觉得自己是一个多余的人,是替同学们来付钞票的。这时候黄胖拿出了几张托人从西安带来的"抗日军政大学"的招生广告,他的样子很神秘,拿出招生广告后又用手盖住。金喜还是看到了广告上校长林彪和副校长罗瑞卿的名字。

金喜也拿了一张广告纸。这就是罗家英和程浩男们向往的延安?这就是姐姐向金美向往的延安?现在延安在金喜面前的形状是一种薄

第七章

薄的纸,金喜把这张纸小心地折起来藏在了怀里。上海的冬末和初春正在交替着进行,武三春已经彻底地在他的视线里消失了,像是没有来过"凯司令"咖啡馆一样。一切都很安静,只有咖啡馆里的转动木门晃动的影子,以及咖啡馆外电车开过的叮叮声。

对于金喜来说,这是一个无聊的聚会。他端起咖啡杯子的时候,咖啡馆外传来一声枪响,随即有一个女人的惊叫声响起。金喜忙把目光投向窗外,他看到一个男人的额头上中了一枪,留下一个细小的血洞,而一张黄纸随即就飘落下来,盖在了那个男人的脸上。

金喜像风一样地冲了出去,他看到了地上已经积了十分薄的一层雪,像是一层绒毛一般。金喜看到了黄纸上的字:汉奸张玉林该死。金喜的眼神四处急转,他看到墙角有三名穿着黑色风衣的男子,他们都戴着黑色的礼帽,双手插在口袋里。很快,他们就消失在一条弄堂里,金喜总是觉得,中间那个男人的身影有些像是姐夫国良。

一个女人半蹲着蜷缩在一边,她显然像是一名舞女,或者是交际花。她和中枪的男子是一起来"凯司令"咖啡馆的,就在他们进门之前,一声枪响让她像一片在秋风中瑟瑟的树叶。金喜揭起了那张黄纸走到她身边,也蹲下身来轻声说,你不要怕。

那个女人拼命点头,拼命地咽着唾沫,说我不怕,我不怕,我胆子老大的。

金喜举了举黄纸说,他是汉奸,他被国民政府除去了。你不是汉奸,你不用怕。

那个女人眼神慌乱,仍然拼命点着头说,我不怕,我不怕。

第八章

1

  这是一个充满兄弟亲情的夜晚。武三春和金水坐在桌子的两边，他们烫了一壶酒，然后喝得摇头晃脑的样子。金喜像一个影子，他飘忽不定地一会儿出现在厨房，一会儿出现在餐桌边上。他端上来的菜有大蒜炒牛百叶，有清炒黄瓜，有油炸花生米，还有牛肉和酥鱼。武三春和金水已经喝了很多的酒，金水正在摇头晃脑地吹牛，他主要是在吹76号特工总部抓来了多少的军统上海站人员，他说，想锄奸有那么容易？军统的人抓一个杀一个。他又说，共产党的我们一个也不放过，在上海滩，我金水跺一脚，苏州河的水就要翻浪花。

  金水说，按照上面的指示，就要清乡。

  金喜一言不发，他替二哥和表哥温酒，他觉得这样安静的夜晚很好。金水已经醉了，他趴在酒桌上打起了呼噜，并不时发出呓语。武三春摇晃着身子站了起来，他去开门，却走向了一堵墙。金喜扶着武三春走到门口，他说，你还能走路吗？

  武三春一甩胳膊甩开了金喜，自己也差点跌倒在地。武三春大着舌头说，无论是高邮湖还是上海滩，都是我武三春的地盘。金喜突然就想起了多年以前，他跟在金水的屁股后头，一起去高邮的舅舅家。

| 第八章 |

舅舅家有一条船,所以武三春就常用船带着他们一起去抓鱼虾,摸螺蛳,还有捡鸭蛋。那时候金喜仰躺在小船上,总是觉得天特别地宽。然后有一天,武三春从水里捞起了灌了一肚皮水的二哥金水。武三春牵来一头牛,把金水架在牛背上,金水肚皮里的水才汩汩地从嘴巴流了出来,像一股一股的喷泉。金水的命被捡回来了,算命先生说金水就是缺水的,他果然差点死在水中。从那以后,向伯贤就十分相信算命先生。向伯贤曾经对饶神父说过,外国菩萨不灵的,中国菩萨才能管中国老百姓。

现在这个曾经给金喜留下过无限美好的童年回忆的武三春离开了金喜家的门口,他沿着苏州河的堤岸一直向外白渡桥方向走去。金喜合上了院门,当他回到屋子里时,竟然看到金水端坐在桌边喝茶。

金喜说,你不是醉了吗?

金水说:我怎么会醉?是武三春一定要让我醉,所以我只好醉了。

金喜说,可是他被你灌醉了。

金水笑了,他也没有醉。不相信你上屋顶看看,他有没有醉。他不过是想从我嘴里掏点东西而已。

金喜愣在原地,愣了好久以后,他像一阵风一样蹿进他的卧室,飞快地抓起床头的长筒望远镜奔上屋顶。三楼的屋顶显然已经完全沉浸在夜色中了,金喜就在夜色里转动着长筒望远镜。屋顶上有少许的积雪,和微凉却十分新鲜的空气。在金喜转动的镜头中,出现了路灯光下快步行走的武三春。他的脚步扎实而坚定,一只手提着长衫的下摆,身子前倾,行色匆匆。

金喜的长筒望远镜迅速地望向四面八方,到处都是黑压压的屋顶,或者是租界内西洋式的高楼的尖顶。那些暗淡的灯光投在墙面上,显得有些阴沉,或者阴森。金喜收起了长筒望远镜,他在屋顶上待了很久。

金喜突然觉得,他又长大了许多。

向延安

2

向金美实际上是一个不修边幅的人，她的大部分时间交给了稿子和笔。她把自己关在屋子里，有时候也会用双臂抱着自己的身体在屋子里踱步。无论是在冬夏还是春秋，她都觉得生活十分惬意。她不需要打扮，所以她也没有学会花枝招展。她去得最多的地方是书店，或者图书馆，或者报馆，总之是和纸有着某种关联的地方。

然后金美出现在地气上升的街面上。她去的果然就是《大美晚报》，报馆里需要约见她。她一直都在写言辞激进的言论，让报纸的销量也大大增加。金美这天也穿得有些不伦不类，她穿的是一件棉袄，然后她认为女人也可以穿高跟鞋和厚实的呢裙的，于是她把自己穿得像一只饱满的粽子一样。再然后她看到一辆车在她身边停了下来，她不知道为什么那车会停下，她只看到车轮掀起的泥水溅了她一身。她刚想骂人，三个黑衣男人就从车上冲了下来，把她仍然像粽子一般地塞进车子。

金美突然消失了。一直在等着她约谈的报馆开始陆续给一些作者打电话，其中就有罗列。罗列在他的寓所里正兴致勃勃地抱着一名舞女睡觉，他接了电话以后舞女一把又将他拉进了被窝，但是罗列最后还是推开了她。罗列匆匆地穿衣，当他赶到金喜家里时，看到金水就坐在屋檐下。罗列喘着粗气，说金美是不是在你们76号？

金水平静地说，是的。

罗列说，你为什么不帮她？

金水说，你觉得我会不帮她吗？是突然行动，按名单一个一个逮的，而且不是我们中队，我怎么帮？

罗列说，那现在她怎么样了？

金水说，关在76号的监狱里。

罗列说，国良呢，国良死到哪儿去了？

金水说，国良不见了。他从来都是神出鬼没，哪儿还像个有老婆

第八章

的男人？

罗列不再说话了。罗列在金水的身边坐了下来，他们就一直这样坐着，其实他们是在等待国良。罗列望着屋檐下漏下的光影对金水说，是不是有一天你们76号也会对付我？

金水笑了，说应该会。所以你还是走吧，别待在上海了。要不就别再写激进的文章了。你写什么不好，你就不能写写风花雪月吗？你就不能写写《啼笑因缘》？

罗列没有说什么，他开始抽起雪茄。雪茄的香味很快在这个临近苏州河的房子的屋檐下飘散。然后是金喜归来，他买回来一套崭新的厨具。他觉得很便宜，所以他在百货商店里把这套厨具买来了。金水很想把这套厨具扔到大路上去，金水认为一个大男人成天玩锅碗瓢盆成不了大事。但是金水没敢扔，因为他只有一个亲弟弟，他怕把弟弟也给扔没了。

金水说，金美被76号抓走了。

金喜一下子就愣了。愣了半天以后他像是明白过来似的说，还是当厨师最没有危险了。

黑夜来临的时候，金水和金喜，还有罗列一直坐在屋檐下。他们是想要商量一个对策的，但是一万种对策也没有一种对策来得简单和直接，那就是救人的事还是得交给金水。金水后来觉得无比烦躁，他起身后不再理会金喜和罗列，他去找了凤仙。

向金美是七天以后被放出来的，奇怪的是这七天中国良竟然一次也没有回家。金美出来的时候，金水开着一辆黑色的别克车送她回来。金美在里面没有吃什么苦头，她的脸看上去反而嫩白了许多。那天她出来后第一件事是让金喜给她做好吃的，第二件事是她拿了一张凳子，然后一动不动地坐在屋檐下。她在等待国良，但是她一直都没有等到。

金美就这样又等了三天。三天后的黄昏，天空中下起了小雨，国良仍然没有出现，所以金美就开亮了路灯继续等。她等得脸色铁青，

向延安

一张脸紧紧地绷着不和任何人说话。当国良撑着雨伞推开院门，一只脚刚刚跨进来的时候，金美就站起身，拎起那张凳子向他扔了过去。国良跳了起来避开凳子，他看到凳子落在地上，很快就散了架，散成了一堆雨中的木头。

金美尖厉的声音响了起来：那么多天你死到哪儿去了？我嫁给你你能为我做什么？你是神出鬼没地去骗女人吗？我劝你别玩这个，你连孩子都不会生，你还去玩这个？

国良什么也没有说。金喜终于知道，原来是因为国良的问题所以姐姐和姐夫没有孩子。国良只是撑着伞站在天井里，他站了很久，一直站到金美把路灯给关了，一直站到金美重重地合上了房门，然后国良才进入一楼的厅堂。

国良收拢雨伞，在岳父向伯贤的遗像前点了一炷香说，我总是要回来的。

第九章

1

在"老苏州"旗袍行里,金喜看到了各式各样的剪刀,它们整齐地排列在裁布料的案板上。金喜在二楼的裁剪房里久久地看着这些剪刀,他觉得这些剪刀是一种奇怪的东西,既可以裁布,也可以剪指甲,而实际上它也是可以裁人的。

武三春那天很忙碌,所以根本没有时间坐下来和金喜聊上几句。金喜就一直跟在表嫂袁春梅的屁股后头。袁春梅的眼泡有些肿,像是几天没有睡好的样子。她新烫了一个头,她的头发散发出蓬松而松软的气息,像是黑色的一丛松针。这样的气味,让金喜不由得打了几个喷嚏。袁春梅对金喜并不热情,但是她又希望金喜能帮"老苏州"旗袍行做一些力所能及的事,比如把旗袍送到客人的手里。为什么要找金喜,因为金喜有一辆脚踏车。

在罗家英无比忙碌的时光里,金喜也差不多把罗家英给忘了。当袁春梅希望金喜能帮他们送旗袍时,金喜想也没有想就答应了。孤岛时期的上海,又滋生出歌舞升平的味道,所以金喜决定要在阳光底下多晒晒,他觉得自己的皮肉已经太嫩了。

那天袁春梅捏了一把金喜的脸蛋后说,你真像一只番薯。

向延安

金喜纳闷的是，他由国良和向金美想到了武三春，为什么那么些年过去了，武三春和袁春梅还没有怀上孩子？

2

金喜的脚踏车开始在里弄打转，他骑车的技术看上去已经越来越好了。他总是把脚踏车在苏州河畔骑得飞快，像一团影子一般。那些女人从金喜手中接过旗袍时，一般都会赞赏一下武三春的手艺。说到底是手艺人啊，然后他们的脸上浮起的是欣喜的笑容。

这是一种温暖的充满女人性感的笑容，不急不慢，不温不火，让金喜深深地陶醉在其中。金喜觉得送旗袍是一件太好的差使了，而他去得最多的竟然是秋田公司。

秋田公司在霞飞路和善钟路口交叉处不远的一片屋群中，这儿的行人少，长期保持着住宅区的清静。在前往秋田公司的路上，可以看到遮天蔽日的两排梧桐树。在安静的午后，金喜总是把脚踏车蹬得很慢，有时候他很想靠在梧桐树上打一个盹。然后，金喜通过了秋田公司的门房，门房是一个老头，看门看得很紧，生怕一只蜜蜂会未经同意顽强地飞进公司的院子。

金喜将脚踏车停在院子中间，他看到了曾经的邻居美枝子，她就站在一棵不知从哪儿移植过来的樱花树下，很妩媚地冲他笑了一下。幸子已经十二岁了，她越来越安静，眸子里盛着很淡的忧伤。她用十分标准的上海话说，爷叔。

金喜把旗袍捧给美枝子的时候，心里一直在想两件事：一件是幸子怎么一下子蹿高了那么多；另一件是自己竟然是一名年轻的爷叔了。

金喜那天在秋田公司逗留了很久。秋田公司有很多日本人，他们始终板着脸。他们都已经占领了上海，可是仍然板着脸。金喜留在秋田公司主要是美枝子一直在和他说着话，所以金喜索性就在樱花树下的椅子上坐了下来。

一个头发有点儿秃的胖男人面无表情地从金喜面前走过。金喜后来才知道这个人叫老唐。在金喜知道这一切以前,金喜还终于知道,秋田一郎就是这家公司的老板。

3

那天中午下了一场短雨。由于太短的原因,让金喜感到无聊。金喜认为连地面都没有完全打湿的雨,不能算雨,最多只能算大雾。那天中午金喜有点儿困,所以破天荒地,他还躲进房间里睡了一个午觉。十分奇怪的一件事是,他梦见了同父异母的大哥金山。金山戴着一顶礼帽,手中拎着一只藤箱,穿着长衫出现在院门口。他的脸容是模糊的,但是发音异常清晰。他对瞠目结舌的金喜说,我是老大,我回来了。

金喜醒来以后,发了很长时间的呆。他扳着手指头计算金山已经几年没有回来了,但是一直算不清楚。后来他懒洋洋地起床,然后他跨上了脚踏车。车子在大街上左右摇摆,越过了那些长衫、旗袍、报童黄包车和人群。

金喜出现在华光无线电学校的排练房时,罗家英正好在为程浩男缝一粒就要掉下来的扣子。程浩男穿着毛线衣,他袖口的毛线已经脱开了线头,但这并不妨碍他在排练之余为大家拉一首小提琴曲。金喜听到了悠扬的琴声和零落的掌声,这是在午后三点的光景,同学们已经把新剧《到延安去》排得差不多了。这个剧是程浩男和罗家英一起写的,写完了还让罗列"斧正"了一次。

罗列一次也没有看过女儿正在进行的活报剧排练。他有他的生活,他当然是抗日的先锋,但是他不支持任何党派。他要做的事就是赚一些稿费,喝一些酒,跳几场舞,然后领不同的女人回家过夜。这是他的生活,他每次喝多了酒以后总是要告诉罗家英,人要为快乐

向延安

而活。

但是罗家英的快乐，完全在组织学生运动和排练新戏上。她的目标是延安。当程浩男告诉她，已经和共产党交通站的海叔接上了头时，罗家英的脑海里马上浮起延安的窑洞和宝塔，以及清明的空气。她猜想那是一个阳光普照的地方，当然也会有军号的声音，以及劳动的号子，当然，可能还会有日本人的战机来袭。但是这一切对她来说无足轻重，她愿意去延安快乐地生活。她不得不考虑的问题是，金喜怎么办？她和金喜认识多年，从来被人认为是天生一对。但是她现在希望自己和程浩男成一对。金喜一直贪玩，她一直认为虽然金喜可以把菜做得那么好，但并不能代表他是在革命。

她没有想到金喜会出现在排练房，那时候她刚好为程浩男的一件衣服钉上扣子。金喜什么话也没有说，而是走到了靠墙的凳子边坐下来，很像是一个小学生的样子。金喜后来还观看了他们整场的演出，他觉得他们的演出除了李大胆这个胆小鬼没有演好以外，其余的都演得很好了。比如黄胖面对日本人的大气凛然，比如程浩男面对酷刑的铁骨铮铮……李大胆这个胆小鬼在剧中演的是一个胆子特别大的男人，这和李大胆的性格明显地不符。

金喜想：我才是大胆，我是向大胆。

排练结束了，同学们都去了老海酒馆，据说那是程浩男发现的一个酒馆。只有金喜仍然坐在墙边的凳子上发呆，他的心底里涌起了无比的悲凉，是因为同学们和他有那么远的距离。罗家英主动留了下来，她走到金喜的身边坐下来。她认为如果她也离开，对金喜是不公平的。但是她坐在金喜身边，心里却会惦念起程浩男。罗家英的心海里一直织着一张矛盾的网，她从来都没有认为金喜不好，但是她又从来都不能和金喜做气味相投的事，比如组建剧社。

他们在一起坐了好久，彼此都一言不发。罗家英后来玩起了自己的手指甲，那是因为她实在没有什么东西可以玩。金喜站起身来，突然在排练房里翻起了跟斗。他很久没有和饶神父比翻跟斗

第九章

了，饶神父只剩下一条手臂，也翻不来跟斗了。金喜觉得自己的身体或许是生锈了，一点也不能放得开，甚至还微微的有些肌肉疼痛。当他停下来时，发现自己气喘得厉害。于是他知道，他很久没有锻炼了。

这个无声的傍晚，金喜还是跟着罗家英一起去了老海酒馆。在酒馆的一间包厢里，金喜见到了时时被程浩男挂在嘴上的海叔。海叔并没有十分的老，他穿着蓝色的长衫，留了一个平头，穿一双布鞋。他戴着墨镜叼着烟斗的样子太夸张，所以金喜不喜欢这么一个夸张的人。当海叔取下了墨镜的时候，金喜终于发现海叔的眼睛只留下一条缝。那是他见过的眼睛最小的男人。

金喜不由自主地牵起嘴角笑了。程浩男告诉海叔，说同学们都想去延安，其他学校的学生，几年前就已经成行了。现在去延安越来越困难，但是不去延安同学们能干什么？他们已经不想再在上海老是举着拳头喊口号了。李大胆卷起了袖子，猛地一拍桌子说，要不就成立青年锄奸团，真刀真枪地跟他们干。

海叔什么也没有说，他只是听着罗家英要求去延安，程浩男、黄胖、邬小漫、陆雅芳、李大胆都想去延安。实际上海叔的目光一直停在金喜的身上，金喜不太说话，他的声音在众人的声音下面压着，很轻地传了过来。

我也要去的。金喜望着不远处坐着的罗家英的脖子说，我也要去的。

接着金喜又说，延安总有伙房的吧，我想在伙房里干。

众人都笑了起来，只有海叔没有笑，海叔的目光仍然盯着金喜。海叔说，上级会有意见。在上级的意见下达以前，谁都要注意安全，不许乱来。什么时候成行等通知。

海叔的话无疑在学生们的心中就是命令。只有金喜打了一个哈欠，伸了伸懒腰站起身来，他突然想起他是约好了要去"老苏州"旗袍行为表哥武三春送旗袍的。

向延安

  金喜走出老海酒馆时打了一个饱嗝。他在门口大概站了一分钟,是希望罗家英会出来送送他。但是罗家英始终没有出来,相反地,金喜听到一直闷声不响的罗家英此刻欢快的笑声,从包厢里传出来。

第十章

1

金山出现在家门口的时候是一个雨天,他穿着长衫湿漉漉地站在门框边上。金喜和金水因为无所事事,都坐在屋檐下。他们听到了院门外的响动,都把目光抬了起来。这时候,他们看到了耷拉着头发的金山,像一匹疲惫的瘦马一样顺着来路回来了。

金山就这样莫名其妙地回来了,像他当年莫名其妙地消失一样。在金喜的记忆中,当初向伯贤曾经把大儿子金山所有的衣服都扔在了院门口,然后在众目睽睽之下一把火烧了。向伯贤的意思是,从此以后和这个动不动就失踪的儿子断绝父子关系。

金水的声音透过雨阵传了过来,他说,这位先生,请问你找谁?

金山浑身湿透了,看上去有些落魄,甚至略微有些颤抖。他提着长衫的下摆快步穿过天井,走到金山和金水的面前。然后他堆起一个讨好的笑容说,两位弟弟,我回来了。

金水站起身,突然一拳打在金山的脸上,金山的鼻子随即挂下一串面条似的血来。金水笑了,说,我不是你弟弟,他也不是。金水说这话的时候用手指了指金喜。

金山显得很尴尬,他不再说话,大步地向屋里走去。但是他被金

向延安

水和金喜各伸出一只手挡住了。他们突然把金山架了起来，像扔掉一件旧家具一样，扔在了天井的一洼雨水中。

金水说，你在这儿跪着吧。老头子已经死了，死在你跪着的地方，死在我弟弟金喜的怀里。你没有尽一天的孝对吧，那你怎么还有脸进这家门？

金山仍然什么也没有说，他听到金水说向伯贤已经死了时，眼泪随即流了下来。但是没有谁知道他是在雨中哭，因为分不清他流的是雨水还是泪水。国良和金美听到响动走了出来，还有那只黄猫弓了弓身子也无声地走到金喜身边。他们都一言不发地看着跪在雨地里的金山，他们看到金山慢慢地将前额重重地磕在雨水中。他一共磕了三个头，突然之间一声凄惨的号叫：爹，金山不孝。

金水吼了起来，你当然不孝！你连这个"孝"字都不配提！你滚！

金山没有滚，他站起身子来要往屋子里走，金水和金喜上前将他拖回天井的雨地中。金山又往屋里走，又被拖出来，如此往复。国良最后说话了，说，两位舅爷算了吧，大哥在外面肯定不容易。

金水带着哭腔的声音说，那我们容易吗？你以为我天生爱爬高楼？

那天如果不是金美挽着金山的手一步步走进屋里，金山是没有机会给向伯贤的遗像下跪的。金水和金喜的怒气也终于慢慢消退，最后他们还是没有把金山给扔出来。他们都觉得金山失去了从前的光彩，从前的金山是一个争强好胜的人，意气风发的人。现在不是了，现在他变得会讨好人，像一条夹着尾巴的狗。

国良做东，把大家叫到上海饭店吃了一顿。国良叫来了向家在上海唯一的亲戚武三春和袁春梅这对小夫妻，然后又叫来了罗列和罗家英。罗家英就坐在袁春梅的身边，罗家英很想和袁春梅说说话，因为她发现袁春梅穿着旗袍的样子，令她的心情愉悦。但是她深知她和袁春梅是两类人，袁春梅不会革命，只会做小生意赚点钞票花花。但她

| 第十章 |

不需要钞票,她需要的是激情。

金喜这一次算是坐在了罗家英的身边,一碗碗菜端上来的时候,他总是十分简洁地对这些上海菜做一个简洁的评语:太咸;糖放太多;这个其实是要用文火炖的;料不对,是陈年的……没有人去在意金喜的话,金喜被人遗忘了。饭桌上的中心是金山,他像一个坐着的谜团一样,众人都想要去解开这个谜团。金山偶尔看一眼袁春梅,武三春立即对袁春梅颇有家长之风地说,叫大哥。

袁春梅站起身来微微地欠一下身子说,大哥。

金水一言不发。其实对金山成见最大的是他,他认为在父亲临死之前,金山不知道在什么地方鬼混,这是一件不应该的事。现在金山不仅没有老婆和孩子,连家连房子连瓦片都差一点全没有了。金水一声不吭,也不吃菜,偶尔低下身子喝一口茶。所有人的表情和举动,都收拢在金喜眼观六路的视线里。他分明看到金山的目光在袁春梅身上做了适度的停留。金喜就在心里恶毒地想:是不是丰满而女人味十足的袁春梅,让大哥这个老光棍心猿意马了?

国良其实也是一个不怎么会说话的人,但他还是努力表达了他的意思。老爷子已经不在了,世道又那么纷乱,所以大家最好还是团结一点,不要让老爷子在地下难过。然后是嘴皮子利索的向金美帮了他的忙。向金美顺着国良的意思往下说,说金山年纪大了变得稳重,不如把福州路上的本草堂交给他管理。金水没有兴趣,金喜也没有兴趣,所以必须有一个姓向的人去管理本草堂,总是把这药房交给梅先生全权管理,终归不是一件十分妥帖的事。

其实没有人反对这个决定,都觉得这样对大家都有利。最后罗列在场做证明,写下了合约。本草大药房归三兄弟所有,各占三分之一的股份,收益也按各三分之一算。罗列的字写得非常漂亮,他让三兄弟各按了手印,这不似分家的分家就算是完成了。

国良和向金美什么也没有分到,作为中间人的罗列觉得有些难为情,他一向都认为男女都一样。但是国良摆摆手说,我们不要,我们怎么好和小舅子大舅子去争家产？只要大哥能好好经营药房，三位舅佬没有争执，我们就很开心了。

　　这天晚上金山喝了很多的酒，看上去他的酒量很好，仿佛是喝不醉似的。终于大家隐约地知道了一些金山的信息，金山一直在一座叫济南的灰扑扑的城市混着，混得很不好，而且一直打着光棍。就因为混得不好，所以他要回来了，但是他没有说他当初为什么要离家出走。一直到最后，家人们仍然没有搞懂金山这几年在干什么行当。这时候阿黄从一张凳子上跳到地板上，它仍然不会发出叫声，而是又跃上了金喜的大腿。金山对这只突然出现的黄猫充满了好奇，不由得多看了几眼。

　　金喜说，它叫阿黄。

　　接着金喜又说了一句令桌边的亲人感到吃惊的话：我想到延安去。

　　再然后，金喜还说，赤那，上海就是一件千疮百孔的绸衫。

第十一章

1

从那场著名的战争开始，阿黄就不再害怕寂寞和炮声。它认为寂寞是与生俱来的，炮声是在每隔一个时段一定要发生的，这是规律。无数个暗夜，它脚步轻盈地跃上向家的屋顶，一般情况下，它都会看到一个身材不高的年轻男人站在屋顶上，用长筒望远镜望着苏州河上开过的货船，或者望着那闹市区些微的霓虹灯光。有时候，它会一跃而起，直接跃上金喜的肩头。只有在这样的时候，它觉得它的生命和当年救下了它的向金喜紧紧地连在了一起。

阿黄是这座城站得最高的猫，它总是对这座城的未来心怀忧伤。

这个夜晚阿黄觉得金喜有些心神不定。金喜下了楼，骑上了脚踏车。阿黄就像是金喜的兄弟一样，它没有从金喜的肩膀上下来。金喜骑着脚踏车在大街上疾行，夜已经有些深了，只有电影院和舞厅、赌馆的门口还聚着很多人。金喜的一辆脚踏车在清冷的路灯光下疾行。金喜到了福开森路那片到处都是洋房的住宅区，他把脚踏车的停车架支起来停在一棵树下，然后自己就和肩头上的阿黄一起，站在那棵梧桐树的阴影中一动不动地望着罗家英的家门口。他不是想要等到罗家英出来，他只是觉得自己应该在这儿安静地看一看罗家英住的地方。

对于罗家英有时候他的印象模糊，但有时候十分清晰，他记得起罗家英标致而干净的五官，记得起她清清爽爽的学生装，当然也记得起罗家英棉花糖一样的笑容。但是，他分辨不出罗家英和他有多近。

金喜没有看到罗家英，却看到一辆黑色的车子闪着车灯开来，在罗家门口停下。罗列下车了，挽着他的手的是一个大屁股的舞女。舞女穿着高跟皮鞋，她走路的样子有些夸张，一扭一扭地和罗列一起越过台阶，走向罗家的小洋房。

金喜就一直安静地站着，后来他觉得脖子和头发上都落满了雾水。他的喉结一下一下滚动起来，仿佛要把所有的想念都吞咽下去。最后他觉得自己站在树的阴影里，差不多把自己也站成了一棵一动不动的树。

2

金喜在华光无线电学校的排练房找到了罗家英，她和程浩男还有邬小漫等人一起刚要去西郊。那时候华光无线电学校已经复课了，到处都闪动着青春逼人的金喜的学弟与学妹们。学校小道上那些树已经配合满是春色的一面湖水，开始显现出生机勃勃的绿色的迹象。那天金喜跟随着同学们一起穿越了这片植物带，然后一起走向学校大门口。很多时候他更像一个多余的人，或者连人也不是，他只是同学们多余的一只包、一件行李。

金喜走在人群的最后，他要看到的仅是罗家英的背影。罗家英的背影很窈窕，甚至有些瘦弱的味道。从金喜的眼里看过去，能看到的是她浅蓝色衣服下包裹的圆润但瘦削的后背。金喜突然感到迷惘起来，是那种不由自主的迷惘。他怎么都不知道他究竟爱罗家英哪儿。

他们一起出现在西郊的墓地，看到了陆雅芳一直呆呆地站在小崔的坟前。三炷香已经快烧完了，还在冒着袅袅的烟。黄胖上前安慰她，黄胖是一个十分会调动情绪的人，他借用了程浩男曾经说过的语

第十一章

言,说,小崔不在了,我们替他活下去。

黄胖的话让很多人都动容了,可是金喜什么感觉也没有。他四处环顾着荒草中的墓地时,觉得再一眨眼,一辈子就像一支箭一样唰地从眼前过去,自己和同学们几乎都会集中在这儿。那天金喜还见到了从梅陇镇赶来的小崔的父母,他们神情木然,一言不发。在他们的内心深处,怎么也不能相信自己养大的儿子,送他上了大学,然后就在某一天突然消失了。

陆雅芳把两手搭在小腹上,十分平静地和小崔的父母说,我是你们的儿媳妇,我叫陆雅芳。

她没有说是小崔替她挡了子弹。她抬起手,手中赫然握着一把牛角梳,这是小崔送给她的。谁都知道陆雅芳和黄胖有些眉来眼去,是小崔硬要挤出一条缝来。这把牛角梳是陆雅芳让黄胖去退给小崔的,但是小崔为陆雅芳挡了子弹以后,陆雅芳又在小崔的遗物中找回了牛角梳,并且一直都带在身边。

无论陆雅芳是不是小崔父母的儿媳妇,他们都没有什么反应。对于他们来说,儿子是最重要的,儿子不见了,儿媳妇不重要了,连世界都不重要。但是黄胖的内心翻滚起一阵阵的醋浪,他十分清楚地知道陆雅芳不是在感谢小崔的救命之恩,而是在感念一个男人甘愿为她献身。那么这个男人是最爱她的,她当然也有理由用心去怀念这个男人,并以这个男人的妻子自居。

荒草掩映的墓碑上的文字十分醒目:崔大方之墓　妻陆雅芳立。

令黄胖感到悲哀的是,即便有一天陆雅芳仍然是嫁给他的,但是她的心已经分成了几块,黄胖得到的是其中多大的一块?黄胖的爹是做生意的,而且把生意做得十分的风生水起,所以黄胖就算最笨,他也会算这样一道算术题。

黄胖的天空因此而灰暗,灰暗的另一个原因是黄胖的爹发现黄胖一天到晚在和一群激进学生混在一起。黄胖的爹最怕的就是这一点,所以他说服了哭哭啼啼不愿放黄胖离开的夫人,决定要送黄胖去法国读书。

你读完书回来，仗也打得差不多了。你可以进一家洋行去工作，也可以跟我一起做生意。这是黄胖的爹为黄胖谋划的未来。

黄胖把要去法国读书这件事首先告诉了陆雅芳，在一盏路灯下，黄胖抓着陆雅芳的手问，你能不能和我一起去法国读书？

陆雅芳一直对法国很向往，她的脸上掠过的是欣喜的神色，然后她的眸子如同昏黄的路灯一般慢慢暗淡下来。她的手从黄胖的手中退出来，她觉得如果离开了上海滩，离开了程浩男、罗家英，就离开了革命，她一定对不起地下因革命而死为救她而死的小崔。她认为在法国享受浪漫，不如在上海的小房子里睡一个安生觉，醒来的时候随时可以看到外滩、外白渡桥和同学们，至少可以在心里觉得踏实。

我怕去了法国我就永远都睡不着了，黄胖，我要同你分开！这是陆雅芳留给黄胖的话。

现在黄胖站在墓前的人群中，他知道墓里小崔的死，让几个人的生活路线都发生了改变。他没有办法去影响这样的改变，也没有办法去违抗向来说一不二的父亲的决定。所以在墓前，他的心境黯淡如乌云密布的天空。在众人都收拾了心情将要离开墓地的时候，黄胖突然对大家说，我要去法国了。

这时候一只乌鸦在不远的松树上鸣叫，金喜觉得，一切其实都很安静。

3

华光无线电学校的排练房里，黄胖端坐在一张椅子上。罗家英、程浩男和李大胆、邬小漫，还有许多参加演出的同学，一起为黄胖排练《到延安去》，算是为他送行。金喜也来了，他一声不吭地把自己扔在门边的墙壁上，像一只巨大的壁虎。他看到同学们排的戏，其实已经相当不错了。

第十一章

"去延安吧,在那里锻打成铁……"程浩男说。

"即便把我们撕成碎片,每一片都将写满忠诚。同学们,我们到延安去……"罗家英说。

黄胖的眼泪就在此刻缓慢地流下,他不仅告别了陆雅芳,也告别了延安。他开始鼓掌,那是一个人的鼓掌。这时候,邬小漫的目光长久地投在靠在墙上的金喜身上,金喜就像一幅墙上的标本一样。她走到了金喜的身边,轻声说,都要去延安了,我也要去延安,你去不去?

向金喜笑了,也是轻声地说,家英去,我当然也是要去的。

邬小漫的目光中含着凄凉,她说,不管你是为谁而去的,去总比不去好。

向金喜断然地说,我为革命而去。

邬小漫说,不!你不是!

这天晚上他们一起去了老海酒馆,因为李大胆提议,必须为黄胖饯行。酒馆老板海叔被程浩男从账房那儿叫了过来,和他们坐在一起喝酒。海叔是个很有玩兴的人,他在席间和李大胆划拳赌酒,差不多把李大胆给灌醉了。

金喜总觉得端上来的菜不合口味,于是他摸索着去了厨房。他支开厨师亲自掌勺,为黄胖做了他十分爱吃的红烧狮子头。做这道菜有一个漫长的工序,所以当外脆内嫩的狮子头端上来时,差不多就是散席的时候了。

金喜看到罗家英没有和程浩男坐在一起,这让他的心里有了一丝快意,但是他随即发现罗家英原来是坐在了程浩男的对面,从他们的目光对碰中,金喜觉得新的问题产生了。当一男一女突然故作疏远的时候,那就是他们走得更近了。金喜的心底里哀鸣了一声,他抓起酒瓶在杯子里倒满酒,敬了黄胖一杯。

金喜说,黄胖,天涯若比邻好不好?

黄胖也歪着身子站了起来说,若比邻那是一定的。

然后金喜又喝了好几杯酒，都是满杯地敬同学们。这令邬小漫十分担心，差一点她就想上前去抢金喜的杯子了。罗家英望着金喜，她心细如发的小心思猜到了金喜在想什么。她说，你少喝点，喝坏的是你自己的身体。

金喜就笑了，说魂都没了，身体还有什么用？还不如猪肉值钞票。

同学们都认为这是一句笑话，但是罗家英知道这不是笑话，这肯定是对她说的。然后金喜就拎着酒瓶歪倒在地上。那天结账的时候，李大胆从金喜的口袋里掏出一把钞票来说，有的是钞票。

邬小漫盯着李大胆大声地说，李大胆，你还像个男人吗？

李大胆拿着钞票一下子就愣住了。

4

十六铺码头有一长溜灰暗的灯光，投在长长的路面上。不时有汽笛声从黄浦江的江面上传来，仿佛是从很远的未知的世界飘来一般。金喜一直都知道自己可能就是一个局外人，但他还是来了，和他一起来为黄胖送行的是他肩头的阿黄。阿黄的眸子里，装下了陌生的码头，它从来没有看到过水面上漂浮的巨大轮船。又一声汽笛声传来，不远处入口处的铁栅门打开了，一些顾客开始登船。

黄胖穿着西装，他的肚皮骄傲地鼓在那儿。黄胖的娘哭成了一个泪人，她一声又一声地嘱咐着黄胖在法国要如何生活，这让黄胖有些不太耐烦。黄胖的爹说，别说了，你老是翻来覆去地说这些话有什么意思？我的耳朵都起茧了。

黄胖的目光一直投在陆雅芳的身上。陆雅芳谈笑风生，还开玩笑让黄胖找一个法国的老婆，生一个混血的儿子。黄胖很失望，在陆雅芳的脸上他看不出一丝惜别的情感。黄胖后来拎着一只崭新的大皮箱，断然地登上了客轮。他的断然是因为他觉得他确实可以安心地去

第十一章

法国了,他要忘掉陆雅芳,忘掉陆雅芳的同时也就忘掉延安。

轮船长鸣了一声,缓缓地离开港口。那江水因为受力而发疯般地拍打着堤岸。轮船已经远了,但仍能清晰地见到船上巨大的烟囱在夜色中喷出的淡色的黑烟。这时候金喜走到了陆雅芳的身边,轻声说,雅芳,你大概可以哭了。

陆雅芳果然就伏在罗家英的肩头,哭得稀里哗啦。她的双肩不停地耸动着,罗家英在安慰她,轻轻地拍着她的后背。这时候,汪精卫伪政府成立不久,各家报馆编的报纸,正从印刷机里吐出来。上面赫然印着汪精卫的头像,金喜后来知道,其实汪精卫最早的时候就是一名刺客。现在这名刺客要依靠日本人成立政府,那么,他就是最有野心的刺客了。

第十二章

1

　　金山一直都留恋久盛赌馆。他的话并不多，所以他像一个幽灵一样在赌馆内飘来飘去。更多的时间里，他拿着小额的钞票，忐忑不安地四处下注。在这个如菜市场一般闹猛的地方，金山认识许多赌友。

　　有一天凤仙和金水一起来久盛赌馆的时候，看到了金山。金山那天输得很惨，他十分扫兴地离开了赌馆，离开赌馆的时候还拉着一名穿西装的男人的手，翻来覆去地说，总有一天他是要来翻本的。

　　西装男人笑了，说我等着你翻本。

　　金水透过包间的木格子窗看到了这一幕，他突然觉得金山这么多年来，不仅没有积蓄，而且一无长处，根本就不像是他们家的大哥。

　　我要去查查了，他会不会把我们向家的本草堂也给输光了？摸着麻将牌的时候，金水这样和凤仙说，声音中还透着些许的愤慨。

　　他吃喝嫖赌样样会，就是挣钞票不会。金水的声音高了八度。

　　凤仙不屑地从鼻孔里发出一个音节来，吃喝嫖赌哪个男人不会？

2

老海酒馆里,海叔接待了一名客人。客人面前油腻腻的小方桌上,放着一沓延安抗日军政大学的招生广告。客人说,这些广告,都要发出去。

在场的有程浩男和罗家英。他们两个是海叔叫来的,在海叔的心里,程浩男和罗家英实际上已经和地下党组织走得很近了。因为安全的关系,他们只和海叔一个人联络。他们不知道海叔背后,有多少的自己人,或者有多庞大的一个组织。但是他们十分清楚,海叔是一枚叶片上的其中一条脉络。而和海叔纵横交错的脉络还有很多。想到这些隐秘而刺激的事件,程浩男和罗家英的心中,总会涌起一阵阵轻微的喜悦。

罗家英说,看来我们就要离开上海了。

客人吃了一碗阳春面,他吃面的速度非常快,简直就是风卷残云。然后他就迅速消失了,像从来没有出现过一样,只是桌面上多了一堆的招生简章。

发到各个学校去。海叔盯着程浩男和罗家英的脸,喷出一口烟说。

第十三章

1

金喜在这个清晨来临的时候，还在床上呼呼大睡。阿黄就睡在他床的里侧，当金水闯进金喜房间的时候，被惊醒的阿黄懒洋洋地睁一眼闭一眼。它看到金水从门口闯进，动作麻利地掀开了金喜的被子，把几乎赤条条的金喜从被窝里拉起来就往外走。金喜完全处在懵懂的阶段，他仿佛在梦游一般不由自主地跟着金水走了。走到门边的时候他像是意识过来似的挣脱了金水的手，大声地说，你要干什么？

金水说，你只管跟我走。

金喜说，我还没穿衣服。

金喜飞快地穿起了衣服，他回头看了床上睁一眼闭一眼的阿黄一眼，胡乱地套上鞋子和金水一起冲出屋去。

出什么事了？他说。

他认为一定是出了事金水才会这样。金水紧抿着嘴唇一言不发，拖着金喜的手奔出院门。金水上了车，金喜也上了车，车子迅速地向福州路驶去。

在本草堂门口，金水和金喜同时拉开了车门，他们跳下来冲进本草堂。梅先生依旧在噼噼啪啪地打算盘子，他抬起头时看到金水怒气

第十三章

冲冲地直奔里间。金山正在办公桌前喝茶,并且在一张纸上记录着什么。金水冲进来胡乱地拉着抽屉的时候,金山就什么都明白了。他索性安静地坐在那里。金水从一只抽屉里找出了账本,飞速地翻动着,然后他的目光落在了最后一页。

你看看,你看看。金水对金喜说。还没等金喜看清,金水就把账本愤怒地扔在了金山面前。

这时候梅先生扶着他的老花镜出现在房间门口。

金水说,你就坑我和金喜两兄弟?我们是你的弟弟呀。你不会是想把本草堂败光吧?

金山说,被朋友外借了,救急!比救命还重要的救急!

金水说,外借?药品都出仓了?出哪儿了?大和医药公司根本没有收到款,你账面上怎么有出账?你不打款,人家大和怎么会给你发货?你想把两个亲弟弟坑死是吧?

金水说完,抓起账本扔在了金山的脸上,账本落在地上随即散了架,一页页的账纸落了满地。梅先生忙上前挡在金水面前,大声地摇头晃脑地朗诵着:煮豆燃豆萁,豆在釜中泣。本是同根生,相煎何太急?

金水恼了,说,梅先生,你别给我朗读古诗了,你读这古诗没用。

后来金水平静了下来。金水说,金喜,大哥坑咱们了,咱们是小娘生的,所以他坑咱们了。

金水边说边把腰间的手枪解了下来拍在桌面上,望着金山一脸怒气。金山显然有些怕了,他终于承认,钞票全被他在久盛赌馆赌输了,有一部分还花在了醉红楼一个叫小柔的妓女的身上。

金山大声地骂道,什么久盛,一点也不盛。什么小柔,斩起客来比刀子还快。

金山说这些话的时候,有了咬牙切齿的味道。金水的眼中露出一丝不屑,他突然觉得大哥金山活得真是窝囊。这个下午金山写下了

向延安

一张字条，所有被他花出去的钞票他必须想办法补回来，所有的红利必须一分为三。金山写完字条，把字条移到了桌上那把手枪的旁边。这让金水认为手枪真是一种好东西，最硬的骨头也不可能有手枪的硬度。金水收起了字条塞在口袋里，他走到梅先生的身边，替梅先生拍了拍长衫上面的灰尘说，梅先生，你在本草堂里都那么多年了，可千万别偏心啊。

2

金水有一辆借来的车子，这辆黑色的车在金喜的眼里，就像一条黑色的鱼。在苏州河畔靠近斯文里一带，金水属于一个比较风光的人。他比他的老子会掼浪头。金水开着借来的车子进进出出，但是他一直对街坊说他是在洋行当上了经理，这是洋行给他配的车。

金水确实是有铜钿的人。他从来没有想过要继承父业做药材生意，他喜欢在极司菲尔路76号的生活。汪精卫政府在南京成立后，76号被日本人划拨给汪精卫政府使用，但实际上仍然受辖于日本特务机关。但对于金水来说，受辖于谁是不重要的，重要的是他热烈地喜欢着打打杀杀的生活。

他第一次看到凤仙的时候，是在某天的午后。那天他们刚好和军统的人交了手，有几名兄弟还负了伤，不过他们还是抓回了一名军统特工。金水就提着这名特工从车上下来，这名特工突然大叫一声，用头撞向金水。金水被撞倒在地上，军统特工去抢金水身上的枪，这时候，一名76号的特工松开了手中的狗绳子，一条狼狗飞扑向军统特工，随即张嘴叼住了他的喉咙。

只在一瞬间，军统特工的喉管就被咬断了，他手中刚好探到了金水腰间的枪。他来不及扣动扳机，就看到面前闪过一道红光，那是他喉咙里喷出的一道血。然后他看到自己先是双腿跪下，然后软软地倒了下去。金水一蹬腿，将软软倒下来的军统特工蹬开。他的身上也被

第十三章

军统特工的血喷了一身,他拼命地擦着血迹。这时候,一辆黑色的车子无声地开进院子,车上下来烫着鬈头发的凤仙,她穿着一件暗红色的绒布旗袍,刚好看到身姿挺拔、青春勃发的金水狠命地踢了军统特工一脚。

然后金水抬起了头,看到了不远处像一棵美人蕉一样站着的凤仙。后来,当某一天他在上海饭店搂着怀里的凤仙时,突然想起了第一次见面时的场景,就想这大概一定是命。

金水这辆从凤仙那儿借来的黑色车子时常出现在他家三层洋房的家门口。这是一辆令金喜无比眼热的车子,车子来自美国,有一个没有几人知晓的牌子——别克。当金喜偷偷爬进车子的后厢时,觉得老爷子向伯贤留下的所有的西洋玩意儿,都不如这车子来得让人热血沸腾。那饶神父的脚踏车和这车没法比,光轮子就差了两个。就在金喜狂热地抚摸与喜欢着别克的时候,金水匆匆地从屋里出来,他打开车门发动车子就走了。金喜躺在后厢没有吱声,他的心中有了一种窃喜,因为知道所有隐秘的事件都必须是这样开始拉开序幕的。

金水大概开了半小时的汽车,一直开到了西郊。在一幢四周空旷,看上去有些荒凉的两层楼房前,金水停下了车子,匆匆地向台阶上奔去。金喜下车的时候,才觉得自己的手和脚麻木了,像有一把细针在一下一下扎着手脚。他艰难地从车上下来,然后好长时间站在车边不能动弹。远处的枯树上一阵阵的鸦啼传来,让金喜觉得这荒凉的地方,很像是《聊斋》中的一些场景。然后金喜踩着半干燥的泥土和发黄的落叶,沿着一条小路迅速地进入了那扇虚掩的门。

吱呀一声推开门的时候,金喜的心里就闪过一个念头,他觉得这是一条通往另一个世界的门,因为他的背脊上掠过一丝阴凉,这让他很为自己的二哥担心。然后他尽量放低脚步的声音,那木质的楼板其实很容易叽嘎作响。金喜脱了鞋子,蹑手蹑脚地推开了二楼的一扇门。房间很大,有不少的木质隔断,这些隔断都纤尘不染,可以看得出这里其实是一直有人打扫的一个隐秘的处所。

向延安

然后金喜听到了轻微的响动，他透过一条门缝看到了两双光溜溜的脚，其中一双脚像是长了翅膀似的飞了起来，大概是纵身一跃双脚缠住了另一个人的腰。这时候金喜知道，这两双脚一双是金水的，另一双必定是凤仙的。然后两双脚出现在床边，再然后一些衣服向门口的地板上凌乱地飞来，像一群迷失方向的蝴蝶一般落在地上。金喜看到了一只小包，他的手轻轻将门缝顶开，手伸过去，在吱呀吱呀的欢乐的声音里，金喜将包打开。包里面除了一沓钞票和一些首饰，赫然躺着一支十分小巧的手枪。那时候金喜还不知道这种手枪叫作"掌心雷"。

金喜后来觉得索然无味，那不知道停下来的欢快到骨头里的声音让他觉得一切都显得那么的虚无。他溜出了这幢老宅，在宅院的门口空地上，那辆黑色的车子仍然寂寞无边地停泊在那儿。金喜这时候才看到房子的前壁上镶着一块石板，石板上刻着两个过了红漆的字：卢宅。

金喜漫无目的地行走，离开了西郊。回到家的时候已经黄昏，他看到国良破天荒地回来了，正和金美在屋子里小声吵架。他的手伸进了口袋里，摸到了那把掌心雷手枪。他的心里就咯噔了一下，想：我怎么把这个东西带来了？从现在开始，金喜不仅有了一支"点四五"的勃朗宁，还有了一把"掌心雷"。

而金喜不知道的是，整个午后，凤仙都光着身子靠在卢宅二楼某间房的床上抽烟。那只包被她打开了，包里面该在的都在，就是少了一把掌心雷手枪。金水不知所措，他光着身子对着那微微开着的门缝发呆。现在他至少可以确认两件事：一件是有人来过了，知道了他和吴三保三姨太凤仙的事；另一件事是，掌心雷手枪被这个来过的人偷走了。

凤仙一直把那包美丽牌香烟抽完了才起床穿衣。她把最后一支香烟的烟蒂在烟灰缸里掐灭，然后狠狠地说，就是把整个上海滩挖地三尺我也得把这个人找出来！凤仙是咬着牙说这句话的。她的样子让金

第十三章

水感到一丝寒意。金水十分担心凤仙会把牙齿不小心咬断了。

包括金水在内,都没有人知道这支手枪的来历。这是凤仙十七岁时的初恋情人俞树和送给她的定情礼物。那时候吴三保还没有进入76号特工总部,只是在闸北一带有点儿打打杀杀的小名气。有一次吴三保在大街上看到了小鹿一样奔跑的凤仙,他让人向凤仙的爹提亲后第三天,俞树和突然在一棵弱不禁风的歪脖子树上上吊自杀了。

第十四章

1

无论对黑色的别克汽车有多么的热爱，金喜都不可能拥有这样一辆汽车。他只能骑着他的脚踏车，在上海的街道横冲直撞地穿梭。其实在靠近苏州河一带，脚踏车还是比较时髦和实用的。金喜可以在黄昏或者清晨，沿着河边那高低不平的泥地快速地骑车经过。空气照旧新鲜，偶尔有粪车经过，拉粪工摇铃的声音亲切而温暖。有好些自己动手搭起来的简易棚子里，烟熏火燎地生活着从外省进城谋生的老百姓。只要不听到枪声，百姓会认为战争其实很远，万里无云，天下多么太平。

战争永远都在紧锣密鼓地进行中。那天金喜的脚踏车是没有目标的，在无数次没有目标的骑行中，最后往往会不由自主地到达罗家英的家门口。金喜认为自己一定是爱上了罗家门口不远处的那棵梧桐树了，他喜欢把自己藏在树的阴影里，这样会让他有些微的安全感。

在金喜的脚踏车从苏州河边的开阔地带拐向一条弄堂时，金喜闻到了泥沙的腥味。一条货船发出巨大的声响刚好开过。就在此时，金喜看到了袁春梅，袁春梅仿佛是从地底下钻出来的，或者是从某户人家家里走出来的，当然也有可能是从天而降。总之她突然出现了。她

第十四章

穿着一件素雅的旗袍，这让袁春梅看上去没有了风尘的气息，反而像是隔壁家已经出嫁的大姐。

袁春梅无声地上了金喜的脚踏车后座。她穿的是一双软底布鞋，所以她跳上车子的时候十分轻盈，像一只瘦脚的鸟。金喜骑着脚踏车越骑越快，在车子转弯的时候，他会腾出一只脚来迅速踮地。而袁春梅也会轻轻地惊叫一声，用手揽住金喜的腰。金喜十分喜欢袁春梅的惊叫。

坐在金喜的脚踏车后座，袁春梅像少女般欢快地晃荡起双脚。她竟然说起了延安。

袁春梅说，知道延安吗？

金喜说，知道，有一座宝塔。

袁春梅说，真想叫上武三春，去那儿做裁缝啊。

金喜说，做旗袍吗？

袁春梅说，不做旗袍，做军装。

那天金喜把脚踏车停在了福开森路那片小区中那棵树的阴影下，然后双手插在口袋里和袁春梅有一搭没一搭地闲聊。他们主要在聊武三春，因为金喜总是搞不懂一个开裁缝店的老板，怎么会把自己搞得那么忙？后来他们碰上了刚刚回来的罗列，罗列带回来一个年轻人，这个年轻人戴着眼镜，皮肤白净，看上去有些瘦弱的样子。他是一个十分喜欢说话的人，他不停地和金喜说着话，他说他叫方文山。

四个人一起进了罗列的那幢洋房。在客厅里，只有方文山在积极地发言。听上去他是一个十分有想法的人，他的家里开了一家蚊香厂，但是他没有想过要继承蚊香厂。方文山说，我要那么多蚊香干什么？

其实他是来相亲的。罗列接待了他是因为他的父亲托了大美晚报社的一个副总编来当说客。方文山对相亲没有兴趣，他没有和罗家英聊天，却和罗列在咖啡馆里聊了半天。罗列不喜欢说大话的方文山，但是喜欢文采飞扬的方文山。方文山不停地翻着罗列家中的各种书，随即又随意地扔在各处。这让罗列感到不太舒服。

方文山在说着汪精卫，又说周佛海，又说被人用菜刀砍了头的市长傅筱庵，当然方文山还说到了蒋总裁和毛泽东。罗家英回来了，她看到高谈阔论的方文山时不由得皱了一下眉头，但是方文山没有停下来。等到他说完了想说的话时，他盯着罗家英说，你一定就是罗家英。

罗家英说，我是罗家英又怎么样？

方文山看了罗家英一眼说，我叫方文山，我家里是开蚊香厂的。

罗家英说，你家里开蚊香厂又怎么样？你家里就是养蚊子也和我没关系。

方文山皱了皱眉头说，真是个野姑娘，以后嫁了老公，老公怎么斗得过你？

罗家英说，反正不会嫁给你，所以你可以放心。

方文山说，我是来相亲的。

罗家英说，那我告诉你，相亲结束了，你可以滚回去了。

罗列一直在微笑着，他制止了罗家英。他说，家英，人家是客人。

罗家英说，我看他到处乱翻，不像客人，像主人。

方文山说，那你还让主人滚？

他们一直都在拌着嘴，但是气氛比刚开始的时候轻松了不少。金喜插不进话，他不知道说什么，也根本就不想说什么。他把头仰靠在沙发上，环视着这幢小洋房，心里却在想着另一个问题。他想的是在这幢考究的房子里，罗列一共带回过几个女人？

后来金喜和袁春梅去了灶披间，那天他们两个人主要是在灶披间里做菜。这是一个整洁而宽阔的灶披间，所以金喜的心情突然之间变得很好。袁春梅帮厨，她坐在一张小凳子上像一个小媳妇似的，把所有的准备工作都进行得井井有条。袁春梅洗净，并且切好了所有的菜，然后金喜开始炒菜。炒菜的时候金喜想：为什么方文山可以说那

第十四章

么多话而不累？

金喜做的菜是笋宴，他做了油焖笋，也做了火腿肉蒸笋，还在一碗汤里加入了笋干，甚至在一碗蒸螺蛳上面盖了火腿和笋衣，再炖了一只老鸭笋干煲。总之，这是一顿丰盛而可口的午餐。方文山已经不和罗家英拌嘴了，他和罗列、金喜一起喝酒。喝到差不多的时候，他用筷子指了指金喜说，你是一个好人，你一定是一个好老公。罗家英，我觉得你应该嫁给这样的人。

罗家英的脸一下子红了，她不是因为怕羞，而是因为尴尬。罗列倒没有说什么，只是笑笑，说随缘最好。罗列愿意罗家英跟向金喜相处，但肯定也不反对罗家英和程浩男打得火热，当然，如果罗家英喜欢上了方文山，他一定也不反对。罗列的妻子十多年前跟人跑了，罗列竟然没有阻拦。妻子临走的时候就拉着罗列的手说，你要把家英当你的性命。

如果把家英当成了性命，那当然是家英的快乐才是罗列的快乐，所以罗列不会去反对罗家英的任何决定。方文山后来不再提谁和谁般配的事，他只是说向金喜做的菜好吃。这是金喜和袁春梅第一次联手做饭，但是他们一点也不知道，更大的联手还在后头。

方文山说，向先生天生是个厨师，可惜生在了乱世，不然的话一定有用武之地。

向金喜对方文山的这句话一点也提不起兴趣来。金喜说，方少爷，我就想当我的厨师，乱不乱世，用不用武，都和我关系不大。不过我想去延安当厨师。

金喜的最后一句话让方文山愣了一下，他没有再说什么，而是找了纸和笔躲到一边去写字。他写字的速度很快，可以看出他的想法在大脑里急速转动。其实罗列欣赏这个年轻人，他认为这个年轻人尽管是个话痨，但肯定有他自己的思想。罗列不去管罗家英喜不喜欢方文山，或者是金喜，罗列喜欢的是抽雪茄，他开始在饭后美美地点着了烟。于他这个年龄的男人而言，生活的每一根毫毛，都已经被他看得

向延安

清清楚楚。

方文山离开罗宅的时候，交给罗家英刚刚写就的一封信。方文山偷偷地说，那个叫金喜的厨师人不坏，你嫁给他肯定没有错。那个女的不是他老婆吧？

罗家英笑了，说那个就是他老婆。

方文山若有所悟地噢了一声，转身离开罗宅的门口。而罗家英望着方文山坚定却又瘦小的背影，不由得浮起了笑容。

2

这个漫长的午后是一个游手好闲的午后。袁春梅一直坐在金喜的脚踏车后座上，晃荡着一双春天的脚。袁春梅看上去和金喜已经很熟了，可以十分随便地说话。金喜也不会再把袁春梅当成表嫂看，在他的眼里，袁春梅就是一个生活在上海的小女人。

破天荒地，他们去了外滩。那天黄浦江的水有些浊，空气中飘荡着淡腥的味道。金喜把脚踏车停了下来，他们晃荡着一起走向了外滩。远处江面上有外国的邮轮，正在冒着巨大的烟，并且发出低沉的汽笛声。袁春梅因为金喜为她买了冰激凌而显得兴奋起来，她仔细而细碎地吮着冰激凌，并且不时地歪着头看看一脸沉重的金喜。

你一定是故作深沉。袁春梅这样说金喜。

金喜笑了，你一定是觉得我吃得空。

他们经过一个"摸骨轮相"的小摊时，那个头戴瓜皮帽的相士竟然从摊位后面蹿了上来一把拉住了袁春梅的手说，停下来，停下来，我看出你们有夫妻之相，你们一定是夫妻吧？

袁春梅大笑起来，冰激凌让她差点呛了喉咙。

金喜对那名相士认真地说，她是我妈。

相士一下子就愣了，好一会儿才快快不乐地说，我明白了，一定是小妈，是你爹的小老婆。

第十四章

相士说完不再说什么,回到摊位后开始打盹。其实没有多少人愿意让他来看相,在战乱过后的年岁里,相好与不好对老百姓来说并不是什么重要的事了。最重要的事当然是活下去!

袁春梅再一次笑得前仰后合。当她坐在脚踏车后跟着金喜一起回"老苏州"旗袍行时,她一直都在咯咯笑着。她的手已经可以很自在地揽金喜的腰了,在她的心里,觉得金喜就是自己的一个亲弟弟,或者是真正的小叔子。那天金喜把脚踏车蹬得飞快,在经过一片斜坡时,脚踏车自行快速下滑,无数次金喜都松开了把手,让车子自由滑行。

这样的结果是袁春梅一声又一声地尖叫。

当脚踏车出现在"老苏州"旗袍行门口的时候,老裁缝九叔从店里出来,对袁春梅说,武老板出去选一批新到的布料去了。

阁楼上传来轻微的咳嗽声,金喜不由得抬头望了望楼板。他大概是想把楼板望穿,他十分相信武三春其实就在阁楼里。至于搞什么鬼名堂,他不知道。

3

罗列叼着雪茄在他的书房里安静地坐着,书桌的桌面上堆着凌乱的稿子。罗家英在书房里来回踱步,高声念着那天方文山塞给她的信,信中说他不想结婚,因为革命没有成功,日本人没有被赶出中国。所以来见她也是父母之命,实在对不起她。在信中他还表达了两层意思:一是罗家英果然是一个好姑娘;二是罗列,还有那个叫作金喜的果然也是不错的人。信的最后他说,他要等待黎明,等到天亮那一天才考虑自己的婚姻大事。

罗家英拿起了罗列的打火机,把这封信给烧了。罗家英用手轻挥着那张燃烧着的纸,火光迅速地把她的脸给映红了。然后火很快熄灭,那纸就剩下了黑色的轻薄的躯壳,疲惫地落在地上,寂寞得像一张无人问津的蛇蜕。罗家英说，爹，你怎么会把这样的人领进咱们家的门？废话不断，自以为是。

  罗列笑了，说，你嫁与不嫁，什么时候嫁，都和我没关系，只要你开心。罗列的目光这时候穿透面前升腾起的雪茄烟雾，落在了书架上一只小而精致的镜框里，镜框中一个美人在向罗列微笑着。这个美人已经在十多年前跟着另一个男人远渡重洋生活在英国，她是罗家英的母亲。

  罗家英走到窗边，推开了窗。窗外湿润的夹带着植物气息的新鲜空气一下子涌了过来，罗家英闻到了其中一种是夜来香的气息。这时候，她看到不远处的一棵树下，两个黑色的人影在晃动，像是阴森的鬼魅。罗家英揉了揉眼睛，一切重归平静，黑影就像没有出现过一般。那条通往她家的路上，仍然只有那棵枝繁叶茂的梧桐树。罗家英记得，树冠之下就是那个叫金喜的后生经常停下脚踏车发呆的地方。

  罗家英想：是不是自己被人跟踪了？

第十五章

1

黄胖从法国回来的时候，很有从天而降的味道。金喜扳着手指头，也没有算出黄胖究竟在法国住了多久。可能是一个月，也有可能是半个月。但是总之他蜻蜓点水一般地回来了，他穿着白衬衣和背带裤，戴着一顶鸭舌帽。他已经很像是一个完成学业学富五车的留学生了。果然，他还带回来一张大学毕业证书，金喜记不清那学校的名字，只记得那是一串长长的字母。

黄胖不仅自己回来了，还带回七八个同学。在一间大房子里，他们在来回走动，滔滔不绝地说话，脸上布满兴奋的神情。黄胖叫来了罗家英、程浩男和陆雅芳、邬小漫、李大胆等十多个同学，当然，其中包括金喜，参加他们的聚会。在这间大屋子里挤满了人，他们都愣愣地看着从国外回来的年轻的革命者，慷慨激昂地诉说着理想与抱负。陆雅芳一直隐在罗家英的背后，看着不远处意气风发的黄胖，她突然觉得黄胖变了，变得洁净、高尚，而且风度翩翩，说话的时候不时地穿插着几个英文单词。他的手上下有力地挥舞，变得如此潇洒。这让陆雅芳的心动了一下，再动了一下。

黄胖走到金喜的面前，他把肥厚的手掌拍在金喜的肩膀上，语重

向延安

心长地说，金喜，你也要和我们一样参加革命，你也要和我们一样去延安。

金喜笑了，他抬起手抓住黄胖厚实的手掌，慢慢从他的肩上拿下来。金喜说，我一直在革命，我一直想去延安的。是你们把我当成了厨师，黄胖，我一定跟着你去延安当一名厨师。

那天他们像出闸的激越的水一样涌出了这间租来的洋房，一起走向大街。阳光暖和地拍打下来，仿佛能唤醒他们的骨头。他们一起去了海叔的老海酒馆，分两桌坐了下来，捋起袖子高声地叫酒，叫上菜。金喜却在热闹的叫喊声中，偷偷溜去了厨房，他换下了厨子。

他斜眼看了一下厨子说，还是我来烧吧。你帮我洗菜。

除了邬小漫，没有人知道金喜不见了。罗家英、程浩男和这些海外回来的革命学子们交谈得十分热烈，瘦高如豆芽的李大胆在拼命地吃肉，黄胖则文雅地端着酒杯，坐在陆雅芳的身边，不停地向她描述着法国的风光。他说话的时候不时蹦出英语和法语单词，然后拼命地耸肩，很有法国人的派头。同学们也终于在餐桌上知道了，黄胖回到上海，他的父母亲并不知道。他们仍然在源源不断地向法国汇钞票，然后由黄胖在法国的同学取出钞票后再汇给上海的黄胖。这是一道烦琐的工序，但是黄胖的内心仍然充满欢乐。他对陆雅芳轻声说，看不到你我的心就要发慌。

邬小漫在酒杯与酒杯交错的声音中，偷偷地溜进厨房。她果然看到了金喜在无声地忙碌着，他做了两道十分拿手的菜，就是红烧狮子头和红烧猪蹄。厨房里炉火通红，热气腾腾，金喜摘掉了厨师帽以后，对邬小漫笑了一下。

邬小漫说，你为什么这么喜欢做菜，今天不是你做菜的日脚。

金喜说，你没觉得他们在一起很快乐吗？我不需要凑这样的闹猛。

邬小漫一把拉起了他的手，她十分地不希望在众人眼里，金喜只是一个厨师。金喜也是向往革命的，金喜也想去延安，当然，她会陪

第十五章

着金喜一同去。她把金喜拉进了包厢,然后把他拉到自己的身边坐下来,把酒杯在他面前放好,把筷子在他面前放好,把酒给他满上了。金喜笑了,随即倒了一大杯酒一仰脖咕咚就下去了。他看到了罗家英红光满面的脸,罗家英看了他一眼,端起酒杯和金喜碰了一杯。

金喜说,令尊大人别来无恙。

罗家英说,你很关心我爸。

金喜看了看四下的人,轻声说,你又不让我关心,我只能关心你爸。

罗家英红了脸,说,你乱讲。

金喜撞了一下罗家英的肩说,你看,黄胖在做什么?

黄胖这时候刚好偷偷地把一只手盖在了陆雅芳的手背上,陆雅芳的手明显地迟疑了一下,但最终像是没有力气一样,还是没抽出来。

罗家英笑了。金喜说,我也想把手盖在你的手上。

金喜说完果然把手盖在了罗家英的手上,罗家英的手也迟疑了一下。罗家英想要把手抽出来,又觉得把手抽出来会让金喜很没有面子。这时候程浩男正笑着和一名从法国归来的年轻人干杯,他的眼光刚好扫到金喜的手上,他的笑容还挂在脸上。罗家英知道,这时候她必须把手抽出来。所以她的手用了一下力,想要缓缓地把手退出来。但是金喜瞄了一眼程浩男,手上用了劲,罗家英的手没有能够如愿退出来。

金喜笑了,他用另一只手抓起杯子又喝了一杯酒。

这是一个激情荡漾的夜晚,大家都在摩拳擦掌。海叔也受了感染,举着酒杯大着舌头说话。他的眼睛已经很红了,看上去眼球上的血丝里充满了大量的酒精。程浩男站在了一张凳子上,他挥舞着双手大声地朗诵:听,风挟带着滚雷,雨引领着闪电,向满目疮痍的上海滩奔来……

程浩男高高地在凳子上站着,他更加清晰地看到了罗家英躺在金喜手中的小手。这让罗家英感到窘迫,她想抽出手来,但是她又怕

向延安

金喜吼出声来。那么多年下来，她和金喜一起上学，一起下学，一起在金喜家，或者罗家英家吃饭，两人爱意朦胧，罗列和向伯贤又是世交，她要把手抽出来实在有点儿找不出合适的理由。但是为了程浩男，她必须把手抽出来。

金喜仍然紧紧捏着她的手。他没有想到程浩男已经从一张凳子跳到另一张凳子上，然后迅速地出现在金喜的面前，伸手去拉罗家英。

罗家英终于站起身来。

金喜笑了，平静地说，姓程的，我忍你好久了，在我面前你不用掼浪头。

程浩男说，你忍我什么了？你是记得当初你让你当汉奸的哥把我从76号特工总部救出来那件事吧？

金喜说，你小看我了，我没你那么小气。

程浩男不再说话，他拉着罗家英说，家英，你过来，我们给同学们演一段。

罗家英终于恼了，她猛力地挣扎开程浩男和金喜的手说，你们都不要拉我，你们这不是给自己丢脸吗？

金喜笑了，说，家英，我就算最不要脸，和他也没有关系。

金喜后来一把揪住了程浩男的衣领，狠命地将程浩男摔向了墙壁。程浩男瘦削的身体重重地落在墙上，然后又跌落在地上。程浩男向金喜冲去时，金喜突然从怀中抽出了那支"点四五"的勃朗宁。勃朗宁的弹仓里，就躺着那枚锈迹斑斑的安静的子弹。众人都愣住了，他们都用愤怒的目光盯着金喜，黄胖和陆雅芳的眼神里也深含着对金喜的不屑。海叔拉住了程浩男说，大家都别闹了，好好喝酒。

海叔转过身，他挡在了程浩男的面前，面对着金喜手中的枪。

把枪放下，他说，你把枪放下。

金喜把枪重重地拍在了桌子上，然后挽起了袖子，向程浩男勾了勾手指头。他的意思是要和程浩男在这时间充裕的夜晚好好地干上一架。但是程浩男没有上前，程浩男说，和你坐在一起喝酒，我和我的

第十五章

同学们都很掉价。

金喜的目光落在罗家英的脸上，罗家英眼神慌乱地避开了。金喜走到罗家身边轻声地说，我掉同学们的价了吗？

罗家英急了，你们别闹了，都是自己人，你们闹什么？你们怎么不把这点力气用在革命上。

邬小漫去拉金喜。邬小漫说，行了，你们都没有掉价。你像个男人，这话是我邬小漫说的。男人最重要的是什么，你知道吗？

金喜说，当厨师？

邬小漫说，男人最重要的是像个男人！

海叔笑了，海叔说，金喜，你坐下来，我好好陪你喝几杯。金喜不再说什么，他抓起桌上的勃朗宁，麻利地插在腰间，在众人的注视下打了一个酒嗝离开了酒桌。黄胖在他的身后笑了，戆大，戆大，哈哈，戆大。

邬小漫不满地瞪了黄胖一眼，你才戆大呢。

众人都坐了下来，兴致已经没有原来那么高了。

站在老海酒馆一楼的屋檐下，听着包厢里的吵闹声，金喜突然觉得那么的无趣。他又打了一个酒嗝，摇摇晃晃地走出了酒馆的屋檐。这时候他想起了饶神父唱过的《茉莉花》，不由得随意地哼了起来。他被自己的歌声吓了一跳，因为他从来都没有正式地唱过歌。

他不知道在他身后不远老海酒馆门口的一盏路灯下，邬小漫正默默地望着他远去。

2

金喜在大街上漫无目的地行走。他没有醉，但是他肯定有些兴奋了，他仍然一如既往地唱着"好一朵美丽的茉莉花"。

经过一条弄堂的时候，他看到一个白色的影子一闪而过，然后有三个黑衣人紧紧跟了上去。金喜就在弄堂口站着，看到三个黑衣人摇

向延安

摇晃晃地从弄堂里又出来了。他们在骂骂咧咧地骂着这个被跟丢的白色人影,其中有一个说,把他们家的蚊香厂给封了,看他是不是还上蹿下跳。

金喜显然是挡着了他们的道,一个黑衣汉子就推了他一把。金喜站立不稳,喷着酒气把身体靠在了弄堂的青砖墙上。黑衣汉子的骂声响了起来:赤佬,瘪三。三个黑衣人迅速地消失在夜色中,留下了仍在不停地打着酒嗝的金喜。

金喜后来索性在弄堂那有些冰凉的石板路上坐了下来。路灯的灯光很暗淡。很久以后,一双穿着皮鞋的脚出现在金喜面前。顺着皮鞋往上看,金喜看到了那个穿白色衣服的人正对着他似笑非笑。他是方文山。

这天晚上金喜把方文山带到了家里。他给方文山开了小灶,厨房里刚好有新买来的梭子蟹和毛蚶。金喜随便地炒了几个清口的小炒,莴苣、菠菜、土豆丝,然后他又为方文山倒上了酒。两个人在这个隐秘而热烈的夜晚里谈到天色将明,金喜主要是在听方文山说话,方文山向金喜口头描绘了延安。

我就要去延安了。方文山说,他的两眼放光,仿佛是已经看到了延安就在不远的地方,最多也就是到外白渡桥附近的距离。

喝到天快亮时,金喜几乎已经醉了。但是方文山没有醉,他一直在不停地说话,他的爱好本来就是说话。他为金喜分析了局势,又说了他的一通革命理论。然后他说金喜和罗家英是天生一对,你们应该在一起!

金喜的头慢慢地垂下去,他毫不犹豫地打起了瞌睡,最后他的脸贴在了桌面上。但是方文山的话没有停下来,所以金喜的耳朵里塞满了一些和延安有关的词。他的眼皮合了拢来,脑神经在轰然地炸响着,一下一下地跳动。然后,他就什么也不知道了。

他不知道的还有,从那天晚上开始,方文山在上海失踪了。

第十六章

1

　　无数个天晴或落雨的日脚里，金喜仍然喜欢在屋顶上用长筒望远镜向四处张望。苏州河上的沙船又如往昔一般鳞次栉比，马路上不时地有捕房的警车或者日本军车呼啸而过。金喜的望远镜慢慢转动，更多的时间里，他的镜头能看到的是黑黢黢的民房的屋顶，或者冲天而起的从瓦片上突然飞起的鸽子。

　　金喜希望望远镜里出现的，是在上海神秘消失的方文山。金喜努力地想着，他为什么会希望方文山重又出现，最后他得出的结论是，方文山令他轻松，他可以和方文山继续在一起喝酒。

2

　　金喜去了老海酒馆，是邬小漫来叫他去老海酒馆的。那是一个清晨，邬小漫就站在金喜家门口。金喜打开院门的时候，看到一个扎着辫子的姑娘站在十分新鲜的空气里。姑娘好像已经站了很久，因为姑娘的头发和身上的衣服已经被薄雾打湿了。薄雾还没有完全散去，让金喜感受到了阵阵的凉意。他突然有些恍惚起来，仿佛自己打开的不

向延安

是院门，是一扇宽广的梦境。在这样的梦境里，金喜特别地觉得邬小漫有些瘦骨嶙峋。她就像一棵发育不良的香椿树，金喜这样想。

邬小漫是来叫金喜去老海酒馆的。邬小漫咬着嘴唇说，你跟我走。

金喜想了想，说，走就走。

然后金喜跟着邬小漫来到了老海酒馆的一间黑室里。黑室就是一间包厢，被密布的窗帘给挡住了光线。一盏昏暗的灯像一个死去多时的葫芦瓜一样，从屋顶有气无力地垂下来。晃动的人影凑在一起，把头靠得很紧。

金喜搬了一张凳子，一直坐在角落里。他不知道自己的内心为什么充满忧伤，他一直在望着晃动的人影。在他的眼里，他们很像是一群皮影，这些皮影在灯光下说话，抓头皮，挥手，喝茶，或者露出兴奋的神色。金喜忽然有了一种担心，担心那灯泡把这些同学的头发给烤焦了。在金喜的担心中，他终于搞明白，是延安需要一批无线电的专业人员，这让海叔很快就把这些曾经在华光无线电学校求学的年轻人集合在一起。大家都十分踊跃地报名了，看到大家举手的模样，金喜也把手举了起来。

我也要去的。金喜的声音十分清晰地传了过来，他站起身来举着手走向围成一堆的人群。

我一定要去。金喜用加强的语气说。罗家英看他的眼神有了几分光彩，这让金喜沉浸在无比幸福的快感中，他再一次说话的时候声音因为幸福而有些发颤，简直有些不成声调了。

我一定要去。金喜第三次重复这句话。

3

金喜没有留在老海酒馆里吃中饭，他很快回到了家中。那天中午，无所事事的他一直逗留在屋顶上，他听到楼下屋子里向金美在高

第十六章

声地朗诵着什么，一会儿又停了下来。在向金美断断续续的声音里，金喜可以想象向金美一定在写一首她十分满意的诗歌。

向家的院门被轻轻地推开了。袁春梅出现在门口，她已经很久没和金喜碰面了。这一次她穿的是一件素色柳条印花的旗袍，看上去有素雅的春天的感觉。汽车的马达声响了起来，一会儿车子在门口停下，金水匆匆地走了进来，他带来了几名黑衣汉子。他们一言不发地从袁春梅的身边经过，直接进入客厅。

袁春梅轻轻地叫，金水。

金水含混地应了一声，他好像没有心思去理会袁春梅。他迅速地躲进了门里，像是被一扇门吃掉一样消失了。金喜大摇大摆地从三楼下来，他搓着手对袁春梅笑了。

你怎么了来了，他说，三春怎么没有来？

袁春梅特别喜欢金喜腼腆的样子，她又伸手在金喜的脸上捏了一把说，还是长得像一只番薯。

这天袁春梅和长得很像一只番薯的金喜一起走出了向家的大门。在金喜的腰间，还插着那支从凤仙的包里偷来的"掌心雷"手枪。金喜和袁春梅看到门口停着的那辆黑色别克车时，金喜伸出手去抓车门的把手。门竟然十分意外地被打开了，金喜笑了，挥了挥手让袁春梅一起坐了进去。

金喜说，你坐好！

袁春梅的心情很不错，眼睛笑成了一弯月亮。好的，我坐好。

金喜说，那我开车带你去外滩兜一圈。

袁春梅笑着摇头说，你就吹牛吧，你脚踏车都没有开好，还想开汽车？

金喜说，我开给你看，就算飞机放在我面前，我也照样开。

金喜的手胡乱地拉拉那个，按按这个，并且生硬地转动着方向盘。汽车突然被发动了，呼啦啦地向前冲去。金喜随即变得六神无主，但是他仍然装出沉着的样子，死死地把着方向盘。

向延安

金喜开着车跌跌撞撞地前行，所有的景物都胡乱地向后掠去。大路空旷，没有人来人往，只有零落寂寞的民居，或者苏州河边简易的棚屋，从车边急速地闪过。然后金喜看到了扑面而来的水，看到水奔来的时候，金喜就知道车子将滑入河道。果然，飞溅的水花在一声沉闷的声音中高扬起来，透过玻璃被袁春梅和金喜看得一清二楚。

袁春梅吓得脸色雪白，她已经连气也喘不过来了，她看到车子冲向了苏州河的浅水区，然后水就在车窗外越来越满。袁春梅的心里涌起了一丝悲凉，她突然觉得她已经回不了"老苏州"旗袍行了。

金喜用拳头击打着车窗玻璃，玻璃除了沉闷的响声以外纹丝不动。金喜最后咬着牙用头撞开了玻璃，他所有的力气都用来将车门拆开，因为门外即是水，水压把门封死了。金喜拼命用头撞着车门，他的额头上布满了青紫和血迹。这时候几名黑衣人出现在岸边，一名脸上长着黑痣的汉子嘴里叼着烟。从金喜的角度往岸上看，其实看不清黑痣汉子的脸容。加上太阳白晃晃地拍打在河面上，那不停闪烁的波光又投射在几个汉子的黑色衣衫上，让他觉得一切都像在梦境中，显得虚无缥缈，极不真实。水终于越漫越高，整辆车在往下下沉着。

袁春梅从背后突然一把抱住了金喜，因为惊恐，她的眼睛睁得很圆。她说，番薯，番薯，番薯……

水终于完全没过了车顶，金喜看到车窗外像水袖一样飘摇着的水草。他狠狠地闭上了眼睛，也一把抱住了袁春梅。他突然觉得，袁春梅才像一个女人，袁春梅是最真实的女人，袁春梅是绵软而性感的女人……然后，他的眼里就只有半透明的水了。太阳像一只遥远的受了潮的隐约可见的蛋壳。

4

金喜醒来的时候，看到自己如一条被打捞上岸的瘦弱的泥鳅，软软地瘫在一间暗黑的屋子里。他的全身都湿透了，所以他第一个感觉

第十六章

是寒冷。他的身边是已经醒来的袁春梅，袁春梅一言不发，只是睁着一双空洞而美丽的大眼睛望着他。金喜笑了，说这难道是在阴间？

袁春梅的鞋子不见了，她用光着的脚狠狠地踢了金喜一脚，金喜发出了惊呼。袁春梅说：痛吧？痛就不是在阴间。

金喜环视着黑咕隆咚的屋子，他慢慢移动着身子，将自己的后背靠在墙上。金喜说，这是牢房，这肯定是牢房。

门被突然打开了，拥进来几个黑衣汉子，凤仙穿着深紫色的绒布旗袍跟在他们的身后。看上去凤仙要比袁春梅胖很多，她烫了一个时髦的发型，指甲和嘴唇都涂了红红的颜色，有触目惊心的味道。凤仙的手里亮出了一支小手枪，她蹲下身把这支小手枪顶在金喜的脑门上说，这把手枪你一定认得吧？

金喜什么也没有说，他知道凤仙肯定要找他算总账了。他把目光投在袁春梅身上说，你把她放了吧，和她没有关系。

凤仙拉了一下枪栓，子弹上膛了。

凤仙说，放了？为什么要放了？你那么喜欢掌心雷，那就让你们尝尝掌心雷的滋味。

凤仙突然一把捏住金喜的腮帮，将枪管狠狠地捅进了金喜的喉咙。金喜觉得自己的嘴里有一丝丝的甜味，那是因为他的嘴被戳烂了。金水气喘吁吁地赶来，他的衣服扣子还没有完全扣好，头发愤怒地上扬，显然是一路小跑急匆匆赶来的。他不停地喘着粗气，在凤仙身边急速地跪下来，将她的手努力往后拉动。手枪枪管离开了金喜的嘴。金喜一阵干呕，差点因为恶心而吐出酸水来。

袁春梅忙一把拉过了金喜，将金喜搂在了怀里。袁春梅的声音差点让金喜落下了眼泪：你对付他算什么本事？

凤仙的掌心雷猛地对准了袁春梅说，这儿轮不到你说话。那对付你就算本事了对不对？

金水冲袁春梅大吼起来，你有没有完？我来了你还嘴硬什么？武三春就在门口等着你，你看来是不想回去了对吧。你可以不要武三

向延安

春，你总得要"老苏州"吧。

袁春梅不再说什么，将湿漉漉的头重重地扭了过去。金喜看到凤仙是蹲着的，而金水还跪在哪儿。金水屈起一条腿，看上去才和凤仙一样变成了蹲着。这是一个细微的动作，但是金喜突然就明白了，看上去凤仙和金水在床上恩恩爱爱，但是他们仍然是有距离的。距离是一条深深的不能跨越的沟。

金水的声音因沙哑而显得有些潮湿。放他走吧，放他们走吧。

凤仙的嘴唇因激动而颤抖。凭什么？凭什么放他走？知道这是谁送我的手枪吗？这是俞树和送的，你知道的，这枪是我半条命。

金水的手在金喜的头上猛推了一把说，你累不累？你不累我都累了！你想拖死我是不是？

金水开始数落金喜。金水让金喜要为家里人着想，要出人头地，要娶妻生子传宗接代。金水的话让凤仙觉得不耐烦了。凤仙说，他能出人头地？他能出人头地，老鹰就能在水里游泳。

这时候金喜擦了一下嘴角的血迹说，我是替向伯贤开的这车，我觉得他一定喜欢这辆外国车。他在世时没开到这车，我替他过把瘾。

凤仙不再说什么了，她把一支烟叼在自己的嘴上时，金水忙替她打着了火机。火机的小火点缓缓移动，和这支香烟对接在一起。凤仙喷出了一口烟时，金水说，你一定要让他们死的话，那我陪着一起死。我一定说到做到！

凤仙瞪着眼说，你是在要挟我？你以为老娘不敢杀你？

金水说，你又不是没杀过人，龙江路水果档大拼杀时，你帮着吴队长砍翻了好几个。对啊，你肯定敢杀人，所以说我不是说着玩的，我愿意和我弟弟一起死。我弟弟死了，我就只剩下半条命了，我不如就不要了这半条命！

金喜相信自己的眼泪在这时候已经喷涌而出，他也相信金水说的全是真心话。他看到凤仙烦躁的神色，她喷出一口烟，夹着香烟的手一挥说，带走，你带走，别在我面前晃来晃去。你再不带走小心我

第十六章

反悔。

金水笑了，一把拉起了金喜和袁春梅，向黑屋子的门口走去。金喜发现自己的腿已经麻木了，所以他走路的样子一瘸一拐的。这时候金喜才看到，自己的裤子已经撕破了，腿上开了一条长长的血口。那道像筷子一般长的伤口，已经泛出白红的皮肉的颜色。

5

武三春就等在极司菲尔路76号的门口。天并没有下雨，但是他仍然撑着一把黑色的长柄雨伞。看样子他是急了，他就像一个从天而降的感叹号一样，笔直地站在这儿。当他看到袁春梅湿漉漉的身影出现在76号门口那"天下为公"四字牌匾下时，他抽了一下鼻子，差点掉下眼泪。

武三春伸手叫了一辆黄包车，他扶着袁春梅上了车。他和金喜、金水什么话也没有说，是因为他觉得这是金喜害了袁春梅。没有金喜开着车子疯跑，袁春梅就不会有事。

武三春和袁春梅消失了。袁春梅伏在黄包车的后靠背上翻转身子，很深地看了一眼金喜。金喜愣愣地看着黄包车远去，白亮的日光灼人地照耀着大地。其实金喜都已经可以看到因为日光，而使得他衣服上的水汽在不断地升腾，就像整个人在冒烟一样。然后他眼前一黑，就歪倒在地上了。

他醒来的时候发现躺在自己的床上。腿上的伤口已经敷上药，并且包上了纱布。金水和金美用关切的眼神看着他，金美端起桌子上的一碗粥，竟然要喂他喝粥。一切都正常不过了，唯独不见的仍然是大哥金山。

第十七章

1

金喜的腿伤并不严重,但是他仍然在家里休养了好久。漫长、潮湿而温暖的春天,让金喜觉得身子骨头要从皮肉里顶出来。很多时候他就呆呆地听着留声机,望着窗外的雨水,或者阳光。他也喜欢上了饶神父一直都爱唱的《茉莉花》,好多时候他会喃喃地跟着留声机一起唱。

袁春梅穿着素净的衣衫,拎着一袋子水果来看他。他们就坐在天井里,有一搭没一搭地聊天。袁春梅轻轻地把他的裤腿卷起来,看到那伤口上长着鲜红的新肉,像一条肉滚滚的蚯蚓。

袁春梅的手轻轻摸了一下这条蚯蚓说,痒不痒?

金喜说,痒的。

袁春梅说,那这伤口基本上算是长好了。

金喜盯着袁春梅的头发,袁春梅的头发松松垮垮地挽成一个圆髻,随便地挂在脑后。金喜一边看着头发一边说,伤口长好了,骨头不一定长得好。

在金喜的眼里,袁春梅仿佛在一天天改变,从最初的浓艳,慢慢变成了素淡。袁春梅的脖子是白净的,白得有些触目惊心,所以金喜

第十七章

认为是自己在当初看错了袁春梅。这时候金山提着长衫的下摆跨进了院子的门槛，他看到并排坐着的袁春梅和金喜，愣了一下随即脸上堆起笑容。他搓着手说，春梅，是春梅来了。

袁春梅当然是来了。她站起身来轻声地叫，大哥。

这时候，一阵风跑过金喜卷起的裤腿，让他觉得伤口有些微的温暖，又有些微的凉爽。

2

那天袁春梅留在向家吃饭。烟熏火燎的灶披间里热气腾腾，金喜就站在那堆热气中，慢吞吞地炒了几个小菜。袁春梅特别喜欢吃清蒸茄子，她把疲软的切成条的茄子在酱油中浸一下，然后用嘴迎上去。她吃茄子的样子，让金喜久久地凝视着，金喜说，春梅，你已经不像你了。

袁春梅说，那像谁？

金喜说，你像小丫头，你没长大。你没长大，你也敢说我长得像番薯。

金山一直都没有说话，十分认真地扒着饭，好像忽略了袁春梅的存在。金美看了大家一眼，她又开始滔滔不绝地说起了延安。我必须去延安，金美说，我要去延安住窑洞，看宝塔，写大量的诗歌，种地，出操。我觉得你们也应该去延安，你们是不是以为老爷子留下大药房，留下三层小洋楼就了不起了？

金山把碗放在了桌子上，他沉默了好久以后，小心地拿掉唇边的一粒饭说，金美，你别那么多话。

金美说，我怎么多话了，我只是觉得你们这样地赖活着，是在消耗生命。

金美说完站起身，转身离开了饭桌。金山的目光落在了袁春梅的身上。让你见笑了，金山说。金山的样子很温和，他说完也将碗一推起身离开。

你慢吃。金山走到门口的时候这样对袁春梅说。

这时候饭厅里只剩下金喜和袁春梅。金喜的目光阴郁地盯着金山的后背,轻声对袁春梅说,这个混混,混赌馆,混世界,最后混回家来,混到大药房当现成老板,就是没混出名堂来,不知道他在混些什么。

袁春梅低下头,吃吃吃地笑了起来。

金喜说,很好笑吗?

袁春梅停下了笑。她看到金山回头看了她一眼。然后金山在门口消失了,出现在门口的是邬小漫和罗家英,她们都扎着干净简洁的小辫。袁春梅低声说,你最喜欢的人来了。

金喜说,一定是有事体了。

果然袁春梅听到罗家英说,金喜,跟我们去老海酒馆,海叔有事体找你。

金喜笑了,随即站起来说,海叔不是找我,不过我还是得去,我喜欢酒馆。

3

在老海酒馆的包间里,窗帘把所有叽叽喳喳的光线都阻挡在外。金喜再次看到了那些灯泡下面凑在一起的头,海叔的声音也在这晃动的人影中传了过来。他听见了海叔报到这些名字,自己的名字也在其中,他就知道自己是真的要去延安了。

海叔说,以上报到名字的这些同志,做好一切准备,接到指令后随时动身。

可是令金喜扫兴的是,他没有听到罗家英的名字,更没有听到程浩男的名字。他将作为华光无线电学校第一批去延安的学生,从此和罗家英分开。金喜看了程浩男一眼,程浩男正在得意地看着他。他的

第十七章

身边金童玉女般地站着罗家英，金喜的心里就涌起了一阵阵酸浪。他无声地叹了一口气，突然觉得一切仿佛都是天意。

罗家英站到金喜的身边说，金喜，延安在召唤你，你得好好干。

金喜说，真希望延安也同时召唤你。

罗家英：我肯定会来延安的，如果我去不成延安，那我一生都失败。

金喜盯着罗家英纯净的眸子说，不仅你失败了，那我也等于是失败了。

这天晚上金喜一直一个人待在家中的厨房里，他托着自己的半张脸，长久地坐在那些厨具的边上。后来金喜终于直起身，他开始收拾厨具，比如一把可以雕萝卜花的刀子，一把炒菜的铲子，一把剔骨头的刀子，一根光滑的擀面杖……金喜看刀的眼神有些两样，他久久地看着那把有着丰沛光芒的剔骨刀，愣了好久以后他把这些厨具小心翼翼放在了一只上了桐油的藤箱里。

在这些厨具的最上面，金喜放上了那把"点四五"勃朗宁手枪和长筒望远镜。摸着这把手枪的时候，金喜突然想起了好久不见的饶神父。他想象饶神父肯定又在哪条弄堂里热情洋溢地收养孤儿。金喜不知道的是，饶神父不仅收养孤儿，还收养了许多上下蹿动赶也赶不走的猫。在圣彼得堂的尖顶阁楼里，这些猫在一圈通过一个气窗漏下来的光影中追逐。它们十分天真地认为战争离它们很遥远。

金喜后来一直坐在厨房的一张凳子上，久久地凝望着那打开的藤箱里的厨具。他觉得这似乎就是他的一部分坚硬的有金属质感的生命。阿黄伏在他的身边一动不动，它当然不知道金喜做好了一切离开上海的准备。

门吱呀一声开了，金喜以为是被夜里的凉风吹开的。但是却有一个穿着黑色风衣的男人走了进来，他的双手插在口袋里，戴着礼帽，身形高大，脚上还套着一双锃亮的皮鞋。他走到金喜的身边，蹲下身拿起了那支"点四五"勃朗宁手枪，轻声说，这是"1911式"的大口

向延安

径武器，美国佬生产的，在二战期间，它只配备给军官和班长。

男人说完，把手枪又轻轻放回了藤箱里。他的手伸过来，落在金喜的肩上说，你想要走了？

金喜说，我肯定要走的，我有我的方向。

男人说，你们向家的人都有方向，但是有时候只要走错一小步，你的方向就错了一大步。

金喜说，我的方向是对的，我不会改变，我要去那个地方当厨师。

男人说，一切不由你说了算。

男人是金喜的姐夫，他叫国良。国良后来打开门走了出去，只留给金喜一阵阵的夜风。但是金喜知道国良来过了，因为那条门留了一指宽的门缝，洒进少许上海的月光来。

第十八章

1

这个充满薄雾的清晨，武三春一直穿着睡衣在"老苏州"旗袍行二楼他的房间里来回踱步。那些楼板明显有些陈旧了，所以他走路的时候楼板就咯吱响着。他的样子看上去有些邋遢，胡子也没有理。他就这样不停地来回走着，像是想要把楼板踏穿似的。袁春梅也没有起床，她半倚在床上望着武三春。床上有两床凌乱的被子，有气无力地疲软地耷拉着。袁春梅一只白净的脚伸出被外，她突然觉得初夏来临，气候凉爽中夹带温热，她的一只脚趾不由自主地在空气中动了一下。

袁春梅望着武三春一双布满血丝的眼睛说，你可以动员金喜去秋田公司。

武三春：可那是我表弟，要是有个三长两短，我怎么对得起我姨父？

袁春梅说，你姨父已经不在了。

武三春说，可他在地下看着我。他是被日本人的流弹打死的，你想让他的儿子也被日本人打死？

袁春梅说，金喜一次次地嚷着要去延安，说明他完全是可以发展的对象。再说他会做地道的上海菜，没有谁比他更适合去秋田公司当厨师。

武三春烦躁地说，我再想想，我得再想想。

袁春梅不再理会武三春，她动作麻利地穿衣起床。她穿上的是一件棉布旗袍，素得像一挂清雅的瀑布一样。那个她睡过的枕头，模样疲惫而凌乱，袁春梅低身将枕头整理好，这时候可以看到枕头的一角，露出了黑色的手枪枪柄。袁春梅回头看了武三春一眼，武三春正在盯着她看。他的嘴唇已经很干燥了，眼睛里像是燃起了两堆火焰。

武三春说，这事得我说了算，你不能做主。

袁春梅说，那你马上告诉我，行还是不行？

武三春又开始在阁楼踱步，他的一只拳头不停地击打着另一只手的手掌，在咯吱咯吱的陈旧的木地板响声中，武三春突然蹿到老虎窗的窗口，猛地将老虎窗推开说，就这么定了，找他！

这时候袁春梅看见老虎窗外的雾气正在逐渐消失，一些破棉絮一般无力的阳光远远地投了过来，在老虎窗的窗口逗留。而一盆夜来香，在微风中轻轻地招摇着，它绿色的叶片说明她十分的年轻。

2

有轨电车上袁春梅一直紧抿着嘴唇，她的脑子里其实一片空白。她努力地想着一个叫金喜的人，他怎么都不像一个地下党员，其实连激进分子也不像。如果她把金喜拖了进来，金喜的命运会是怎么样的，谁也不知道。

电车上的人很多，车子开动时叮叮的声音中，夹杂着那些上海话。他们大部分都是去上班的，当然袁春梅也算是去上班。她望着窗外一闪一闪的街景，偶尔走过一队脚步整齐的日本兵，就想到其实上海对她来说，实际上仍然是陌生的。她来上海已经好多年，但是她一直觉得自己像飘着的浮萍，一点也没有根。

第十八章

这个人声拥挤的上午,她的鼻子很酸,一直都想莫名其妙地在闹猛的街头号啕大哭。她知道秋田公司里一直有一些日本女人向"老苏州"旗袍行定做旗袍,也知道秋田公司半公开的,是日本特务机关梅机关的一个派出机构。秋田公司的全名实际上叫秋田株式会社,但是大家都习惯叫它秋田公司。现在秋田公司需要一名会做上海菜的厨师,木匠的指令下达给了武三春。木匠的意思是,这个厨师必须是我们的人。

那天袁春梅来到了苏州河畔。她敲开金喜家的院门时,刚好院里匆匆走出穿长衫的金山。金山看了看四周说,春梅来了。

除了"春梅来了",他好像不会说其他的话。

袁春梅笑了笑说,我找金喜。

金山只是盯着袁春梅的脸看,仿佛想从袁春梅的脸上看出什么来。袁春梅又重复了一句,我找金喜。

金山轻轻地叹了一口气,提着长衫的下摆走下低矮的台阶,快步向前走去。在不远的前方他挥手拦下了一辆黄包车,很快他和黄包车一起消失了。袁春梅一直都望着金山远去的背影,然后她抬脚进了院子。

这个普通的上午,袁春梅在天井里看到了正在刷牙的向金美。她的嘴角都是白色的泡沫,嘴里含了一口水,正夸张地把头仰起来,那水就不停地在她的喉咙里翻滚着。她吐掉了一口水,阳光落在她嘴边的白色泡沫上。她穿的衣服,衣扣都没有扣齐整。她有了明显的眼袋,眼睛里布满血丝,那一定是熬夜赶稿的结果。

向金美看到了像一根白绿相间的葱一样亭亭玉立的袁春梅,袁春梅露出一口细碎的白牙朝她笑。

二姐,袁春梅这样叫着,我找金喜。

3

在"老苏州"旗袍行的二楼阁楼里，金喜坐在一张椅子上，他的双腿微微张开，两只手就放在膝盖上，像一个局促的从乡下进城的孩子。武三春仍然在不停地踱步，咯吱的木板响声此起彼伏。武三春的嘴皮子翻动着，讲的全是一些革命的道理，这些道理早已变成革命的口号，从金喜的同学程浩男嘴里被喊了一千次了。所以金喜有些厌烦，他望着老虎窗口的那盆夜来香，突然大声地说，你能不能别老是走来走去，你想把地板走塌是不是？

武三春一下子就愣了。这个叫金喜的表兄弟，一直和他若即若离，又近又远。金喜和金水曾经在童年的时候去过江苏省高邮县一个叫三墩乡的地方，那是武三春的老家。残留在金喜的记忆中的，是大片金黄的油菜花，明晃晃的高邮湖，以及那些在菜花上此起彼伏的蜜蜂。当然还有一个会划船的武三春，曾经扎了一个猛子跳进水中，费力地救起了落水的金水。

那时候武三春把金水拖到岸边。金水就像一只浑身透水的皮袋一样一动不动。武三春光着脚板在田野上奔跑，他很快牵来了一头牛，然后把金水放在了牛背上，头和脚都挂下来。金水肚里喝进的水，很快就被缓慢走动的牛给颠了下来。那时候武三春和金喜一动不动地瘫软在地气不断上升的野地上，他们以为差一点就见不到金水了。

这些残留的记忆，其实已经十分遥远。成年人有一件需要解决的大事就是谋生，所以武三春也来到上海谋生。金喜不知道武三春是从什么时候开始学裁缝的，总之，当金喜再次看到表哥武三春的时候，他已经是一名手拿裁缝剪子的裁缝了。而现在，这名裁缝在滔滔不绝地向他灌输革命的道理，他终于在一张凳子上坐下来。他说，那我就直说了，你去秋田公司当一名厨师。

武三春说，你只要对我一个人负责，并且以后不能再和海叔那伙人接触。金喜不由得出了一身冷汗，终于明白原来武三春在暗处，把

| 第十八章 |

他看得明明白白。就好比武三春在这个阁楼里坐着,他看得到窗外飞过的鸟,而窗外的鸟根本没有看到他。武三春告诉金喜,在秋田公司会有人帮助他取得情报。如果"老苏州"旗袍行遭到破坏,如果武三春遇到不测,有一个叫"木匠"的从延安过来的特派员,会直接向他下达指令,仍然是单线联系。但是他不知道"木匠"是谁,"木匠"却知道他是谁。

武三春边说边笨拙地掏出了一把黑色的手枪,重重地拍在桌子上。

还有一个选择,就是你再也不能走出旗袍店,你自己选吧。武三春这样说。而不远处的袁春梅,像一团不存在的空气一样一言不发地站在老虎窗口,望着远处一条半隐在日光下的街道上走过的人群。

金喜一直盯着那把黑色的手枪看,其实他对手枪一无所知。他在想为什么这么一块铁,只要扣动一下扳机,就会发出那么巨大的声音,一粒亲切的子弹就会从黑暗的膛管中奔出,钻进别人的身体就会令对方倒下。金喜这样想着,也掏出了临出门时带在身边的勃朗宁手枪。他也学着武三春的样,把勃朗宁重重地拍在桌上说,你用不着吓我,枪我也有一把,命我也有一条,和你一模一样。

武三春和袁春梅都愣了。在很长一段的静默时光里,金喜都望着从老虎窗里跌进来的阳光看。阳光中些许粉尘在舞蹈,楼下行人的喧嚷声越来越响,夹杂着叫卖声和脚踏车的铃声。金喜突然很想美美地睡一觉,他把手伸到了太阳底下,白色的光芒穿透了他的手掌,让他看到了自己手中的血色,红润中透着温良。金喜这时候笑了,对袁春梅和武三春说,我走了,我老是坐在这儿,会影响你们做生意。

金喜站起身来,抓起桌上的勃朗宁就要往楼下走去。走到楼梯口的木门时,武三春从牙缝里蹦出来的声音追了上来。武三春说,这是一项最艰巨的、最没有人能忍受的、最功勋卓著的,也是最寂寞痛苦的任务。如果你是个软蛋,如果你是一个胆小鬼,如果你还没有一点儿中国人的血性,从此你就不要叫我表哥。

向延安

金喜转过身来盯着武三春,他忽然笑了,说,我不叫你表哥,真是太容易做到了。我就是个软蛋,我就是个胆小鬼,我就是没有血性,我要去的是延安!

金喜说完不再说什么,他大步地走下了楼梯。武三春绝望地收起了手枪,他想把手枪插在裤腰里,却插了几次也没有插进。然后他把裁缝剪刀狠狠地钉在桌子上,袁春梅点了一支烟,走到他身边,用手在他肩上轻轻拍了拍。

袁春梅说,你要冷静,你一点也沉不住气。

4

金喜在大街上快步行走。他的脑海里不停地浮现出小时候他跟着表哥武三春一起去偷玉米的情景。高邮在他的记忆中,是大片的豆子、麦苗,或者粟米,那些摇晃的植物的茎秆,绿色或者白色的,在金喜的记忆中不停地发出沙沙的轻响。阳光高远,就那么拍打在高邮那一大片的平原上。三个十来岁的光着背的孩子,都骑在牛背上,一前一后地行进在阡陌上。牛粪和泥土以及植物的清香,就那么混合在一起,令当年瘦骨嶙峋的金喜打了一个又一个的喷嚏。

金喜撞开院门,越过天井,迅速地在放在床边的藤箱里找到了厨具上面的望远镜。金喜上三楼屋顶的时候,经过了向金美的房间。金美站在房间门口,奇怪地望着金喜。

金美说,你怎么了,你像个救火兵似的想干什么?

金喜说,救火。

金喜飞快地上了三楼的屋顶,他又开始拿着望远镜四处观望。苏州河上,一条货船正拖着长长的尾巴,发出单调而沉闷的声音,从水面上拖行而过,留下一道清晰的水痕。后来金喜把望远镜抬了起来,他盯着白亮的太阳看。太阳的光芒像一丛丛随意从天上撒下来的银针,令金喜的眼睛生痛。很快金喜的眼睛就黑了,他颓丧地坐在了地

第十八章

上，然后四仰八叉地躺了下来。他的眼睛里有隐约的浮云，以及浮云里若隐若现的罗家英的笑容。这时候他才看清，云层里罗家英脸上的酒窝，只有左半边脸上有，右半边脸上是没有的。

袁春梅是这天下午来找金喜的。天井里有下人在劈生炉子的柴块，还有一个老妈子正在洗一大堆衣服。她用的是一只笨拙的洗衣机，这台美国产的洗衣机是向伯贤置下的产业，在上海不会找得到几台。滚筒的声音无比巨大，天井里淌着一大片从洗衣机中流出的水。可以隐约听见向金美正在朗诵着什么，声音时断时续有些缥缈。这时候袁春梅越过了天井，她进入了金喜的房间，并且在他的床前站定。这天下午金喜想要睡觉，但是他睡了很久也没有睡着，这时候他看到了门口透进来白色的光，袁春梅一闪身走了进来。

袁春梅就站在他的床前，似笑非笑地揪着他的耳朵，番薯，起来，你起来。

袁春梅说，你陪我去喝咖啡吧，这个下午适合喝咖啡。

这是一个充满咖啡的下午。上海这座摩登城市总是和"咖啡"这个词有着太多的关联，甚至金喜喜欢上了这家咖啡店的名字——"凯司令"。他不明白这名字是什么意思，但这三个字组合起来就很有一点雅痞的味道。

袁春梅也是一向都喜欢雅痞的味道。

金喜的心情，因为这个下午充满了咖啡香而变得愉快起来，他好像已经忘了和武三春之间的不欢而散。他有一个奇怪的想法，他总是愿意把袁春梅当成表姐，而不愿意把武三春当成表哥。

袁春梅和金喜就坐在靠窗的位置上，窗外是车水马龙的大马路。袁春梅脸上的皮肤光洁，天生有一副好眉毛，眼睛也很大，只是她的脸上长了一粒细小的痘。有好长的时间，金喜一直在研究着袁春梅的五官，后来他终于发现，袁春梅的牙齿十分的好。细密，白净，匀称。

向延安

袁春梅说，你表哥很难过，其实他不想把你拖进来。

金喜说，可是我不去延安我会更难过。罗家英会认为我是真正的胆小鬼。

袁春梅说，可这件事比去延安更重要。就好比我们要去爬一座山，但上山的路有好几条。最后爬上的，仍然是山顶。

金喜说，我喜欢顺着罗家英看得到的那条路上山。

袁春梅，你很固执。

金喜说，不固执我就不应该是厨师，我应该在洋行上班。现在你告诉我，你们都是一伙的吧。

袁春梅说，是，我们都是一伙的。饶神父也知道，他帮过我们。

这时候金喜刚刚举起咖啡杯，听了袁春梅的话他陷入沉思。袁春梅的话让他想到了炮火中的上海，大量难民拥进圣彼得堂。那天傍晚，武三春和饶神父、袁春梅一起在圣彼得堂喝金喜熬的粥。在喝完粥的时候，饶神父像一个中国人一样用长衫的袖子擦擦嘴说，放心，我会安排他们去苏北的。

金喜抬起头说，饶神父安排谁去苏北了？

袁春梅说，是一批年轻人，这批年轻人要去苏北参加新四军。武三春请饶神父帮忙，分批搞到了通行证。

金喜终于知道，饶神父不仅会翻跟斗，还帮助了大批的年轻人走出了上海。金喜就想，这些年轻人，有些人大概还在战斗，有些人可能战死疆场。如果他们的血和土地混在一起，这些土地一定会是一片暗红。然后在来年的春天，长出一大片的野麦。就在他这样想着的时候，袁春梅竟然也这样说了。袁春梅说，这些年轻人，有些人大概还在战斗，有些人可能已经战死疆场。

有很长一段时间，金喜和袁春梅相对沉默。后来金喜说，你不用劝我的，我要去的是延安！

袁春梅说，我不是劝你，我只是和你一起喝咖啡。从你把手枪拍在桌子上的时候开始，我就知道武三春说服不了你。

第十八章

这时候突然响起了警笛声,伴随着的是几声零星的枪响。很快大街上的人就乱成一团,几辆黑色的车子呼啸着冲了过来。接着是几辆日本军车,车门上印着太阳旗的徽标。日本宪兵们全副武装从车上跳下来,他们举起了长枪射击,"叭叭",清脆的声音里,咖啡馆里喝咖啡的人全都惊叫着矮下了身子。

金喜也矮下身,他的头微微地上扬,透过窗玻璃望着窗外的街道。金喜看到了一群黑衣特工,他们是76号的人,正在一个戴着黑色帽子的男人指挥下开枪射击。这个男人金喜太熟悉了,他是金水。金水的嘴里叼着一根牙签,仿佛他是在刚喝酒吃饭的时候被人叫来执行任务的。金水举起了枪,带着特工和几名男人对射着。

其实枪战是一件十分简单的事,子弹击中了身体,身体就会开出一朵红色的花。金喜能清楚地看到那些血抛出来时形成的弧线,能看到一具身体像一只皮囊一样被抛起来,又重重地落下去,扬起一片灰尘。一名只有四五岁的女孩,在惊惶地逃窜。76号特工和宪兵的目标肯定不是这个女孩,但是她被一颗胡乱飞行的子弹击中了。她整个人被巨大的冲击力抛起来,重重地撞向了"凯司令"咖啡馆的玻璃窗。玻璃碎裂的声音十分清脆,小女孩一动不动地睁着眼死去了。

几名汉子被日本宪兵和76号的人击毙在街头,只有一名十六七岁的少年,躲在电线杆后面。他不时地探出手枪来射击,但是很快他的枪里没有子弹了,他把枪从电线杆后扔了出来。

然后他从电线杆后走出来了,高举着双手,神情坦然中却带着一丝丝的惊惶。在阳光下,他的脸容十分清晰,他是个单眼皮的少年,眼睛细小,鼻子短促,嘴巴阔大,可以看到唇上刚刚长出细密的绒毛。他实在不是一个长相好看的人,但是金喜注意到了他的目光。他的目光中有钢一样坚定的东西。

金水挥了一下手,两名日本宪兵和两名黑衣特工冲了上去。这时候少年突然从腰间掏出了一个手雷,并且顺利地打开了。他把手雷向宪兵们扔了过去。与此同时,枪声密集地响了起来,少年成了一只血

向延安

筛子，瘫软在地上，他身上的血像打开的水龙头一样，从四面八方的枪眼里流出来。爆炸声随即响起，弹片四处飞溅，几名特工和日本宪兵随即横倒在街面上。金喜躲在咖啡馆的玻璃窗下，看到一枚弹片穿透了玻璃。这时候他才发现，袁春梅就缩在自己的身边，而自己已经紧紧地抱住了她。

金喜松开了袁春梅，大口大口地喘气。起来吧，金喜说，打完了。死了好多人。

袁春梅从地上起来，坐到位置上，不停地掸着身上的灰尘。

很久以后，一个女人像疯子一样冲到了咖啡馆的门口，她抱紧了倒在血中的小女孩，没有人知道她在吼着什么，她只会发出单调的声音：啊，啊，啊。她的一口气没有接上来，身子一歪随即昏倒在地上。金喜起身走了过去，他蹲下身努力地想要松开女人抱着孩子的手，但是没能松开。

后来金喜只能白着一张脸重新回到袁春梅的身边，在她对面坐了下来。袁春梅和金喜一直没有再说话，他们一直坐到黄昏，然后袁春梅淡淡地说，战争就是这么残酷，不是你死就是我亡。

第十九章

1

第二天清晨，袁春梅和金喜坐在金喜家的客厅里。金喜手中握着一张《大美晚报》，报纸是袁春梅早上从报童手中买来的。标题很醒目：昨军统锄奸队遭遇日本宪兵围捕被毙七人。

袁春梅在喝茶，她将杯盖盖在茶杯上，盖住了茶叶的清香。然后她轻声说，无辜百姓死了十三个，伤了二十六个，日本宪兵有三人被炸死，一人重伤，三人轻伤。76号死了两名特工。

金喜看完报纸什么话也没有说，他就像一件陈旧的衣裳被扔在椅子上一样。袁春梅喝完了茶，她像是很口渴的样子，把杯中的水全喝完了，杯底只剩下一小堆残存的茶叶。然后袁春梅站起身来，她要向外走去时，金喜突然伸手拉住了她的手，将她拉坐在椅子上。

两个人就那么静静地坐着，偶尔会听到向金美房间里传出来的朗诵诗歌的声音。阿黄悄无声息地过来了，它抬起头久久地看着袁春梅，让袁春梅一下子就喜欢上了它。袁春梅将它抱在怀里的时候，金水出现在天井里。金水大步地走进客厅，看到袁春梅的时候他愣了一下笑了，哟，春梅。

金水说完就抓起茶壶往自己的嘴里灌水。金喜把报纸举到了他的面前，金喜说，金水，你看看，你杀死了那么多人。金水还没有回过神来的时候，金喜举起身边的椅子，重重地砸向金水的后背。

椅子散架了，零落的木头毫无生机地四散在地上。金水手里还提着那把茶壶，他恼怒地将茶壶重重地蹾在桌子上，然后他动作迅捷地拔出手枪来，指向金喜的额头。你想做啥？金水愤怒地吼着，你想做啥？你究竟想做啥？

金水说，戆大，你以为杀日本人就是救国？日本人的钢枪钢炮我们用什么去抵挡？只有当顺民，才能早日结束战争，才能换来和平。金水的唾沫星子四溅开来，他显然是愤怒了，脑门上的青筋不停地跳跃着。

金水和金喜扭打在一起。当金水将金喜压在身下，猛击了一拳的时候，金喜面前就一片漆黑。他完全跌入了一个黑暗的世界，或者说跌入了黑洞中。这个黑洞是未知的，所以他根本不知道金水其实在第二次想要挥拳的时候，拳头在半空中停住了。金水在呼哧呼哧地喘着气，像风箱抽动的声音。好久以后他才平息下来，收起始终没有砸下去的第二拳。他知道金喜不是自己的对手，正因为如此，他才不出这第二拳。这时候躺在地上的金喜用一种奇怪的目光看着金水，他突然觉得这个和他一起生活多年的兄弟那么的陌生，仿佛他只是在大街上走过的一个莫名其妙的陌生人。

袁春梅坐在一张椅子上抽烟，那是一张仿明式的靠背椅，造型简洁，而且线条流畅。袁春梅坐在椅子上，很像是一幅画，或者是美丽牌香烟的烟标。她身上的旗袍看上去依然显得纤尘不染，身边缠绕着烟雾，让人觉得她是缥缈和不真实的。这时候金山从院门外进来了，他的头发耷拉在脑门上，好像还吃了点露水，所以有湿答答的感觉。

金山看了袁春梅一眼，又看看地上直喘粗气的兄弟俩，提着长衫快步走到向伯贤的遗像前。金山点着了三炷香，插在那只小巧的铜香炉上，他抬头看遗像的时候，总有一种感觉，父亲有一句专门对他说的话没有说出来。但是他什么也没有听到，他端详了父亲的照片很久

| 第十九章 |

以后，突然看出其实父亲的嘴一直都是有点儿歪的，特别是在他将笑而未笑的时候。

金喜闻到了香的气息，他不由得重重地打了一个喷嚏。延安的那支宝塔在他的面前十分清晰地浮现着，又渐渐地淡下去。袁春梅看到金喜的一只眼睛已经黑肿，很像是用淡的墨水在眼睛四周画了一个圈。

2

金喜一直觉得这个世界上有许多事物都是奇怪的，比如从屋梁上垂下的一盏灯泡。这盏灯泡发出暗淡的黄色的光晕，光晕的四周是一张张油光光的脸。程浩男的额头上长了一粒饱满的青春痘，金喜觉得这粒痘很有发作的迹象。海叔的脸上红光满面，显然是吃了很多酒的原因；而陆雅芳和黄胖的脸显得臃肿；李大胆倦容满面；邬小漫的脸其实只有巴掌那么大，但是五官是那么的精巧，有点儿像百货商店里能买到的洋娃娃。只有罗家英的脸，因为白皙而显得干净。其实她的五官也十分地干净。还有几名华光无线电学校的学生，他们的脸在金喜的印象中永远是在模糊地晃动着。

罗家英看到金喜的嘴角结了血痂，一只眼睛周边的乌青还没有退下去，看上去就知道金喜是和人打过一架了，而且十分没有面子地输得很惨。

金喜对着那昏黄的光线说，我不想去延安了，没有原因。

金喜的话说得十分简洁。海叔的脸上随即掠过失望的神色。

罗家英急了，她说，为什么？金喜，你说一个理由，为什么不想去了？

金喜说，我刚才就说了，没有原因。

海叔摆了摆手，他把罗家英想要说的话给压了下去。海叔说，谁愿意带队前往延安的请举手。

向延安

　　罗家英的目光在人堆里搜索着,她自己的右手也举了起来。她看到程浩男把手举了起来,这令她的心理得到了安慰。金喜在看着众人,他们几乎在不同的时间内举起了相同的手。他悄悄地退出了老海酒馆,走得无声无息,只有举着手的邬小漫一直在留意着他。邬小漫看到金喜退出,她很快地跟了出来。在这条有着暗淡灯光的街面上,金喜用自己的短小的步子丈量着自己脚下的影子。在快拐弯进入一条十分漫长的深夜的弄堂时,急促的脚步声响了起来。不用回头,金喜就猜到了跟上来的是邬小漫。

　　果然邬小漫的声音追了上来:为什么?

　　金喜没有说话。邬小漫迅速地站在了金喜的面前挡住他的去路,我在问你,为什么?

　　金喜说,你给我让开,我不想去了,我觉得这没有意义。

　　邬小漫说,那你觉得什么是意义,活一百岁?还是好死不如赖活着,当日本人的顺民?

　　金喜说,我做不做顺民,活不活着和你有什么关系?你管得比黄浦江还宽。

　　金喜说完拉开了邬小漫,像是拨开一棵草一样,他十分从容地往前走了。而在老海酒馆里,海叔盯着程浩男的脸说,浩男,这个队得由你来带了,希望我不会看错你。

　　程浩男显得有些腼腆地笑了一下。他和罗家英的面前,都浮起了延安的宝塔,以及汩汩流过的延河水。他们都知道,延安的上空一定会飘荡着各种各样的歌,这些歌曲就半浮在阳光和水汽之间。虽然他们还不知道这些歌的旋律,但是总有一天,他们会穿着土布军装并排站着唱这些美丽的歌曲。

3

　　海叔在苏州河的外白渡桥上正确地找到了向金喜。金喜的两只手

第十九章

插在裤袋里，望着发出哗哗水声的苏州河水。作为黄浦江的支流，它比黄浦江显得更加婉约些，在夜色中如同一个刚结婚不久的小妇人。夜里凉爽的风吹起了金喜蓬乱的头发，四顾无人，金喜不由得闭起了眼睛。

金喜想：如果这样跳下去，是不是什么都不会知道了？

金喜记得自己是会游泳的。从小生活在水边，怎么会不会游泳。每年夏天，他都会花很长的时间把自己泡在苏州河里。那些经过他身边的船只，会把一些模糊的印记留给他，比如船上醒目的红漆字，或者是单调的突突声。有一些时候，船头会站一位迎风而立的姑娘，结实、美丽，秀发飞扬。金喜就在这样的镜头里，一次次地把身子扎进水里。金喜从外白渡桥跳下去，怎么可能会什么都不知道呢？

然后他就知道海叔站在了身后。金喜并没有在桥上徘徊，海叔却开始徘徊起来。一条船在他徘徊的时候，顺利通过桥洞向前方驶去。海叔无法确定金喜为什么突然之间告诉大家这样一个决定，从他的心底里出发，金喜是有前途的青年，是他喜欢的一个真实的年轻人。海叔问不出来，海叔要是仅问金喜突然变卦的一个理由，他觉得这样的问题比答案要苍白十万倍。

金喜却迎着江风说话了，他说，我要当好我的厨师，我不去延安！

海叔将眼睛重重地闭了一下，在他准备好要说的话中，有一大段是想要告诉金喜的，就是人生之路一定是要正确的。但是他最后什么话也不想说，他只是一步步地后退着，一边退一边望着这个令他失望的小伙子。他想劝说的话统统无效，全部被他硬生生地咽下了肚子中去。

很快海叔的身影消失了。外白渡桥上只留下金喜的剪影，像一只怒发冲冠的猫。

向延安

4

世界上所有的夜晚都是相同的。在那个清晨来临以前，金喜一直都站在屋顶上，用长筒望远镜望着上海寂寞的夜空。

金喜站在三楼旧洋房屋顶，他的脑海里一片空白，但他还是听到了二楼向金美和国良在屋子里轻声的争吵。在昏黄的灯光下，金美已经收拾好行李，她不停地和国良争吵。国良是一个嘴笨的男人，他说的理由显得空洞无力。

金美说，你有信仰吗？你即使有信仰，可是你的信仰正确吗？

国良说，什么是信仰？

金美说，我早就知道你在为国民党重庆政府服务，你是军统的人，我只是不说出来而已。你花大把的钞票来干的那个任务，我其实都知道。我不说是因为我根本就不想说，但是如果你是一名地下共产党员，我会欣喜若狂。

国良说，现在国共合作，不同信仰又有什么关系？

金美说，我想我们还是分手吧，我想了很久了，我觉得我们在一起像两个偶尔重叠的影子，根本就不会快乐。你去服务你的重庆政府，而我要去延安。我已经联系好了一切，明天早晨我就要走了。

国良的手插在口袋里，他的眼睛其实非常大。听了向金美的话，他的眼光随之暗淡下来，眼眶里包着大片的泪水。

国良想了好久以后才说，你连孩子都没有为我生一个。

向金美说，我们两人生不出孩子，我们都生了那么多年了，有动静吗？

国良说，我还想陪你去西郊的公园里好好地玩一天。

向金美说，迟了，在我最需要快乐的时候你根本就不想给我。现在我不想要。

国良说，能不能不分手，你去你的延安，我锄我的汉奸。一切结束的时候我们终归还是能见到面的。

第十九章

向金美说，长痛不如短痛，分开吧，我们相互保守秘密。你走你的阳关道，我只要走我的独木桥。

国良说，没有挽回的余地了是不是？

向金美说，除非你跟我一起走独木桥。

国良说，是谁介绍你去延安的？

向金美说，我不能告诉你，这是我的秘密。你管好你的锄奸队就行。

很长时间的静默以后，国良眼眶里的泪水才夺眶而下。他用袖子胡乱地擦了一下，才知道自己是眼泪鼻涕已经在脸上糊成一团。国良也不再说什么，他十分缓慢地走到向金美的身边，紧紧地抱住她。两个人抱成团，像一枚太过粗大的钉子一样，久久地钉在向金美的房间里。

而在他们的屋顶上，金喜手里转动着长筒望远镜，他听见国良和金美的所有对话。金喜的心里稍微有了一点儿难过，尽管他和金美之间一年到头也不会有多少话，但是当他知道国良要离开自己这个同父异母的姐姐时，突然像是被人用麦芒刺了一下自己的心脏。他认为国良当自己的姐夫是最合适的，但是往往是这样，你认为最合适的又是最不能一起走到头的。

金喜用望远镜追寻着日本兵架设的探照灯。白亮的强光在上海滩的上空四处穿梭，仿佛能射穿整个漆黑的天空。金喜觉得，这块黑得异常纯净的天空，差不多就属于日本人了。阿黄悄无声息地出现在他的身边，它把自己的身子弓起来，伸了一个绵长的懒腰。然后它一纵身就跃上了金喜的肩头。

金喜的长筒望远镜仍然在缓慢地转动着，他的目光在苏州河水面上作了长久的停留。他想要看见苏州河下面有没有巨大的暗流。这个夜显得无比的深沉，露水随时打湿了金喜的头发和衣衫。好久以后金喜把望远镜拿了下来，轻声对肩上的阿黄说，阿黄，总有一天我还是会去延安的。

向延安

　　这天晚上，有沙船从苏州河冷寂而漆黑的河面上驶过。金喜在自己家三楼的屋顶上站到半夜，觉得自己的人生也像一条没有目标的船一样。

　　在清晨来临以前，另一个夜同样显得无比漫长而又短暂。罗家英坐在她房间里一张沙发上，那张绒布沙发深陷了下去，让罗家英整个人看上去显得那么小。程浩男单腿跪在她的面前，他的手就按在罗家英的腿上。一盏落地灯发出朦胧的光，一切都显得安静极了，安静得像整个世界已经走到了尽头。

　　程浩男的身边放着一只藤箱和小提琴的琴盒。那是他去延安的全部行李。此外，在他的口袋里，四四方方折叠着一张延安抗大的招生简章。

　　罗列不在。如果罗列不在福开森路这片僻静的住宅区内，就一定在歌厅舞场这样的场所里面，和舞女小姐们打情骂俏。罗列不年轻了，他去这样的地方歌舞升平并不是为了想要和女人们上床，事实上他对上床并没有多大的热衷。他只是觉得害怕，害怕绅士一般倜傥的自己离开女人会突然之间变老。他十分清楚，就因为他大量的激进文章频频见报，汪精卫政府的特务机构，那个被称作极司菲尔路76号的地方对他十分地关注。《大美晚报》的社长和总编，还有另一名主笔已经倒在了血泊中，他们死得十分突然，无知无觉就被冲进办公室来的人，从容地开枪打死。所以写字实际上有两个连锁反应：一是赚到大洋；二是被人杀掉。

　　罗列在这个夜晚消失在上海滩浓郁的夜色之中。在他女儿罗家英的房间里，程浩男一直单腿跪在罗家英的面前。后来他起身拉起了罗家英的手，他吻她，抱她，手在她的身体上爬行。罗家英的身体是僵硬的，她觉得这一切来得突然，她没有来得及做充分的准备。程浩男的唇就在罗家英耳边慢慢蠕动着，轻擦着罗家英的脸颊。他的手终于伸向了他想要抵达的地方。这时候罗家英发出一声低语，整个身子向

第十九章

后缩去。

程浩男的呼吸粗重，我要去延安了，我就要去延安了。

罗家英说，我会去延安找你的。

程浩男说，可是我怕你留在上海。

罗家英说，你是怕金喜吧，你有什么好怕他？他是一个懦夫，他热爱当一名厨师，他和你是完全两样的。你是一个有理想的人，他没有，他只有一支长筒望远镜，不厌其烦地望着苏州河，好像苏州河是他们家似的。

程浩男说，可是我还是觉得他不会放过你。

罗家英说，关键是我已经放过了他。

程浩男不再说话，但是他的两只手却始终没有停下来。罗家英的身子最终还是软了下去，本来她是站偎在程浩男的怀里的，现在她慢慢地软倒在那只绒布沙发上。程浩男将头深深埋在她的大腿中，他的声音显然有点儿呜咽。

程浩男说，我真不想丢下你，我想带你去延安。可是第一批的名单里没有你，我不知道我等你的时间会有多漫长。

罗家英不再说话，现在她十分清楚程浩男想要做什么，程浩男想要她的身体，然后他才可以放心地走路。如果她不给，程浩男会一路上都不安心。罗家英被程浩男抱了起来，放在了她那张干净而狭小的充满温暖的床上。当程浩男伏在她的身上，激动得涨红了脸，发出语无伦次的声音时，她突然感到有些厌烦。她发现程浩男的脸是变形扭曲的，而且他的嘴角竟然挂着一小撮白色的泡沫。

后来罗家英的脸一直侧着，贴在温软的床单上。从她的视角望过去，刚好可以透过窗玻璃看到那棵粗大的梧桐树。那棵孤独的树下，无数次站着金喜和他的脚踏车。其实在这个安静的夜晚，她的目力并不能看到飘落的几枚四处游荡的叶片。但是那些叶片确实无声地离开了枝头，罗家英就想，现在的金喜是不是还在他家三楼的阳台上用望远镜望着上海黑漆漆的夜空？

向延安

　　然后,罗家英听到程浩男不成音节的声音,含混地从他的嘴里漏出来,像一张纸被撕开一样。她突然觉得所有的东西都在某一刻被撕裂,比如黑夜,也比如自己。她看到程浩男把自己的身子弓了起来,然后又软软地垂下去,一条癞皮狗一样绵软地瘫在她的身上。

　　罗家英眼角的泪在这一刻滚落下来,只有一滴。她想,如果这个夜晚程浩男为她拉一夜的小提琴,她将永远记住这个男人,但是没有。她也这样想,世界上所有的夜晚都是相同的。

第二十章

1

向金美醒来的时候，只有凌晨四点。她看到窗外灰白的光线，知道又一个清晨已经来临。国良的手臂枕在她的脖子下面，她小心翼翼地坐直身子时，看到了自己白皙的身体。她的身体已经略显臃肿，小肚子上已经有了赘肉。这是最后一个缠绵的夜晚，她觉得她有义务让长久不在一起的国良快乐。这天晚上她把自己搞得很累，因为她出了许多的汗。

向金美把国良的手放回了被窝里。国良睡得很熟，向金美小心地下床，她的光腿来回晃动，寻找地上的鞋子。然后她麻利地穿衣起床，刷牙洗脸，并且吃了昨天晚上就准备好的一碗泡饭。她稀里哗啦地把泡饭全倒在了自己的肚子里，然后拎起了那只大部分装了书的皮箱。

向金美走到房门口的时候，回头看了一下国良。国良仍然睡得很死，他睡着的时候像一个孩子，人中微微翘着，有几分憨态。这时候向金美才知道，自己其实还是有点儿爱着这个话不多的男人的。这样想着，金美的心里突然之间刺痛了一下。但她还是决然地合上了房门，她拎着皮箱下楼，穿行在凌晨四点清冷的空气里。地面上隐隐地

向延安

起了一些薄雾，这让她觉得此次出行仿佛有点儿做梦的味道。她的口袋里装了船票和零碎的钞票，在几天以前她就和海叔联系好了，他和华光无线电学校首批去延安的学生在吴淞口码头会合。

向金美在越过天井以前，推开了一楼客厅的门。她在父亲的遗像前默立了许久。向伯贤的笑容依然有恶作剧的味道，甚至显出几分孩子气。但是他的头发微秃了，鬓角有了星星点点的白发。金美的脸上露出笑容，她举起手轻轻地招了招，向遗像里那个爱玩的老男人告别。她走出客厅越过天井的这段距离，走得有些飞快，有那种决绝的味道。她很快地穿过了那片薄雾，然后推开院门，这时候她愣了一下，因为她看到院门外同父异母的弟弟向金喜。金喜的身边是一辆脚踏车。

向金喜站在浓重的雾中，他的头发和衣衫有点儿潮湿了。

向金美说，你怎么知道的？

金喜说，你们说话的声音那么响，全世界的人都知道。

这时候金美才意识到了自己和国良之间，还制造了另一种声音，大约金喜也是听见的，所以金美的脸不由自主地红了一下。

这个清晨金喜用脚踏车送金美去吴淞口那个秘密的小码头。向金美一手提着皮箱，另一只手紧紧地揽住金喜的腰。这是一个和她一直不是很亲的弟弟，但是现在她感到了那种来自亲情的温暖。她突然觉得这个弟弟已经长大了，但是他们要分开了，所以她才会紧紧揽住金喜的腰。脚踏车在薄雾里穿行，早起的点心店炉火早就通红，弥漫着热腾腾的热气。一些刚下班的巡逻警察打着哈欠，从早餐店里出来。天色正在慢慢变亮，这时候在金美的房间里，国良睁着一双被泪水浸胀的眼睛一动不动地盯着门口，好像要把那个消失的妻子盯回来似的。金美离开的时候，他根本就没有睡着。实际上他整夜都没有睡着。

金喜的脚踏车在码头上画了一个圆弧形的圈，然后左脚踮地停了下来。他看到了程浩男和罗家英，也看到了黄胖、李大胆、陆雅芳、

第二十章

邬小漫以及一大批的华光无线电学校的同学，他们围在海叔的周围，是来为首批去延安的同学送别的。

程浩男带着十来名同学上船，而罗家英、邬小漫等人都留了下来。他们留下来的原因十分简单，他们要和海叔一起在上海开展工作。所有的人都看到了金喜，他们都没有理会金喜。金喜在心底里笑了，他觉得没有人理自己也是一件很好的事。唯一让他遗憾的是罗家英和他形同陌路一般，他慢慢地晃荡到罗家英的面前。

金喜说，家英。

罗家英很淡地笑了一下，她有些累，她总是觉得经过了和程浩男之间的那件事以后她和金喜的距离又远了一层。

金喜又说，家英。

这次罗家英应了一声，说你想说什么你就说吧。

金喜也不知道自己想说什么，所以到最后其实他没有说。他只是接过了正和海叔热烈聊天的向金美的皮箱，拉着向金美的手上了船。在并不宽敞的船舱里，金喜和金美对视了好久。金美突然拉过金喜，在金喜的额头上亲了一口说，记牢，你一定要好好的。

金喜说，你也要好好的。

金喜没有说出来的一句话是，有一天我一定也会出现在延安的。

金美把藤箱放在舱板上打开，从里面快速地翻出了几本杂志和书，还有一张抄着一首诗的黄纸。金美说，这些你带着，都是一些你必须看的书。还有这首诗，是我昨天晚上写的，留给你。

金喜看到了上面漂亮的钢笔字：延安之歌。

后来金喜离开了船舱。他和刚刚进舱的程浩男擦肩而过时两个人都停了下来。程浩男的眼神里有倦怠、满足和自傲，他左手拎着皮箱，右手拎着小提琴的琴盒。他的姿态完全是胜利者的姿态，无论是去延安，还是拥有了罗家英，或者其他什么，他全走在了金喜的前头。

金喜无声地退出了船舱。这条秘密的小船很快起航，在瞬间就

向延安

不见了，留下的是海叔和码头上华光无线电学校的同学们。金喜捧着书，像一个不知所措的孩子，他突然觉得从向伯贤被流弹击中从屋顶上滚落下来开始，自己的一切都像是在梦中，或者是生活在浓雾中。罗家英走到他的身边，从他捧着的书中翻看起书名来，那都是一些革命的书籍。

金喜说，你要不要，我把这些书送给你。

罗家英很深地看了一眼金喜。昨天和程浩男发生的一切，让她再看金喜的时候，怎么都觉得金喜显得那么不成熟。罗家英最后还是接过了这位青梅竹马又是同学的小男人的书。她的声音是冷冷的，她说，这么好的书真不应该是从你手中送出来的。

金喜笑了，你是在说我没有去延安吧？

罗家英说，去不去延安不是最重要的，重要的是一个人有没有信仰。没有信仰的人生，是空白人生。

金喜说，我听不懂的。

罗家英，那说白了就是你活着和死了是一样的，你活过和没活过是一样的。

众人都围了过来。特别是邬小漫，她的目光长久地投在金喜的脸上。金喜的胡子没有理，参差不齐，显得十分凌乱，如同他不成样子的日脚。他们都听到了金喜的话，金喜说，我觉得还是不一样的，我能烧那么多味道不错的上海菜。

陆雅芳锋利的话语扔了过来，她说，味道好的上海菜，是你生命的全部吗？

李大胆托了托他的宽边近视眼镜，也把头凑了过来说，味道好的上海菜，能吃死日本人吗？能吃死汪精卫和那些汉奸吗？

邬小漫说，你们不要难为他，那是他自己的事体。

陆雅芳锋利的话语再次扔了过来，邬小漫，我就知道你只会护着他。不知道你为什么会看上这样的人。

邬小漫的脸随即红了，她说，陆雅芳你乱讲。

第二十章

陆雅芳大笑起来，我们就算不能成为小崔，也得成为小崔的同路人。我有没有乱讲，邬小漫你心里最清楚。

金喜突然觉得自己被这些人搅得烦躁无比，他又回头望了一下江面，发现江面上除了波光，什么也没有了。天色已经大亮，他可以清晰地望见所有的一切。他看到抽烟的海叔朝他笑了一下，一些烟灰在他抖动的手指间震落下来，十分无力地飘落在地面上。

金喜吼了起来，混账王八蛋，都给老子让开。

这一声吆喝让所有人都目瞪口呆。金喜大步地向前走着，他把那张黄纸展开了，高高地举起来，大声地朗诵着金美写下的《延安之歌》

在这里，我要用仰望的姿势迎接阳光
用一支嘹亮的歌子歌唱黎明

在这里，我要抛开阴郁的小情绪
头顶大雨，跑上延安高高的山冈

所有的闪电和雷霆，你来吧
在延安，和我一起咆哮……

金喜在空无人烟的小而秘密的码头渐渐走远。几辆在半夜出没的摇摇晃晃的木头粪车，在不远的马路上从容不迫地经过。

望着金喜的背影，海叔说，大家都不要难为他，他不是坏人。

2

又一个暗夜来临的时候，金喜在屋顶上开始想念罗家英。罗家英本来是真实的、红润的、青春勃发的，金喜十分喜欢她细碎的小白牙

向延安

和脸上仅有的一个酒窝。现在罗家英就像一块在风中飘荡的纱巾，显得那么的不真实。

夜风很凉，金喜在屋顶上可以看到远处的霓虹灯。他可以想象他的二哥金水，会和凤仙一起经常出没在那些舞场歌厅里。阿黄一如既往地跃上了他的肩头，金喜就想，阿黄是不是最懂他的猫？

如果站在离此不远的任何一幢楼上的高处，从这个旧三层楼的屋顶往下看，会看到一个年轻人正拿着一张黄纸，他用手电筒照着黄纸正在大声地朗读：

我们敲着青春的鼓点
把《延安之歌》一遍遍唱响……

再往下看，就可以看到二楼的一间屋子里，一个叫国良的高个子男人，正在认真而仔细地用布头擦着他和金美的结婚照。结婚照上的金美实际上比现在还要胖一些，刘海十分难看地耷拉在脑门上，但这并不妨碍国良固执地爱着她。每天晚上，国良都要细心地擦墙上的这只略显陈旧的镜框。

然后国良开始整理金美离家以后杂乱无章的抽屉。当然国良十分清楚地听到了屋顶上这个让人哭笑不得，完全继承了他丈人遗风的小舅子的朗读声。国良一直觉得这户人家是奇怪的，他和他们有关系，但是他们又像是互不相干，有时候简直就像是路上碰到的一个陌生人。

这天晚上金喜在屋顶上反复地读着那首诗。读累了他就坐下来，望着天空那密密麻麻的星星发呆。金喜始终认为，天上的星星太多了，有点儿像芝麻饼上的芝麻。后来他觉得坐着也累，索性就躺了下来，手脚叉开成一个"大"字形。他开始想念袁春梅，袁春梅穿着旗袍的身影已经很久没有见到了。他还开始想念武三春，不知道这个裁缝又在忙什么。他想武三春说的最寂寞最艰巨最痛苦的任务，是不是

| 第二十章 |

现在开始显山露水了,第一步就是让同学们都远离他,甚至唾弃他。金喜就这样躺在冰凉的水泥楼板上,他有点儿想要迷迷糊糊地睡过去的时候,突然听到了一个男人难听的呜咽。金喜翻过身来,慢慢地爬行着,爬到屋顶的边上。他一伸手抓起了长筒望远镜,望着楼下天井中的一棵大枣树,枣树下面国良正靠在树干上呜咽,并不时地对着树根干呕着。他好像是喝醉了,但是把手里的一张白纸紧紧地握着,一刻也没有松手。

金喜长长地叹了一口气,再次翻转身望着芝麻一样密集的星空。他突然想不通每个人都把自己的生活搞得一塌糊涂是为了什么。后来金喜懒洋洋地坐直身子,然后他开始下楼。

金喜慢条斯理地出现在天井里。他开亮了路灯,站在国良的身边十分认真地看一个大男人是如何呜咽的。国良的呜咽,像是一种动物的低嚎一样十分难听。金喜慢慢地从国良的手里拿过了那张纸,这时候金喜终于明白国良为什么要低号,那是一张向金美在医院的流产记录。

原来向金美和国良不是不会生孩子,而是向金美因为要去延安了,把孩子给做掉。金喜这时候才想到女人的心硬起来,原来是可以比铁还要硬的。他想罗家英是不是也这样,从以前一天到晚和他黏糊在一起,到现在客气得像陌生人一样。

金喜满眼忧伤地看着国良。国良后来蹲了下去,他慢慢地不哭了,好长时间以后他站直身子,竟然还冲金喜笑了一下。

国良说,没什么,哭一场就好了。把我的儿子还给我。

国良从金喜的手中小心翼翼地拿回那张纸,折好,收在自己的口袋里。

金喜说,你是不是恨向金美?

国良咬着牙说,我永远不会恨她,我恨的是日本人和汉奸。

向延安

3

在老海酒馆一间拉上了帘布的包间里,海叔对围在他身边的罗家英、李大胆、黄胖、陆雅芳和邬小漫,还有零星的几个外校的学生传达了上级的意思。上级的意思说,同意海叔的意见,在已经停课的学生和年轻人中发展党员,在复课的学生中发展党员,壮大共产党地下组织的力量。现在,围在海叔身边的年轻人,都是将要接受考察的人选。

后来海叔把一张报纸扔在了桌子上。报纸有些油污和破损了,一张黑色的照片居中,四边密密麻麻地布满了文字。文字中说,"皖南事变"爆发,国共两党产生了联合抗战以来的第一个不和谐的音符。文字中还说,任何一条去延安的路上,开始布满日本兵的封锁线,和国民党军队的明卡暗哨。

这张报纸的意思是,一切都在变化着,去延安已经不是一件容易的事了。

第二十一章

1

金喜弓着身子骑着脚踏车，衣服敞着怀，他在陈旧的马路上快速地骑行着。他觉得风已经灌进他的身体，这些风全部转成了力气，所以他蹬车的速度很快。

金喜和他的脚踏车出现在长乐路茂名路口的"老苏州"旗袍行时，已经是黄昏了。夕阳从遥远的西边向这儿漫过来，迅速铺在了整排整排的店面上。金喜看到正在替一个女人量体的武三春，像是知道金喜要到旗袍行来一般，回转头来朝金喜看了一眼。他没有理会金喜，而是十分热情地替那个瘦弱的女人量体。那个女人太瘦了，瘦得像一张纸一样，但是十分地有钞票。因为女人手上戴着一只粗大的钻石戒指。金喜认为这个女人是不适合穿旗袍的，适合穿旗袍的女人，必定是像袁春梅一样的女人。

袁春梅正好从楼上下来，她穿着淡青竖柳条的棉布旗袍，手里拿着一只小巧的手包。金喜觉得袁春梅怎么都不像是一个小裁缝铺的老板娘。袁春梅也看到了金喜，他就站在旗袍行门口的一堆夕阳里，显得充满活力又无比温软。她的心里荡起了一阵暖意，她说，你进来，金喜，你进来。

向延安

金喜走进了旗袍行。瘦骨嶙峋的女人终于量好了尺寸,她像一只丹顶鹤一样快步跳出了旗袍行。这时候武三春转身望着金喜,金喜说,我什么时候去当大厨?

这时候武三春终于露出了笑容,他笑的时候会露出他蜡黄的牙齿。武三春在金喜的肩胛骨上击了一掌,他本来是想说什么的,但是嘴唇动了动,最终什么也没有说。他就那么热切地、久久地望着金喜,仿佛金喜是一个他不认识的陌生人。

这天的晚饭金喜是留在旗袍行里吃的。下厨本来是袁春梅的事,但最后成了金喜的事。在一楼隔出来的一间狭小的灶披间,袁春梅只是给金喜打了下手,金喜动作麻利地炒了四五个小菜。狭小的空间给人安全感,也给了人温暖。当金喜炒好最后一个荸荠炒肉片时,心里升腾起强烈的失落感。他十分希望就那么一直炒着小菜,袁春梅就那么一直给他打着下手。他还热切地希望着不时地走动,因为走动在狭小的空间里,会使他们的身体偶有小小的碰撞。

武三春的兴致很高,他和金喜一起喝了一点儿绍兴花雕酒。三杯酒下肚以后,武三春满脸通红,话就开始多了起来。武三春十分随意地说,什么时候去秋田公司上工,就等他的消息了。然后在更多的时间里,武三春一直在说着老家高邮,以及在高邮的童年。高邮是一个天空很高的地方,金喜对它的记忆,已经有些淡漠了。他只记得油菜花,在田间走过的牛和嗡嗡叫着的蜜蜂,以及一面像镜子一样平整的巨大的高邮湖。

武三春后来伏在桌上睡着了。袁春梅在武三春的背上盖了一件衣服,生怕武三春着了凉。金喜没有醉,金喜把头凑过去,认真地看着武三春的头发。武三春的黑发中夹杂着大量的白发,他的眼角已经有了密集的皱纹,而且还挂着些微的眼屎。这让金喜的心里突然升起一阵悲凉,他伸出手握住了武三春的手,轻声地对袁春梅说,我表哥好像有点儿老了。

袁春梅笑了,说,人总是要老的。你也会老。

第二十一章

金喜说，可是表哥老得太快了。

袁春梅说，那不是老，那是累的。他很累。

武三春果然就是累的，因为他很快打起了呼噜。金喜一直没有松开武三春的手，这时候他觉得自己反而成了武三春的表哥。

这天晚上，金喜蹬着脚踏车带着袁春梅一起去了大华舞厅听范雪君唱评书。金喜买了棉花糖给袁春梅吃，袁春梅突然在进场的时候挽紧了金喜的手臂。金喜不由得侧过脸来看了袁春梅一眼，他想，袁春梅这个动作一定是无意的。

这是一个充满评书的夜晚。金喜看到袁春梅先是认真地歪着头吃像白云一样柔软的棉花糖，然后她就举着那吃剩下来的小竹竿，认真地听年轻的范雪君说评书。金喜突然想，这个年长自己的袁春梅，有时候多像是自己的妹妹。

你很像一个孩子。金喜说。

你说什么？袁春梅侧过身子来，认真地用黑亮的眸子盯着金喜问，你刚才说什么？

金喜又看了袁春梅一会儿说，我说总有一天我是要去延安的！

2

福开森路上的那片洋房区，已经被浓郁的树荫给埋了起来。绿色正在越来越呼啸地生长着，这种有生机的颜色几乎穿透了四季，那么鲜活地呈现在上海滩这条幽静但又显得无比贵气的马路边上。

罗家英久久地坐在书桌前，面前摊着一封又一封她写给程浩男的，无法投递的信件。她已经从海叔那儿得到了消息，程浩男等人全部失踪了。她没有把这个消息告诉金喜，是因为她怕金喜担心他的姐姐。女人对一个男人的感情，大概是从有了身体的接触以后，才会大幅度地改变的。现在在罗家英的心里，程浩男就是全部，所以她几乎发狂了，她一边在打听程浩男的消息，一边拼命地给程浩男写无法投

向延安

递的信件。这些信里，越来越肉麻地写满了对程浩男的相思。

他是我的男人，他也是我的生命。在罗家英的心里，她这样对自己说。

所有的一切，都不可能逃过罗列的眼睛。罗列是一个在情爱江湖上行走了多年的老男人，事实上他也是十分吸引人的一个老男人，干净，清爽，整洁，穿着也得体，谈吐也不俗，而且赚的钞票也可观。有很多的少女，十分喜欢和罗列在一起喝咖啡，她们以为这是一种十分高尚和儒雅的生活。但罗列是一个男人，当他觉得你是一个朋友的时候，他十分得体地把握着自己的分寸，甚至好多时候他是沉默的。当他突然觉得你充满了女性的味道时，他的整个的活力都将被调动和激发，呵护备至，妙语连珠，这些对一个五十岁左右的男人来说，不需要谁来教他。

罗列坐在客厅里抽烟，他面前的茶几上放着一张白纸，他在写一则时评，写的是"皖南事变"中两个政党的表现。他一向是一个不喜欢靠在哪一个党派的中间派，但是这一次他站在了共产党的一边。他其实还只是在拟写一个大致的想法，夜深人静的时候他才可能坐到书桌边把整篇的文字写下来。就在这时候，他听到了罗家英在书房里轻声念白的声音，他悄悄走到了书房边，听了一段肉麻的信以后，脸上浮起了笑容。

他是一个十分希望女儿能沉浸在恋爱甜蜜中的老男人。以前他喜欢金喜，当然现在也喜欢，他总是觉得金喜的忧郁是与众不同的，但是他一点也不想去左右罗家英。他十分清楚，罗家英已经和程浩男好上了。从他的人生阅历培养起来的看人经验来说，他清楚程浩男是一个花架子，程浩男他不实诚，他会被风吹起来。但是他没有去反对罗家英，因为他认为恋爱对于罗家英来说，是一件幸福而秘密的事，他没有权利去打扰她。

罗列在书房门口听了会儿罗家英读信的声音，他又悄悄地退回到沙发上坐下来。就在他刚刚坐定的时候，书房的门突然打开了，罗家

第二十一章

英跌撞着冲了出来,又冲出了客厅的门冲向院子。罗列奇怪地看着罗家英,他慢慢地站直身子踱到院子里。院子里空气清新,略带凉意,一盏路灯下可以看到罗家英扶着一棵树的树干,正在吐着酸水。

罗列上前轻轻拍着女儿的后背,他皱着眉头疑惑地看着罗家英。罗家英什么也没有说,干呕了一阵以后回到客厅。罗列忙跟了进来,拉着她的手在沙发上坐下。

罗列盯着罗家英的眼睛。你是不舒服吗?你看着我,家英。罗列说。

罗家英抬起头来,她的脸上泛着些微的红晕。没什么,她说。

罗列说,你必须告诉爸爸,爸爸只会保护你,爱护你。你是不是和程浩男已经做了什么事了?

罗家英的脸又腾地红了起来,尽管艰难,但她最后还是点了点头说,是的。

罗列长长地叹了口气说,那你以后要对自己好一点,我会让老妈子做好吃的给你吃。

罗家英说,你为什么不怪我?

罗列说,我为什么要怪你?你是我的女儿,你做什么我都不想怪你,只想要你最幸福。

罗列这样说着,竟然让罗家英的眼圈红了,她靠在了罗列的怀里。

这个漫长而普通的夜晚,罗列一直没有动笔写他的时评,因为他觉得有必要和罗家英说说过往。在罗列慢条斯理的叙述中,罗家英才知道她的妈妈其实是个不可多得的美人坯子。这一点罗家英深信不疑,因为她自己也长得十分地耐看,因为令罗列动心的女人,再怎么也差不到哪儿去。

但是这个美人坯子跟着国民政府一名外交官去了英国。这名外交官其实比美人坯子还要小三岁,但是他爱得十分地执着和认真。那段时间刚好罗列犯了错误,他和一名报馆的女记者打得火热。所以当

向延安

美人坯子在他醉醺醺地回家的时候，冷静地告诉他，自己就要去英国了。这个时候罗列才愣了，他猛烈地甩着自己神志不清的头，而且还用一盆冷水浇了自己的头，妄图使自己更加清醒。

你说什么？罗列问美人坯子，你刚才说什么？

美人坯子的口齿依然十分清晰，我要离开你，我要跟人去英国。

美人坯子终于去英国了，走的时候把所有的照片都带走或者销毁了，她希望像抹去记忆一样把所有的东西都抹去。那时候罗列可怜巴巴地站在一边，他留下了罗家英。他觉得就算你再怎么销毁那些曾经爱过的痕迹，但只要你留下罗家英，就是留下了所有的记忆。

你妈妈永远是最好的。罗列在沙发上一边抚摸着女儿的头发一边说，你不能恨她，要恨你就恨爸爸。

第二十二章

1

金喜知道做什么样的菜需要猛火，而炖什么样的汤需要文火。火力的强弱总是和菜的品种相关的。无数次他都系着围裙站在锅台边炒菜，他像厨师一样戴着一顶高高的白帽子。三四名下人就站在不远处看着，他们有时候显得无所适从，因为他们从来都没有见到过这样的东家少爷，可以让他们休息而自己在锅台边上不停地忙碌。

李大胆和邬小漫找到金喜的时候，金喜正在炒牛肉丝。他在牛肉丝中加了少许的姜葱，然后加了许多的绿色的大蒜叶片。其实这样的炒法十分的普通，一般的锅台女人随便一个动作就会炒出喷香的牛肉丝来。金喜认真地对付着这碗牛肉丝，一名下人领着李大胆和邬小漫出现在灶披间里。金喜看了他们一眼，他甚至连招呼也没有打，他觉得这两名老同学的来访，对他来说完全是一种打扰。

那天金喜忙完了灶披间里的事，他让下人们把菜端到桌子上，然后开了一瓶绍兴老酒和李大胆对喝起来。李大胆的酒量并不怎么好，他很快就主动地把自己给喝多了，然后他开始拍着胸脯说话。他主要是在说自己胆子很大，他什么也不怕。

金喜盯着邬小漫说，为什么要来找我？

向延安

邬小漫嘴里含着筷头，想了想说，海叔正在考察一批进步青年，你为什么那么消极？

金喜一听皱着眉头说，我消极和你们有什么关系？

邬小漫委屈地说，你以前不是这样的，你一直说想去延安。

金喜轻轻地拍着桌子说，那我现在不想去延安了行不行？你们就别管我了，如果你们想吃我炒的菜，我一定会给你们下厨。

邬小漫委屈的眼泪就包在眼眶里，她说，我全是为你好。

金喜说，我好和不好，真的和你没有关系。

这时候邬小漫的眼泪终于冲破了眼眶，唰地从脸颊上流过。她低下头像小媳妇一样擦起自己的眼泪来，这时候金喜觉得自己可能有些过分，他胡乱地在口袋里掏手帕，终于掏出了一块皱巴巴的手帕塞到邬小漫的手中。邬小漫擦了擦眼泪，却顺手把手帕装进了自己的口袋里。

李大胆红着一双兔子眼，摇头晃脑地盯着金喜看。他把手指头竖了起来，指着金喜的鼻子说，你怎么可以这样对邬小漫？

金喜说，那你想要我怎么样对邬小漫？

李大胆大着舌头说，你要是敢对她冒犯，我李大胆一定宰了你这个狗娘养的。我李大胆胆大包天，连天都能包，还能包不了你？

金喜知道李大胆肯定是醉了。金喜说，李大胆，你酒量不好以后就少喝一点。

李大胆说，我怎么就酒量不好了？

李大胆抓起酒瓶又要往自己喉咙里灌的时候，被邬小漫夺了过去。邬小漫说，你别喝了，你想把自己喝死是不是？你简直就是把自己喝成一把尿壶了。

李大胆没有抓到酒瓶，他的手无力地抬了起来，指着金喜说，我不许这个人欺侮你。

邬小漫急了，说，可是他根本就没有欺侮我。

李大胆的腿一软，跪在了地上，他的头也像钟摆一样有气无力地

第二十二章

晃荡着。最后他终于努力地昂起了头，金喜看到李大胆眼镜片后面一大片迷茫的眼泪。金喜说你不用给我下跪的。

李大胆说我不是给你下跪，我这是站不稳。我想和你打架，我太想和你打架了，知道这是为什么吗？因为你的眼里根本没有邬小漫，但邬小漫眼里全是你。

金喜笑了，这和你有什么关系？

李大胆举起手臂，胡乱地朝着半空中一甩说，这和我的关系大了。因为邬小漫的眼里根本没有我，而我的眼里全是邬小漫。

邬小漫急了，去揪李大胆的耳朵说，你在乱讲什么呀？

金喜蹲下身，拍着李大胆的后背说，我相信你，你肯定没有乱讲。我只想问你一句，你还想不想打架？

李大胆摇头晃脑地说，想！我太想了！我揍死你这个混蛋。告诉你，我胆子大着呢。

金喜无奈地摇了摇头，他在椅子上坐了下来。他清楚地看到灯光下一只蟑螂正脚步轻快地经过李大胆的面前，李大胆透过眼镜片看到有一粒指甲般大小的东西经过眼前，他用手摸了一下，随即大叫一声翻倒在地上。

金喜把一只脚踩在李大胆的身上，然后举起酒杯一个人喝起酒来。他又看了倍感委屈的邬小漫一眼说，最喜欢你的人就是李大胆，你都听到了。

果然李大胆倒在地上吐着一汪汪的酸水，口齿不清地喃喃自语，邬小漫，最爱你的人是我。

2

那天金喜基本是一个人在独酌。李大胆已经躺在金喜的床上了，是金喜费了很大的劲才把他搬到床上去的。邬小漫还陪着金喜坐在餐桌边上，她不停地用自己的手指头绞着一只辫子。

向延安

　　金喜笑了，你是不是想把头发都给绞下来，灶披间里有剪刀呢。

　　邬小漫狠狠地盯了金喜一眼。在她的心里，金喜就永远是那么一个令她爱恨交加的人。这时候院门响了一下，金水迈了进来，穿过天井，他看到了正在喝酒的金喜和小媳妇一样坐在一边的邬小漫。

　　金水在桌子边上坐了下来，自己拿来了碗筷，自己给自己倒了一碗绍兴黄酒。他在极短的时间内把所有的菜都尝了一遍，然后一抹嘴巴说，金喜，如果不是打仗，你一定是名扬上海滩的好大厨。

　　金喜说，大厨好不好，和打仗没有关系。就算打仗了，我还是一名好大厨。

　　金水愣了一下，又看看邬小漫说，你知道你的同学们在干什么吗？

　　金喜说，我知道。

　　金水说，你是我亲弟弟，你要相信我的话，有两条路可以让你选：一条是离你的同学们远远的；一条是把牢底坐穿。

　　金喜急了，突然猛拍一下桌子说，金水，我告诉你，如果我的哪个同学少了一根毫毛，我一定跟你拼命。

　　金水正在吃一小块的红烧肉。那块红烧肉本来是夹在筷子上的，现在掉在了桌面上。金水没有想去再把红烧肉夹起来，而是极缓慢地放下了筷子。

　　金水说，金喜，你什么时候才能让我少操心？在你哥的眼里，你永远都只是个孩子。

　　金水不再吃菜，他把筷子稳稳妥妥地在桌面上放好，然后站起身来走出了邬小漫的目光。而金喜仍然一个人举起了杯子，他记不清自己喝了多少酒，只记得最后一个镜头是，他在桌子面前慢慢地软了上去，瘫倒在地上。他觉得他的胃里烧得难受，泛起了一汪一汪的酸水。

　　在邬小漫的眼里，就算是金喜瘫倒了，他瘫倒的样子也要比李大胆好看得多。

| 第二十二章 |

3

金喜昏昏沉沉地睡到第二天下午。那种产自绍兴的黄酒是一种软刀子，你以为这种酒甜甜的很上口，但是很快后劲就像是江里的浪一样翻滚起来。金喜一直觉得脑筋在不停地跳着。脑筋一直跳到第二天的下午，仍然没有停下来。

但他还是起床了。他起床的时候，才发现金水不见了，邬小漫和李大胆也不见了，天井里只剩下一棵空落落的枣树。他就坐在屋檐下的一把竹椅上，那是当初向伯贤去了一个叫临安的山区买回来的竹椅，已经有些年头了。金喜就像一个垂暮的老人一样，傻坐在屋檐下，像是在等待着什么似的。

他果然就听到了院门被推开的声音，然后武三春和袁春梅并排出现在天井里。金喜眯起眼睛，看着太阳下站着的武三春，五短的身材穿着青灰的长衫，头上戴着一顶黑色的礼帽。武三春的手里拎着纸包的点心，他举了举手中的点心说，向大厨，你知道我是来干什么的？

这天武三春和袁春梅在金喜的房间里一直坐到黄昏。其实袁春梅和金喜的话都不多，大多数是武三春一个人在说。武三春说的和金喜去做大厨有关，你知道一个有用的情报，它的力量远远高于一个团一个师的兵力吗？

金喜点了点头说，我知道。

武三春觉得十分奇怪，你怎么知道的？

金喜说，我猜的。我连这个也猜不到，我还有什么脑子可以去学烧菜？

听了金喜的回答，袁春梅不由得掩嘴笑了起来。她是侧过身去笑的，旗袍把她的身体勾出一个好看的弧度。武三春后来告诉金喜，在秋田公司里，如果没有人找到他，那他就永远只是一名会烧上海菜的大厨。但是如果有人找到了他，那他就不仅仅是大厨了，还是一名战士。

向延安

武三春说，懂吗？是战士。

金喜点了点头说，你是不是战士？

武三春说，我当然是战士。另外，你的代号是"四丫头"。

金喜说，能不能换一个代号，我不像四丫头，我有点像三少爷。

武三春说，不能，你就是"四丫头"。

这天傍晚金山破天荒地回来了，他脚步匆匆，好像很忙的样子。他一直都在张罗着向家开在福州路上的本草堂，所以他的身上沾了一些中药的气息。这是一种好闻的气息，可以让人的心一下子安静下来。

金山仍然是一个不太会说话的男人，他看着袁春梅和武三春笑，然后热情地留武三春夫妇在家里吃晚饭。他和金喜也不能说到一块儿去，或者说是他们根本就没有话可以说。金喜总是觉得金山是一个陌生人，他比金喜要大很多，足有八九岁。他的长相和金喜也不太像，金喜是国字脸，而他的脸是瘦长的。

金喜总是觉得胃里还在翻腾着什么，昨天的酒让他几乎对什么都失去了兴致。金山说要下厨露一手给大家尝尝，这让金喜感到吃惊。因为在他的记忆中，金山这个败家子从来都没有做过菜。但是金喜十分热烈地希望金山做一桌菜，他有强烈的好奇心想看看金山会做出什么样的菜来。而对于武三春来说，谁做菜都是不重要的，他只要抓紧时间在没有旁人的时候，一次次地向金喜灌输情报的重要性。

知道"珍珠港事件"吗？武三春看了看四周，压低声音问金喜。这让金喜显得有些不耐烦，金喜说别问我这些，我不想知道。

金山和袁春梅都在灶披间里忙碌着，仍然没有下人什么事，三四个下人仍然站在一边观望。袁春梅在替金山切菜，金山围着围裙，和金喜一样也戴一顶厨师帽。在锅里的青菜叽叽喳喳的尖叫声中，金山回头看了一眼下人们。他觉得十分奇怪，既然他们是没有事的，为什么他们还这么站着？

你们为什么站在这儿，金山说，这儿没你们什么事。

第二十二章

一个下人迟疑了一下，终于说，少爷做菜的时候我们总是站在边上看的。

金山说，为什么要看？你们看了这菜就更有味道了吗？

那个下人说，因为少爷说，我们在他身后站着，他就有了一种气场。

金山笑了，说，什么屁场，你们走开好了。

下人们果然就走开了，只剩下金山和袁春梅两人。他们不再说话，只能听见炒菜的声音，锅里的热气在翻滚着上升，很快就把金山的上半身给吞没了。

金喜无所事事地晃荡着进了灶披间的时候，听到袁春梅和金山在小声地说话。金喜听不见他们在说什么，但是看见袁春梅的眼睛红红的，好像是哭过一场似的。

你的眼睛怎么回事？金喜说，怎么像灯笼水泡似的。

袁春梅笑了，说辣椒熏的呗。

这时候金山刚好将锅铲里的辣椒入锅。油锅单调的响声中，金喜轻蔑地笑了，他觉得金山怎么看都不像是个厨师，仍然像是一名赌棍。

你不像厨师的，以后也不会像厨师了。金喜丢下这句话，反背着双手走出了灶披间。

第二十三章

1

在正式去秋田公司上工的前一天,金喜在附近的南货店买了冠生园的点心,骑着脚踏车去了圣彼得堂。在教堂宽大的屋子里,金喜把点心放在了饶神父的面前。饶神父坐在那张宽敞的椅子上,他穿着一件洗得泛白的长衫,从色泽上依然可以分辨出这长衫原先的颜色应该是藏青色的。实际上他窝在木椅子上坐着的样子,有些像是罗汉的形状,只是比平常的罗汉多了一把络腮胡子,少了一条手臂。高大的木柱就在饶神父的身后,看上去很像是饶神父的头上长出了一根木柱。饶神父一直都在哼歌,这一回他哼的是《四季歌》。金喜认为这个歌一定要女人哼出来的声音才会好听,但是饶神父仍然哼得乐此不疲。

从饶神父起皱的笑容中,金喜认为他的每一寸皮肤和骨头都在欢叫。这个无所事事的下午,太阳散发出浓烈的焦煳的气息,光线从一些空隙和圆洞里漏进屋内,笔直地拍打在实木地板上。金喜已经那么久没有来圣彼得堂了,也就是说,有那么久没有见饶神父了。这让金喜想起了日本人刚刚打进上海的时候,他每天都黑头黑脸地替难民们熬粥。那段日脚像一枚印章一样,深深地敲在金喜的脑海里。当然他还记得,武三春越过瓦砾,一步步走向正唱着《茉莉花》的饶神父,然后不久就有一大批的年轻人被饶神父想办法从难民营里送走了。

饶神父打着哈哈说，你还会翻跟斗吗？

金喜也在想，我还会翻跟斗吗？金喜一边想一边站直了身子，他活动一下身体开始翻跟斗。因为有老底子在，他还是勉强地翻了几个，但是他知道他翻跟斗已经不利索了。没有一种东西，是可以在放弃疏远了很久以后，仍然把它随意捡拾起来的。感情其实也是这样。

金喜没有告诉饶神父自己要去秋田公司当大厨。在离开圣彼得堂的时候，他在心里向饶神父说了一下。金喜在心里说，饶神父，我要去当大厨了，我当的不是简单的大厨，我是有任务的大厨。

2

金喜第二天站在秋田公司天井里一棵移植来的樱花树旁时，看到了久违的曾经的邻居秋田和美枝子一家。他们竟然就是秋田公司的老板，他们竟然早就知道要来的大厨是金喜，所以秋田不管有多忙也要等着金喜的到来。秋田有一口上好的白牙，他笑的时候那口白牙显露无遗。他和美枝子以及他们的女儿幸子并排站在一起，深深地弯下腰去。这让金喜突然想起了向伯贤被流弹击中，从屋顶上滚落下来的第二天清晨，秋田带着美枝子和幸子搬家的情景。现在扳着手指头算起来，已经十分遥远了。

金喜记得秋田临上车前，拍着他的肩叽里咕噜地说了一句日本话，也记得自己对秋田一家搬家时那辆远去的汽车大吼一声的话，娘的，幸子你一定要给叔叔保重。现在这些场景又一幕一幕地在眼前重现，让金喜觉得原来的邻居现在又近了。金喜的内心充满欢愉，说实话，他特别喜欢这个叫幸子的小女孩。但是高兴之余，他的内心又充满了悲凉。因为他猛然想到，自己负有特殊使命，并不是真正来当一名大厨的。

幸子显然已经长高了，她比以前变得腼腆多了。她剪了一头短发，可能是由于刚洗过澡的原因，头发的发梢还滴着水。她的手里举着一个日本的瓷娃娃，她穿着木拖鞋向前又进了一步，把瓷娃娃捧在手里，用十分流利的中国话说，叔叔，谢谢你，这个瓷娃娃送给你。娃娃的名字叫千百代。

金喜笑了，说你为什么要谢我？

幸子说，因为以后我可以吃到叔叔做的上海菜了，还因为叔叔在咱们家搬家的时候说过一句让幸子感动的话，幸子这辈子都会忘不了。

金喜说，我说了什么？

幸子说，你说娘的，幸子你一定要给叔叔保重。

不远的空地上，站着一个臃肿的中国人，他的头发已经开始谢顶。由于肥胖的原因，他几乎就重叠着三个下巴。他叫老唐，厨房一直是他在管理的。他在前面走，把金喜引到了厨房。金喜觉得老唐每走一步都显得那么缓慢而吃力，这是金喜对老唐不屑的重要原因。金喜甚至有一种欲望，抬起脚在老唐的屁股上猛踢一脚。但是这个欲望一直没有实现，因为他一次次地安慰自己，屁股是没有罪的。

在厨房里金喜见到了几名打下手的中国工人和几名中日两国不同的厨师。老唐面无表情地介绍着，金喜其实也没有认真地听，在他的脑海里，早已按胖瘦或者头发多少，眼白多少，哪个国籍，给每个人都排好了位置。

金喜觉得，日本的味道在他十分简单的生活中是越来越浓烈了，他开始有点儿接受樱花。因为樱花艳起来的样子，像是止不住的血。

3

秋田在一间干净得一塌糊涂的小屋子里专门接见了金喜。当一名穿着和服的侍女推开榻榻米的门时，金喜看到了盘腿坐在案前的秋田。他正在处理茶几上的一堆资料。秋田抬起头，冲金喜笑笑，他的

第二十三章

笑容十分的温文,他脸长,五官长得很有棱角。因为胡子理得干干净净的缘故,所以他的下巴泛着一种冷青的色泽。

秋田说,金喜君,真高兴你能来秋田公司,我们从邻居变成一家人了。

金喜说,秋田先生,你从邻居变成了我的老板。

这时候金喜抽了抽鼻子,他才发现原来屋角点着香。金喜不喜欢香的味道,这种香味会让他睡不着觉,甚至觉得反胃与恶心。但是他什么也没有说,他看到秋田先生招呼他坐过去,金喜就坐了过去。他的坐姿是不得要领的,所以他稍坐一会儿就想着办法活动一下麻木的下肢。他在心里想,日本人为什么要选择一种遭罪的生活方式呢?比如,坐在哪儿不好,非要盘腿坐。再比如,选择什么样的寻死方式不好,非要去选用刀子把自己的肚皮剖开。

这天秋田是预备着把时间大把地交给金喜的,因为他变戏法似的掏出了一把陶制的酒壶。秋田喝的是壶中的绍兴黄酒,而他给金喜准备的是日本的清酒。这是两种有许多地方相同的酒:首先它们是粮食酒;然后是因为酒精的度数也相差不大。三杯酒下肚,金喜的肚里就微微发热。他想,他也应该带一些酒给谁尝尝的,但是他想不到谁可以来喝他的酒。袁春梅还是罗家英?或者是邬小漫?或者谁都不是,金喜的心里就升起一股悲哀,他突然觉得自己是那么的孤独,就像长在围墙上一棵无人问津的墙头草。

秋田后来用十分不地道的中文告诉金喜,他知道金喜的二哥金水在极司菲尔路76号供职,那是一个被称为"中央执行委员会特务委员会特工总部"的地方。秋田说金喜和金水不同,他一点也不喜欢金水,是因为金水太懂得怎么活了。秋田不喜欢这样的人,秋田喜欢纯粹的人,纯粹得如同金喜,只知道疯狂地迷恋厨艺。金喜坐在秋田的对面,他和秋田碰了碰酒杯的时候想,金水就算在秋田眼里一文不值,那也还是他的亲哥哥。亲哥哥和他流的是一样的血。

后来秋田告诉他,秋田公司需要一个十分会做中餐的人,实际上

向延安

是十分会做上海菜的人。秋田宠爱夫人美枝子和女儿幸子，在他的眼里，这个世界上没有任何东西比这一大一小两个女人重要。美枝子十分喜欢中国文化，她学做中国菜，学穿中国旗袍，还学会了过中国的节日。她会把二十四节气和十二生肖排得比中国人更加有条有理。当她把一束艾草挂在门上，那艾草的清香漫过来淹没秋田的时候，秋田正好在院子里和人下棋。那时候他知道端午不远了，他温软的目光一直望着迈碎步行走的美枝子。只要给他一个瘦削的背影，秋田就会感知到这个世界的美好。他们的女儿幸子，另外有一个中国名字，是请一名上海弄堂的算命先生取的，叫作尚秋兰。

金喜就想，尚秋兰的意思，大概是希望女儿如秋兰一般高洁芬芳。

这一天金喜喝得微醺，实际上他很想唱一首歌，比如饶神父曾经唱过的《茉莉花》。但是他知道自己不能造次，秋田再温和也是一个日本人，并且是梅机关下面一个特务分支的掌门人。他仍然禁不住打了几个饱满的酒嗝，他是摇晃着站起来离开那间屋子的，走出屋子的时候他才发现，院子里的黄昏已经来临了，那么多的夕阳散发出细碎的星星点点的光，在他的面前跳跃。这个时候他才发现自己差不多已经醉了，他突然记起来自己在屋子里几乎是一言不发的。因为他不知道他该向秋田说些什么。

一个头发花白的日本老妈子趿着木拖鞋，端着一只木盘子，矮着身子迈着碎步走到了他的面前。木盘子上放着两瓶清酒。她的身边是一名年轻的中国男人，穿着西装，头发高高地耸起，嘴唇干裂，看上去十分憔悴的样子。

日本老妈子叽里咕噜地说了一堆话。老妈子说，这是太太自己酿的清酒，他说送给你尝尝，请笑纳。金喜笑了，他伸出手去想要抚摸一下两只青色的高腰瓶子，但是摇晃了一下身子摸了个空。他看到不远处美枝子站成一棵樱花树的形状，十分妩媚地向金喜笑了一下。

金喜就想，自己分明不是来当大厨的，自己是来当客人的。

第二十三章

4

在漫长的雨季，海叔总是把自己关在老海酒馆二楼的一间靠近马路的包间里喝茶。他觉得上海的日脚显得无比漫长和潮湿，仿佛永远望不到头似的。很多时候他推开木格子窗，喝一壶从杭州带来的龙井。他喜欢那些墨绿的叶片，以及茶叶的香味在房间里弥漫，然后单调的雨声从窗外扑进来夹击他。他还喜欢些微的寒意，这样可以让他总是在想法子取暖，比如喝一小杯黄酒，或者用力抱紧自己老旧的身体。

其实他并不十分老，他只有四十多岁，但是大家都叫他海叔了。因为他不太修边幅，显出几分老态来。在老海酒馆里走来走去的时候，他总是穿着拖鞋提着一把茶壶，仿佛是个职业喝茶人一般。

今天陪他坐着喝茶的还有邬小漫和李大胆，这是一对十分般配的年轻人。但是海叔知道邬小漫心里整个的装下了无心无肝的金喜，用上海话讲就是没有良心的东西。三个人对坐，却稀稀拉拉地只讲了两三句闲话。海叔透过打开的木格子窗，望着马路上不时跑过的黄包车。行人已经很少了，偶尔有骑脚踏车的男人奋勇地像一只春燕一般穿过雨阵。一个女子撑着黑色的雨伞走过，她穿着旗袍，看不到她的脸，只看到她瘦削的肩膀。海叔就想，这样的一个女人就是整个的上海。这时候他开始想起一个叫向金喜的人，向金喜本来是去延安的，但是这个厚嘴唇的笨小伙子突然说不去了，倒是他的姐姐在叽叽呱呱的声音中去了延安。确凿的消息是，这位叫向金美的女作家到了西安的时候，因为想要去买一双丝袜，而和领队的程浩男等人失散了。失散的结果是向金美顺利找到了八路军的办事处，并且去了延安。而程浩男等人就此失踪，像升腾在地面的水蒸气一样，被阳光一照以后消失得无影无踪。

现在这个叫向金喜的人，去了秋田公司当大厨。海叔越发想念金喜了，因为他总是觉得这个人身上有一种特别的东西，如果他没有看错的话，他有一根革命的骨头。所以他对邬小漫和李大胆说，你们要把金喜拉回来，拉到咱们这一边来。

海叔的话让邬小漫很兴奋，一听到金喜两个字就会令她耳热。但是李大胆无动于衷，邬小漫对金喜的热情让李大胆心里一直不太舒服。

你可以去六大埭菜场找他，因为他会去那个离秋田公司最近的菜场里买小菜。这是那天下午海叔说的最后一句话，然后他捧着茶壶不再说话。

那天邬小漫离开酒馆撑着一把伞去了六大埭菜市场，她想要见到金喜的唯一途径就是去菜市场里去寻找买菜的金喜，像一只猫为了捕获老鼠而长时间守在老鼠洞口一样。那天她果然撞见了金喜，金喜的半边身子已经湿了，他的菜篮里装着粉红的番茄和新鲜的茄子，以及几只鸡蛋。他的头发湿湿地耷拉着，显出几分落魄的味道。当他看到电线杆一样一动不动的邬小漫的时候不由得愣了一下，随即他就笑了。他说，小漫，你真的有点儿吓人倒怪的。

那天邬小漫和金喜选择了一条离菜场很近的弄堂，面对面站了很长时间。他们都撑着伞，但是雨阵越来越密集，这让邬小漫的黑色学生裙很快就湿了。金喜想，这雨怎么就会那么大呢？

你为什么要去秋田公司？海叔说你应该回到咱们中间来。邬小漫说。

金喜笑了，金喜说，小漫你不懂的，你真的不懂的，你真的永远也不会懂的。

邬小漫说，你是个懦夫，胆小鬼，你没有男人的骨气，你只知道拿日本人付给你的工资，你活在铜钿眼里了，你就是一个小男人。

邬小漫的语速很快，这让笨拙的金喜无言以对。他本来是想解释的，他想他根本不缺钞票，因为他们家里有一家本草堂大药房。但是他最后打消了解释的念头，他只是说，罗家英好吗？我好长辰光没有见到罗家英了。

第二十三章

邬小漫说,全世界的女人只剩下一个罗家英了吗?

金喜又笑了,说,当然还有你。

邬小漫说,海叔让我劝你回去,你那么不听劝,你应该回到咱们中间来。邬小漫这时候伸出了手,她抓住金喜的手腕说,金喜,你不能给日本人的商社做事。

金喜就那么安静地站着。一个穿学生装的男人却突然蹿了出来,他的全身已经被淋得湿透,其实他一直躲在一根电线杆后。他是李大胆,李大胆抓住了邬小漫的手,将她用力地拖走了。李大胆说,在这种没有骨气的小男人这里,你还要浪费什么白开水?

邬小漫在被李大胆拖出弄堂口的时候,回头看了一眼金喜。金喜仍然一动不动地站着,这让邬小漫感到莫名的悲哀。她突然觉得自己的爱情终于正式地死去了。而金喜看到邬小漫绝望的眼神,这让他想到了自己被邬小漫拖到家里养伤的情景。那个时候邬小漫不管不顾,连命也舍得给金喜。这让金喜有些怅然若失,他突然想到,他对待邬小漫,和罗家英对待自己是一模一样的。

这天晚上金喜收工以后回了自己的家。雨一直都没有停,破天荒的,金山竟然在家里一个人喝老酒,酒碗边放着一本书。金喜在他身边坐了下来,发现他正在看的是一本《啼笑因缘》。金喜说,你怎么也看这样的书,你向来都不看书的。

金山喝了一口酒说,我为什么不能看这样的书?

后来金山劝金喜可以找老婆了。金山说,你年纪不小了,你总是要讨老婆的。金喜就说,你自己比我年纪大那么多,为什么不讨老婆?

金喜的话把金山一下子给呛住了。金山问,那你这些天在忙什么?我没有看到过你的人影。

金喜说,我不用你管的。

接着金喜又说,你只要管好你自己的口袋就行了,不要去吃喝嫖赌。

向延安

　　金喜的话其实是让金山感到温暖的，他的鼻子不由自主地就酸了起来。他真的不年轻了，但是他什么都没有。他的形象永远是心神不定的，落魄的，像一朵在水里漂来漂去的浮萍。金喜盯了一眼桌子上的三碗乌黑的小菜，这三碗菜让他觉得反胃。他就想，离开了我金喜，家里的厨子能烧出像样的菜给你吃吗？

　　金喜上了楼，他回到了自己的房间。他从房间里取了长筒望远镜，撑着一把雨伞上了三楼。他不可遏止地用望远镜望着苏州河的河面，一条河被夜雨淋湿了。他又望着那些低矮而陈旧的屋顶，黑泽的瓦片在雨水中显现着一种淡淡的亮色。然后天就完全黑了，这让金喜觉得自己也跌入了一个黑色的巨大的隧道里。阿黄悄无声息地出现，一纵身再次跃上他的肩头。他一下子觉得自己的肩膀湿了，肩胛骨的地方有一种透心的凉。那是阿黄潮湿的脚爪带上他肩头的雨水。这个时候金喜开始想念一个虚无的木匠。武三春曾经说，如果他遇到不测，木匠将会直接向金喜下达指令。但是这个木匠像一团空气，令金喜感到神秘又虚无。

　　后来金喜听到了争吵的声音。金喜听不清那些含糊的低沉的声音究竟在说些什么，他只听到门突然被撞开了，一些灯光直射到天井，然后就有人从屋里打到了屋外。零星的几个下人像袋鼠一样蹿到天井里去劝架，但是他们很快又像飞起的鹞子一样，从天井迅速地飞回了屋角。

　　金喜从屋顶望着雨中的天井。灯全亮了，金水在灯光中的脸蒙上了一层淡绿的油彩。他的脸被扭曲了，看上去有些狰狞。他手里挥舞着一根被拆开的凳脚，向金山扑了过去。金喜站在屋顶，他从高处俯瞰着两个突然打架的哥哥，心里涌起一阵悲凉。金水手中的凳脚飞出去，落在木窗上发出一声巨响。金喜清楚地看到两个人的身上已经一片泥污。奇怪的是他们什么话也没有说，只是躺在地上痛苦地哼哼着，像两条奄奄一息的泥鳅。

　　金喜仍然没有下楼，他就那么傻愣愣地站在三楼的屋顶，看到天井的门被推开，穿着风衣的国良走了进来。他伸手拉起了地上的金山和金水，仍然只说了一句话，老爷子在墙上看着呢。

后来金喜才知道，是金山认为金水不应该去给日本人做事，所以两个人才打了一架。金喜在心底里说，其实我也在日本人的公司里做事了。

第二十四章

1

如果不是有人提醒，没有人会知道尚秋兰是个日本人。尚秋兰实际上叫秋田幸子，但是她吃的是中国菜，说的是中国话，看到的是中国的人和事，所以她比中国人还要像中国人。她剪的是一个童花头，十分齐整的刘海，和一双单眼皮的不大的眼睛，像极了弄堂里的上海小囡。她不十分喜欢说话，但是她喜欢和金喜捉迷藏。她想和金喜捉迷藏的时候，只要拉一拉金喜衣服的下摆，金喜就知道尚秋兰想捉迷藏了。

只有在和金喜捉迷藏的时候，尚秋兰才会突然爆发出鸽子一样的欢叫。这让秋田和美枝子感到欣喜，一直以来他们都觉得女儿的眼眸里充满了忧伤。

有一次金喜藏到了仓库的一只柜子里，他差不多都要睡着了，他很希望尚秋兰能快一些找到他。但是尚秋兰一直没有来，倒是老唐来了。老唐迈着肥而短的一双脚，反剪着双手一步步踱进仓库里来。他穿着一件对襟的褂子，很像一个开饭庄的老板。他是来仓库里查看米柜里的米还剩下多少的，打他打开米柜的盖子时，看到一个将要睡着的年轻人，蜷着腿躺在一小堆并不算太多的白色的米上。

第二十四章

老唐没有感到意外，他只是很淡地笑了一下，说，你真会玩。小心玩出麻烦来。金喜不知道老唐是什么意思，他只看到了老唐那死气沉沉的眼袋，像一个鱼泡泡那样挂在同样死气沉沉的小眼睛下面。他从米柜里钻出来，感到自己的脚已经麻了。这时候他看到尚秋兰已经站在仓库门口的一小堆光影下了。尚秋兰口齿清晰地说，你怎么还躲着，我以为咱们早就不玩游戏了。

金喜的心里发出一声绝望的哀鸣。但他还是走到了尚秋兰的身边，轻轻地抚摸着她的头发。他十分喜欢尚秋兰，不知道是什么原因，后来他想会不会是尚秋兰长得有点儿像罗家英，特别是牙齿和鼻子。

尚秋兰最爱吃的是金喜做的萝卜丝煎饼，一次能吃上十来只。她的胃口显然令美枝子感到惊讶，于是她让金喜每隔一个礼拜给尚秋兰做一次煎饼。阿黄也跟随金喜来到秋田公司，它像自来熟一样，很快和尚秋兰打成一片。有些时候，它甚至把金喜给忘了，它跃上的不再是金喜的肩头，而是尚秋兰瘦削的肩头。此外，它还巡行在秋田公司屋顶的瓦片上，有时候它就直接眯起眼睡在了屋顶上。

金喜不仅带尚秋兰去大戏院看戏，还带她去了西郊的一座并没有太多动物的动物园。尚秋兰喜欢坐船，他又陪着尚秋兰坐轮渡摆渡黄浦江。金喜的胸腔里充满了父性，这让秋田和美枝子的心里有了许多雀跃的欣喜。

那天黄昏金喜带着尚秋兰从外滩回来，他们在秋田公司门口下了黄包车。金喜牵了尚秋兰的小手往公司里走，他看到了地上躺着被夕阳拉长的一大一小两个人影。做菜的时间到了，金喜必须带着尚秋兰赶回来。在秋田公司的大院子里，金喜看到了秋田和美枝子，他们把腰深深地弯了下去。

金喜听到秋田用十分蹩脚的上海话说，秋兰想认侬做干爹，可以伐？

金喜看了看眉眼含笑的美枝子，他想了想什么话也没有说。他用眼睛的余光看到尚秋兰正昂着头认真地看着他，像是在等待着他的答案。于是他把尚秋兰的头揽了过来，靠在自己的腰上。后来金喜从脖子上解下了玉雕的一棵白菜，他将那根挂玉的暗红色丝线挂在了尚秋兰的脖子上。

秋田和美枝子对视一眼，脸上又浮起欣喜的笑容，再一次深深地弯下腰去。夕阳就在这时候明晃晃地在金喜面前飘荡了一下，闪动着金色的光芒。

2

那天金喜要去餐厅现场用小刀批出一只烤鸭。他系着白色的围裙，戴着厨师帽，推着推车走向餐厅。白亮的灯光下，餐厅里那张笨重的榉木餐桌边上坐了五六个人，金喜一眼看到了坐在最下首的金水。金喜像是没有看到金水一样，认真地把一只烤鸭批得只剩下一副骨头。他的眼里只有一把雪亮的刀子和一只越来越成形的鸭子骨架。他抓着这副骨头的时候，就在想，鸭是一种多么奇怪的动物，它明明是长了翅膀的，却怎么不是一种会飞翔的鸟？

金水当然看到了金喜，但他也当作是没有看到金喜一般，不动声色地将两手搭在腿上。大部分的辰光，他是不举筷子的，就像一尊坐着不动的蜡像。只有秋田拿一双明亮的眼睛不时地望望金喜和金水，他曾经是这两兄弟的邻居，所以他知道这应该是一对亲兄弟。既然两兄弟不说话，那么秋田也不想说什么，他当作不知道一样，和李士群在不停地相互干着杯。

后来金喜才知道，那个略微有些胖的、穿着西装的男人叫李士群。那天金水是护送这位极司菲尔路76号特工总部的头头来和秋田见面的。李士群一点也不像是传说中心狠手辣的特工头子，金喜甚至觉得他有些温文。因为当他把一小碟松脆酥香的烤鸭肉送到李士群面前时，李士群朝他和善地笑了一下，并且微微地欠了一下身子。

第二十四章

那天晚上，金水带着几个人前后左右拥着李士群离开。金喜一直望着金水的背影，他觉得金水这潭水是越来越深不可测了。金喜看到他在偌大的天井里为李士群打开了车门，那是一辆黑色的闪着亮光的新别克车。然后金喜看到金水坐进了副驾驶室，而前后竟然还有两辆黑色的车子，一前一后地夹着李士群的车开出了院门。随着车灯光的消失，三辆车子悄悄滑进黑夜，在金喜的视野里再也找不见了。从此以后，金水就一直没有再出现在秋田公司。

"木匠"的消息一直没有来，这让金喜觉得自己真的成了一名大厨。他乐此不疲地为秋田和美枝子，还有尚秋兰做地道的上海菜，有时候也会给他们做可口的微甜的上海点心，他还教会美枝子做一些简单的上海菜，所以他事实上和秋田的妻女走得十分地近。他把自己搞得像这个日本家庭的亲戚一样，似乎已经忘乎所以地将一件重要的事忘掉了。终于在有一天，他在案板上切土豆丝的时候，才想起是一个叫武三春的人让自己进入秋田公司的。

金喜切土豆丝的速度变得越来越慢，他的内心里充满了怅惘的感觉。他不知道那个木匠究竟是存在还是不存在的，也不知道在秋田公司里谁会让他往外送情报。他不觉得这是一场潜伏，他觉得他只是在这儿上班，或者说在亲戚家小住一段时日。

这样想着的时候，他开始感到了厌倦。尽管他十分喜欢秋田的孩子尚秋兰，但是他觉得他这样无所事事地待在秋田公司里显然是显得滑稽的。他不如就去延安，他开始想念一个叫罗家英的女同学，以及她家门口那棵有着丰满树叶的梧桐树。他想，他和他的脚踏车已经很久没有出现在梧桐树下了。

金喜在某个中午突然闯进了"老苏州"旗袍行二楼的裁剪室。那天武三春专注地在裁剪一块布料，他的手其实很小，所以他举着裁缝剪子的样子显得有些不伦不类。剪刀的把手上缠着红绸布，刀子像两片柳叶一样在布纹上交错滑行。当武三春抬起头的时候，看到了金喜站在他的面前。

向延安

　　金喜说，我这是在浪费生命，我想去延安！

　　武三春一下子就愣了，他想了很久以后，把剪刀扔在了案板上开始抽起闷烟来。抽了三支烟以后，他说，向金喜同志，你再等一等，你可能等一天，也可能要等一辈子。你等着"木匠"的出现，但是你必须等。

　　金喜说，凭什么我要听你的？

　　武三春说，因为我是你的领导，我是你的上级。一切行动听指挥。

　　金喜说，那我现在不做你的手下了，我辞职行不行？

　　武三春咬着牙迸出两个字来：懦夫！他说，懦夫！懦夫！懦夫！

　　金喜想了想说，懦夫就懦夫！

　　那天金喜气冲冲地离开武三春的旗袍行的。他的步子明显地有些快，他噔噔噔地从木楼梯上下楼，一阵风一样地蹿出旗袍行。袁春梅跟了出来，站住，她说，你站住。

　　金喜骑上了停在旗袍行门口不远处的脚踏车，他没有理会袁春梅，而是飞快地蹬起车来。袁春梅单薄的声音全落在了他的身后。金喜不去理会袁春梅，他的心里不由得响起了一阵欢叫。他可以不再听武三春的了，他可以不去当厨师了，他可以去延安。在去延安之前，他想去找罗家英，他要和罗家英一起去延安。

　　袁春梅穿着旗袍，她迈不开步子。实际上就算她迈得开步子，她也不可能追上脚踏车。倒是金喜自己停了下来，因为数辆黑色的车子和一辆军用大卡车突然从马路的两个方向合拢，然后在"老苏州"旗袍行门口戛然停下，冲出许多便衣特工和日本宪兵。

　　看到这一幕袁春梅的脑袋里像装了无数只蜜蜂一样，这些蜜蜂发出嗡嗡的声音让袁春梅觉得头大了起来。金喜的脚踏车已经折回，停在了袁春梅的身边。在他们还来不及有所反应的时间内，数名黑衣人冲进了旗袍行。他们出来的时候押着武三春，武三春的脸被一个矮个子特工用手撑了过去，所以他的脸完全变了形。而另一边的矮个子特

第二十四章

工紧紧地揪着武三春的头发,所以武三春的脸向上斜仰着。从武三春的角度看过来,刚好可以看到人群中的袁春梅和金喜。他的眼睛在那一刻死死地盯住了金喜,嘴角流着血,眼眶肿了起来。他好像在用铁一样硬的眼神在向金喜说着什么,那应该是一句话,"四丫头"你必须坚持。很快,他像一只粽子一样被塞进了一辆黑色的车子里。武三春号了一声,那是金喜一生之中听到的唯一的可怕的号叫声。他的牙齿白亮地闪动着光芒,号叫的声音让金喜突然意识到,这好像就是武三春在和他说最后一句告别的话。随后,一左一右两名穿西装的男人坐了进去。

在武三春被塞进车里以前,他仍然很深地盯着金喜。他没有看一眼金喜身边的袁春梅,那时候袁春梅紧紧握着金喜的手,后来她才知道在那一刻她简直已经没有了呼吸。她的手心里全是汗,她的手就那么黏滑地躺在金喜的手心里。车门猛地合上了,这时候金喜才想起那两个押着武三春的矮个子男人是秋田公司里的日本便衣特工涩谷和冈村。他们和金喜不熟,但是他们对金喜十分友善,无数次地递给金喜一种日本烟。金喜总是拒绝了,金喜滚动着喉结十分真诚的样子,他说,我不会抽烟的。如果你们想喝酒的话,我倒可以陪你们喝一杯。但是似乎涩谷和冈村对喝酒的兴趣不大,在更多的时间里,他们喜欢在淋房里淋浴的时候哼歌。他们哼的全是呜里哇啦的日本歌,难听的歌声总是混合着水声在秋田公司的每一个角落飘荡着。现在,金喜终于第一次看到了涩谷和冈村原来也有麻利果断与凶狠的一面。

所有的车子都陆续开走了,只剩下围观的人群。金喜忽然看到坐在一辆车里戴着灰呢子低檐礼帽的金水,金水的眼神十分阴郁地从车里抛出来,望着外面发生的一切。这一次他是按吴三保的指令,在秋田公司的两名便衣,还有76号特工总部内部宪兵队的帮助下实施行动的。他在出发以前就告诉吴三保说出动那么多人这肯定是小题大做,吴三保就抽着烟说,要的就是小题大做,因为几家日本人控制的报纸可能要借题发挥把这一事件披露一下。

向延安

　　金水记得那天吴三保把一张纸扔在了办公桌上，金水看到了"老苏州旗袍行"几个字。金水的心里咯噔了一下，他不再说什么。他没有说出武三春是他的表哥，他觉得自己已经没有亲戚了，接下来可能是连亲人都会没有。他走出吴三保的办公室后，就一直待在自己的办公室里用纸牌给自己算命。算着算着他的眼泪就流了下来，事实上他一点也不信命，他想玩纸牌是因为他就要去捕获表哥，而他的内心无比的虚空和没有力量。他把那副纸牌一寸寸撕成了碎片，然后他走出办公室的门，站在过道上把那些碎纸屑扔向了空中，纷纷扬扬像一场突如其来的雪。

　　金喜一直都在望着车子的远去。所有的车子瞬间消失，和车子一起消失的是袁春梅。金喜扭头的时候，袁春梅已经不见了。她的手是如何从金喜的掌心里逃走的，金喜一点也没有知觉。他在拥挤的看闹猛的人群中突然觉得无比的惶恐，所以他开始想象行刑室里的情景。铁镣、老虎凳、皮鞭、烙铁、辣椒水……整齐而有序地排列在武三春的面前。

　　金喜想，武三春他能扛得住酷刑吗？金喜又想，袁春梅消失了，她要什么时候才能出现在自己的面前？

3

　　两天后的清晨，武三春的尸体出现在苏州河的河面上。他像一张陈旧的梧桐叶片一样漂浮着，双腿张成一把裁缝剪刀的模样。金喜见到的时候，他已经被打捞上岸。他肿胀的身体把他的衣服鼓得满满的。

　　发现武三春尸体的是一个四十来岁的女人，她拎着一只刚刚清洗过的褪了色的红漆马桶离开苏州河那块低洼的岸边时，突然看到了不远处水草缠绕着的浮浮沉沉的一堆衣服。那时候她揉了揉眼眶，终于看明白那堆衣服里面是一个饱满的人。然后她粗哑的声音响了起来，

第二十四章

在她的尖叫声中，几个过路人飞快地冲了过来。

金喜看到武三春的时候，武三春已经被收尸工人扔在了板车里面。还有一些穿着黑衣的警察赶来，他们凑在一起对火点烟，然后他们大盖帽的头顶就开始烟雾腾腾。仿佛这一具突然出现的尸体，和他们并没有多少关系。金喜拨开扎闹猛的人群，只看到武三春的脸。他的脸比以前更胖了，额头上还有一个小洞。收尸工人是一个面色蜡黄的瘦子，他干咳了一声不耐烦地说，都给我让开。一个死人有什么看头？要看人就去醉红院看去。

收尸工人收惯了尸体。自从日本人攻进上海以后，战死的和饿死的、病死的人不计其数。对于他们来说一具尸体和一条死狗没有什么两样。他慢条斯理地拉着武三春走了，有气无力的样子。然后人群迅速散去，只留下金喜还愣在原地。他的目光升了起来，越过上海滩的那些高层建筑，比如租界房屋的屋顶或者沙逊大厦的楼顶，然后迅速地抵达了高邮那大片的农田。汹涌的绿色之中，藏着一片明晃晃的湖面，童年的自己和童年的金水、武三春就躲在一条小木船上。有雨翻滚着从远处赶来，顷刻间就把三个少年淋得湿透。

金喜就想，自己整个的少年因为那场雨而变得潮湿。

金喜见到金水和凤仙是在一家叫作"大成"的打金店里。那时候金喜骑着脚踏车从人群中穿过，他是去秋田公司上工的。他分明像一条黑色的鱼，掠过了身边的水草和蝌蚪、水蛇、青蛙、泥鳅，他想，这上海滩又分明像是一大片的水塘。这样想着的时候他把脚踏车蹬得飞快，这让他的耳朵里一片安静，除了脚踏车发出单调的轮盘转动的声音外听不到别的声音。金喜看到了金水，他和凤仙在打金店的柜台前站着，凤仙正兴高采烈地往手指头上套一个粗壮的金戒指。

金喜从脚踏车上下来，悄无声息地踱到了金水和凤仙的身后，他一直都专心地看着凤仙那只肥白的手指头。就在金水转过头来的时候，看到了幽灵一般的金喜。金喜说，这是用日本人的赏银打的戒指吧？

向延安

金水瞪了金喜一眼，什么话也没有说，拉起凤仙就往打金店外面走。

他肯定疯了，金水说。

金喜挡住了金水的去路。金喜说，是你杀死了武三春，他是你表哥。你连表哥也杀，那你还有什么人不能杀？

凤仙说，你疯了！

金喜突然用手指头点着凤仙的鼻子说，你给我闭嘴，你个臭婊子。咱们向家的事，和你没关系！

金水好像有些理亏，他的声音明显地有些轻。你表哥是共产党，金水说，你表哥他一直在上海活动。

金喜暴怒地吼起来：共产党多了，你为什么偏偏要杀他？我也是共产党，你来杀我吧。你记不记得小时候他救过你的命，把你从水里捞起来，找来一头牛驮着你走，让你肚里的水全出来了。你的命是他给的，现在你报答他的是让他丢掉性命，然后再拿日本人给你的赏银，为这个臭婊子去打金戒指？！

金水显然在拼命地克制着自己，他的眼圈有些红，他轻声地说，不是我杀的，是涩谷和冈村，你表哥他一点也不禁打。

金水这样说着，脑海里浮现了大片高邮的植物，那些植物的气息在他身边盘旋。金水拉着凤仙的手，快步走向不远处那辆停着的黑色车子。金喜什么话也不再说，只是呆呆地看着金水坐上了车子。车子开走了，金喜觉得怅然若失，他发现自己的脸上有些痒，仿佛有小虫在爬。于是他伸手摸了一下，才发现自己的脸上，除了眼泪，就是鼻涕。

4

金喜仍然会蹬着脚踏车有意无意地去长乐路茂名路口的"老苏州"旗袍行，旗袍行当然是关闭了，新开出了一家"裕隆"布庄，大量销售的是阴丹士林布。金喜就在布庄的门口停下脚踏车来，久久地

第二十四章

站着，愣愣地盯着布庄的门口。有时候，武三春和穿着旗袍的袁春梅，挽着手从布庄里出来，他们的脸上盛开着阳光底下才会有的白亮而缥缈的笑容。他们的身影会慢慢淡去，化成一缕烟在金喜面前消失。金喜才知道那是他的幻觉。

那天晚上金喜从秋田公司出来，在长而清冷的街道上，他没有蹬脚踏车，而是推着车子前行。经过一条小弄堂的时候，他眼角的余光看到了弄堂口那个糖炒栗子摊边上，站着一个女人正在向这边张望。金喜转头望过去，看到了袁春梅。袁春梅一动不动地站着，她的脸上看不出哀伤，表情平静得像一潭深绿的水。金喜推着脚踏车走到她的身边，他们对视了一眼依然都没有说话，而是一起走向了弄堂的深处。

弄堂的深处是夜色最深的地方。远处大街上投来的灯光，越来越淡地铺陈在弄堂的前方。金喜推着车子，陪着袁春梅一直向前走着。很久以后，金喜终于打破了沉默。你们是一伙的，是你拉我的表哥下水？金喜的声音在静夜里显然如此清晰，把他自己也吓了一跳。

袁春梅站住了，她定定地望着金喜，一直望了很久。袁春梅平静地说，那我呢？知道是谁拉我下水的吗？

金喜一直都没有知道谁拉袁春梅下的水，也不想知道谁拉袁春梅下水。金喜只知道表哥死了，一个叫武三春的微微有些发福的年轻男人，轻而易举地被几拳头打死了，按金水的说法是不禁打。然后这个和金喜有着血缘关系的男人，像一片梧桐叶一样漂浮在苏州河的河面上。

袁春梅的声音又响了起来，或许由于激动的原因，她把两手搭在小腹间，身子微微地颤动着。

袁春梅说，我和你表哥是假夫妻。我有丈夫，他是我哥哥的好兄弟。我哥哥是怎么死的你知道吗？我哥被日本人用一群狼狗咬死并且吃掉了，吃得只剩下一个啃不下去的头颅。那时候地上全是血沫和碎肉，一个活生生的人就这样消失了。知道梅陇吧？那是一个小镇，我就生活在小镇上。我亲眼看到整个小镇血流成河，成排的房屋全部被

向延安

烧毁。

袁春梅一刻不停地说着,看上去她很想要把一辈子想说的话在这一条弄堂里说完。金喜把脚踏车靠在弄堂的墙上,他摆出一个悠闲的姿势是想要好好地听一听袁春梅究竟想要说些什么。袁春梅的语速越来越快了,声音也越来越响:你知道,我的嫂子刚怀了六个月的孩子,她被五个日本兵拖进了柴房。在柴草堆上,我嫂子被轮奸。她死了,死的时候眼睛都没有合拢。她的肚皮被日本人用刺刀挑破,孩子被挑了出来扔在柴草堆上,身子上还连着血淋淋的脐带。孩子还没有学会生,就先已经死了。

袁春梅大声地说着,你说说,我怎么还能笑得出来,我的眼泪早就流干了,我连眼泪是怎么流的都不知道了。还有武三春,他不是我丈夫,但是他天天和我躺在一张床上。他从来不碰我一个指头,连一根头发也不碰。他的理想只有一个,为他心中的党愿意献出自己的一条命。他很纯粹,所以我不爱他,但我还是十分欣赏他。金喜,我不多说了,我要离开上海了。我只是来和你说一下,我要走了。

接着袁春梅又迅速地拧了一下金喜的脸说,你一定要知道,有些事比去延安重要一百倍。来,你叫我一声姐。

金喜懵懂地看着袁春梅,他没有叫她"姐",是因为他从来都没有叫过她"姐"。袁春梅迅速地在他脸上亲了一下,然后大步地向前走去。她走路的样子有些夸张,大幅度地扭动着胯。夜色就在她满是荷花图案的旗袍上跳跃着,单调的脚步声终于渐渐远去。然后袁春梅走到了弄堂的尽头,弄堂的尽头有白亮的路灯,灯光下她的身影十分清晰。她拐了一个弯,拐进深沉的夜色中不见了。

金喜觉得刚才的一切像是一场梦,他紧紧地捂住了自己被袁春梅迅速地亲了一下的脸颊。他知道那上面有着足够的温度,所以他觉得脸上仍然是热的。

金喜望着一条空无一人的弄堂,轻声说,姐,我还像一只番薯吗?

第二十五章

1

这个暗夜金喜又出现在罗列家不远的那棵梧桐树下。夜色阴沉，树叶下的夜色就更加阴沉了，金喜觉得自己就完全是一个阴沉的人。他轻易地看到了罗列家窗户透出的灯光，他就开始猜想，罗家英现在在干什么？最大的可能性是看书。

金喜猜不到的是，罗家英什么也没有干，她在不停地吃水果，她已经吃了两只苹果了。这两只苹果都是罗列给她去皮的，罗列对罗家英越来越好了，他说现在你就要当妈妈了，要吃得好一点。这让罗家英觉得，实际上她有没有妈妈无所谓，因为她有一个风流倜傥，却又对她十分疼爱的爹。

罗列就像一个乐癫癫的老孩子，他开始想着给还没有出世的外孙或者外孙女取名。他翻动着厚厚的《康熙字典》，希望能找出一个好词来。在他的脸上，罗家英看不到一丝不开心的迹象。而实际上罗列的内心无比怅惘，尽管他的思想十二分的开通，但是他仍然认为，罗家英没有半点儿预兆地突然要给他生下一个第三代来，实在是一个轻率的举动。

那天晚上金喜在罗家门口的梧桐树下一直待到很晚。两名汉子

向延安

叼着烟摇晃着从一棵树的阴影下走出来，越过一小片灯光走到了他的身边。

你是谁？你那么晚在这儿干什么？其中一个脸上长着一颗痣的瘦子说，那颗痣上的一根毛在微风中抖动了一下。

金喜转头望了一下那棵巨大的梧桐，自言自语地说，我什么也不干，我就是喜欢这棵树而已。

2

金喜彻底地淡出了同学们的视线。很多时候，他差点就忘了李大胆和邬小漫，差点忘了陆雅芳和黄胖，唯一没有忘的就是罗家英。他会偶尔登上三楼，看看他眼皮底下有气无力的上海滩。偶尔在秋田公司里和尚秋兰捉迷藏。金喜十分喜欢捉迷藏，他觉得捉迷藏可以让他的生活变得十分快乐。只有老唐，他总是脸色阴沉地看看金喜，又看看天井上方的天空，好像是害怕这天突然会塌下来似的。金喜十分不喜欢老唐，他认为肥胖的老唐穿着一双黑色的圆口布鞋走路悄无声息，有些像是活着的幽灵。

那天金喜回家的时候，在家门口不远的地方撞到了罗家英。罗家英好像是一直都在等着他，她的身后站着李大胆和邬小漫，还有陆雅芳和黄胖。金喜的目光落在罗家英微微突起的肚皮上，他显得有些不知所措，是因为他没有想到罗家英的肚皮怎么会变成这样。这个肚皮让他想起了差点被他遗忘的程浩男。程浩男突然消失了，像一颗夏夜的天空时常可以看到的瞬间滑过的流星。

罗家英走到金喜的面前。罗家英把手按在脚踏车的龙头上，说，金喜，你知不知道你离开我们越来越远了，你知道你在干什么吗？

金喜说，我在当大厨。

李大胆上前冷笑了一声说，你在当大厨，可我们知道的是你在当汉奸。给日本人扛活的全是汉奸！

| 第二十五章 |

李大胆的头发有些长了，一绺头发挡住了他的一只眼睛。金喜凄惨地笑了笑，他伸出手去把李大胆耷拉着的头发往额头上抬了抬。金喜的举动把李大胆吓了一跳，他以为金喜会做出什么动作来，所以他猛地后退了一步，结果踩在邬小漫的脚上。邬小漫尖叫一声，开始高声地骂李大胆，这让金喜有了些许的兴奋。

金喜说，我不是汉奸。

金喜说完就不再说什么。他的心里藏着一寸又一寸的悲凉。他推着他的脚踏车大步向前走去，这时候陆雅芳的鼻腔里冷哼了一声：懦夫，顺民，胆小鬼，窝囊废。

李大胆觉得陆雅芳说得很有道理，他大着嗓门吼了起来：喂，你这个懦夫，顺民，胆小鬼，窝囊废，你这个混蛋，你给咱们华光无线电学校脸上抹黑。

金喜长长地叹了一口气，他回过头来盯着李大胆看，突然他抡起了脚踏车，高高地举过了头顶向指手画脚的李大胆砸去。李大胆跳起来，脚踏车没有砸到他的身子，却重重地砸在了他的脚背上。

罗家英愤怒了：你想干什么？金喜，你真的是无可救药。

金喜的目光在四处张望，他看到了墙角的一根棍子，那是一根比较顺手的棍子。金喜操在手中，一步步地拖着棍子向李大胆和罗家英走去。李大胆转身就跑，他一边跑一边高喊着"妈妈"。邬小漫的眼里透出一丝丝的失望，这么久的时间里，李大胆一直在纠缠着她，她差一点点就要心动了，但是李大胆的一声"妈妈"，让她的心又往下沉了一沉。她看着金喜一步步地走来，她说，金喜你想干什么？有种你的棍子朝我这儿来。

金喜拖着棍子在罗家英面前站住了，他没有去理会邬小漫，而是认真地对罗家英说，我不是汉奸！

那天罗家英带着陆雅芳和邬小漫、李大胆、黄胖悄无声息地离去，离去之前罗家英突然甩手，一个响亮的耳光在金喜的脸上响起。金喜觉得脸上热辣辣的，他将木棍顺手丢掉了，向前走了一步。他向前走是因为他希望罗家英再打他一个耳光。

　　罗家英和同学们走了。他们离开的时候，金喜的眼泪才流了下来。刚才罗家英的一记耳光，没有打在他的脸上，而是打在了他的心里。他觉得心里开始翻滚，一阵又一阵地疼痛，所以他不由自主地把手按在了心口。他的胃仿佛也受了伤害似的，开始翻滚起一阵阵的酸水。所以他不由得捧着胃蹲下身去，目送着罗家英带着同学们离去。此时金山醉醺醺地从一辆黄包车上下来，他的嘴里发出含混不清的声音，听上去好像是在哼着《碧玉簪》里的唱词。金山显然也看到了正在离去的金喜的同学们，他伸出一只长长的手，揽在金喜的肩上。

　　金山什么话也没有说，但金喜还是感到了些微的亲情的温暖。他突然想到，金水久无人影，武三春死了，向金美去了延安，向伯贤被流弹击中，剩下的就只有孤独的自己。

　　金喜不知道金山到底有没有醉，因为金山在金喜弯腰扶起脚踏车的时候突然说，药品生意很难做了，赤那，批发药品都要受日本人的监督。

3

　　无数个夜晚，金喜仍然会有意无意地去福开森路罗家的洋房门口发呆，他固执地爱着那棵巨大的梧桐。现在在他的想象中，罗家英不再是那个穿着学生装的姑娘，因为罗家英的肚皮已经显山露水。

　　罗家英和罗列一直都不知道在屋外不远的地方，金喜像戆大一样站成一棵树的模样。那天天气稍稍有些闷热，金喜在数十年后仍然能清晰地记得，那天晚上的天空中只挂着少数几颗星子。他把自己靠在树干上，呆呆地望着罗家窗户透出的灯火。然后一声枪响，黑夜像一块黑色的布一样被撕裂。紧接着又连续响起了数声枪响，很远的地方传来了急促而躁动不安的狗吠声。然后凌乱的脚步声响了起来，几名黑衣人从金喜身边跑过，跑向不远处停着的一辆黑色的十马力福特牌

第二十五章

邮运汽车。他们打开了车门,迅速地上车,车子很快开走了。金喜记得其中有一个脸上长痣的瘦子,和他打了一个照面以后,头也不回地向前跑去。

金喜在跑向罗家的过程中,终于想起这个瘦子曾经在几天以前和他打过照面。他明白,原来这是一件迟早都要发生的事体。金喜猛地抬腿踢开了罗家的门,他看到罗列倒在血泊中,罗家英正在声嘶力竭地大叫。其实她只发出了单调的声音,啊的一声以后她就失声了。然后她眼睛一黑,软软地倒在罗列的身边。

金喜抱起了地上的一个血人,他的胸前和脑门都中了弹,血糊糊的一片。金喜疯狂地抱着罗列跑向了福开森路,在路中间,他梗着脖子对一名黄包车夫嘶喊。黄包车夫显然是被吓坏了,他站在原地一动不动。金喜将罗列放在了座椅上,对车夫猛踢了一脚。金喜说,快!医院,广慈医院。

其实医生并没有对罗列进行怎么样的抢救。医生们把罗列推进了急救室,然后金喜就整个儿瘫在了急救室外面的长椅上。不时地有医生在进进出出,有女护士会好奇地看一眼浑身是血的金喜。金喜的眼睛望着天花板,他觉得他的胃又开始疼痛,痛得他说不出话来,所以他在不停地喘息。好久以后,急救室的门再次打开,三名男医生围在他的身边说,送来的时候就死了。

因为金喜的一言不发,三名男医生显然是不耐烦了,他们对视了一眼以后,顾自走开,最后消失在长长的走廊尽头。金喜不知道是什么时候站起身来的,在心底里,他喜欢这个可爱的老头,甚至十分渴望能做成他的女婿。但是现在看来,这一切都变得不可能了。金喜的心情慢慢平静下来,他梳理了一下枪响的瞬间,现在他完全可以确定,是有人杀了罗列,而这些人肯定就是讨厌罗列写那些激进文章的人。

后来金喜扶着墙站起了身。那么长的夜,金喜一步步地走在大路上。他摇摇晃晃地走,这令大街上的黄包车夫们十分好奇。而一辆

向延安

警察局的巡逻车在金喜经过租界的时候，悄无声息地停了下来。一名黑衣警察走下车来，盯着浑身是血的金喜看。金喜没有理睬他，而是一路向前。警察挥了一下手，立即有两名警察上前，将金喜架进了车里。

当金喜和警察一起出现在罗列家的时候，罗家英已经从昏迷中醒来，她就蜷在沙发上，像一只小巧的猫。金喜摊了一下手，说现在可以相信我了吧，这儿，有人，被枪杀了。

警察们走了。他们的时间很宝贵，要打麻将牌，还要喝酒和巡查，所以对于上海滩经常发生的枪杀案，他们有些麻木不仁。他们是果断地离去的，离去的时候那名带队的警察望了一下屋顶说，这房子不错的。

那天金喜就一直陪着呆呆的罗家英。罗家英像一个哑巴一样，已经不会说话了。金喜去叫邬小漫，金喜出现在邬小漫的租房时，看到了正在洗青菜的李大胆。李大胆是个高度的近视眼，他洗青菜的时候，把自己的身上也洗得湿漉漉的一片。他抬头看到了突然出现的金喜时，吓了一跳。金喜的身上浑身都是血，金喜连正眼也没有看他一眼，而是上前去抓邬小漫的手腕。

邬小漫因为金喜的突然出现而显得有些尴尬，尴尬中有一丝欣喜。事实上她并不希望李大胆出现在自己的房间里，但是李大胆一次次地来她的房间。邬小漫的心里充满了后悔，要是早知道金喜要来，邬小漫绝不可能让李大胆出现。

邬小漫说，你怎么了？金喜你怎么了？你身上的血是从哪儿来的？

金喜说，那不是我的血。

邬小漫说，那是谁的血？

金喜说，那是罗列的血。是罗家英父亲的血。

邬小漫一下子就愣了，说，他怎么了？他怎么会有那么多血？

金喜说，因为他死了，他被人开枪打死了。你跟我走，你得去陪

第二十五章

陪罗家英,现在罗家英特别需要有人陪。

邬小漫顺从地由着金喜牵着她的手离开了房间,只留下李大胆愣愣地握着手中的一把将要切青菜的菜刀。在邬小漫和金喜走出房门很久以后,李大胆才狠狠地将菜刀砍在砧板上。

李大胆说,小心我砍了你!!!

金喜回家的时候,拖着像灌了铅一般沉重的双腿,仿佛那两条腿是壁虎将断未断的尾巴,就那么在地上拖着。他的身上仍然穿着那袭弥漫着腥味的血衣。那些血本来是罗列身体里的,现在已经结成了一片黏稠,挂在金喜的衣服上沉甸甸的。金喜就觉得有一种力量在把他往下拉,仿佛要把他拉到地底下。

金喜像一个随风飘扬的影子,他无声地飘到了金水的房门前,然后慢慢地推开金水的房门。金水的呼噜声,像一种暗流的涌动,轻微而匀称。金喜一步步走向金水,金水突然坐起,并且开亮了灯。金水的手就放在枕头下,看到金喜他长长地吁了口气,像是放下心来似的。金喜就知道,那枕头底下无疑是一把枪。

金喜说,你们为什么要杀死罗列,他得罪你了?

金水说,那不是我杀的。

金喜说,可是和你杀有什么区别?

金喜突然伸手,在金水的头上击了一拳,又一脚踹在金水的肚皮上。金水没有反抗,他的嘴角沁出一些血丝,然后他整个身子蜷了起来。显然巨大的疼痛,让他缩成了一只虾的形状。他努力地抬起头,望着金喜说,如果你是我,你也会这样做的。

金喜胡乱地击打着金水,他像发了疯一般,看不清金水的脸,只看到像一只沙袋一样的金水瘫软在地上。后来金喜累了,他两腿一软就跪在地上,然后他的身子扑倒在金水的身上。他轻声地说,哥哥,你怎么可以这样?

金喜这样说着的时候,他的眼泪漫过了他的眼眶,无声地滴落在金水的身上。金水只是伸出一只温热的手，重重地盖在金喜的脸上，金喜的泪水就糊成了一片。金喜眼里望出去的夜，就有了一种模糊的味道，显得依稀而且不真实。

　　金喜躺在地上，他一身的血腥味混合着半宿奔忙的汗水，发酵成一种悲凉的味道，让金喜一下子想起了向伯贤死的那晚。一屋子守灵的人里有他，有金水、金美，还有饶神父、罗列和罗家英。

　　金喜记得那天他就躺在冰凉的地上，眼眶像要胀裂般地疼，好像是有人让他别睡地上。罗列笑了，罗列说，你去扶他干什么，他是个男人，男人睡地上没有关系。

　　又好像他和哪个同学一言不合差点打起来。罗列站了起来。罗列走到了向金喜的身边，一双不大的眼睛透过镜片逼视着金喜，金喜才把脚收了回来。罗列说，向金喜你给我听好了，把你的这点儿劲用在对付日本人身上去。

　　现在，这个让他把劲用到日本人身上去的人，已经在这个世界消失了。只留下一团如梦一般的幻影。

　　在此后的几天里，金喜一直都会做好几个小菜，送到罗家英的家里。那天他拎着饭盒刚要走出梅机关的时候，在樱花树下碰到了美枝子。美枝子对金喜每天都要往外送饭，充满了好奇。她说，家里发生了什么事吗？

　　金喜说，家里没有发生什么事，是别人家里发生了一些事。

　　美枝子：发生了什么事？

　　金喜说，死了一个人。

　　美枝子不再问什么，她知道无论她怎么问，气氛都不会好到哪儿去了。金喜送来的可口的饭菜，就放在餐桌上，罗家英一口也没有吃，但是金喜仍然乐此不疲地一次次送去。金喜有一天拉过了罗家英的手，把她的手贴在自己的脸上说，你不是一个人。

　　罗家英只会说一句话：是76号的人干的，他们早就想下手了。

　　金喜就想，想让一个人死，实在是太容易的一件事了，用枪打，

第二十五章

用刀杀，用汽车撞，用木棍敲，用斧头劈……出其不意，先下手为强。然后从一个乱的地方逃到另一个乱的地方，混进人堆就像是一滴水混进大海，你怎么也找不着。就像罗列，谁能知道到底是谁杀死了罗列？

这一天金喜骑着脚踏车走在大街上的时候，感到太阳白晃晃的，有点儿破棉絮的味道。他买了一张报纸，这才知道，《大美日报》的又一名主笔被人暗杀了。

第二十六章

1

那天中午的菜都做好了,一个下人把四五样干净清爽的小菜端到餐桌上。金喜需要服侍的主要就是秋田一家三口。金喜把厨师帽摘下来挂在墙上的时候,突然看到了隐在帽子里针脚背后的一张小纸条。纸条上有一行极小的字:亚尔培路"丰记"米行。

金喜的心开始跳动起来。其实金喜的心一直都是在跳动的,但是他知道这一次跳动得特别厉害。他有点儿激动,是因为他觉得至少他的上线并没有把他遗忘。他突然想起了袁春梅的话,袁春梅迅速地拧了一下金喜的脸说,你一定要知道,有些事比去延安重要一百倍。来,你叫我一声姐。

那天金喜带着一只灰白的帆布米袋去了亚尔培路的"丰记"米行。他去买米的时候,阿黄就站在他的肩头。它就像一个哑巴一样,总是一言不发,但是它看金喜的眼神是有内容的。它一定是把金喜当成了兄弟。米行里一个瘦得惊人,长得像豆芽菜的男人头也不抬,他收下了那张几乎是空白的纸条后,告诉金喜门口停着的老虎车,如果是正向的就说明米行安全,如果是反向的就说明十分危险,务请不要靠近。"豆芽菜"一边说话一边埋着头在打算盘子了,仿佛是自言自

第二十六章

语一般。

金喜觉得无比失落。他怎么也没有想到，原来传递情报那么简单。他离开了米行，回过头来的时候他果然看到了米行门口孤独的老虎车，正向停在店门口。而那个"豆芽菜"仍然乐此不疲地在柜台上打着算盘子。日光以下，所有的景象都显得有点儿缥缈起来，像一张被卷起边的在风中飘忽的画纸。

后来金喜才知道，那张白纸其实是有内容的，那是用明矾水写的情报。再后来，金喜也学会了用明矾水写情报。金喜在白纸上用明矾水写情报的时候，就想人生也是这样的，差不多就是一张白纸。

金喜骑着脚踏车，顶着凌乱的头发再去罗家英家的时候，发现罗家英家的大门已经锁上了。一位拄着拐杖，看上去是患了白内障的老人走过金喜的身边，他看了金喜很久以后才说，罗家妮囡搬走了。老人说完就向前走去，好像这话不是对金喜说的。金喜看见老人的一丛白发，像愤怒开放的白菊。

尽管四周没有荒草，但是盯着那门上的锁，金喜仍然感到了内心荒凉。他觉得罗列不见了，罗家英好像也已经在这个世界上消失了。所有的一切，都像是一场梦一般。当他要骑上脚踏车的时候，看到了不远处站着的邬小漫。邬小漫笑了一下，目光中饱含凄凉。

2

这天晚上金喜就坐在老海酒馆的一盏昏黄的灯下。他是被邬小漫约来的，破天荒的他和海叔都没有喝酒，而是一人捧了一壶龙井茶喝着。他们喝了很久的茶，偶尔还有不着边际的对话。但是金喜绝口不提罗家英，海叔也不提。最后的时候，海叔说，知道秋田公司是个什么公司吗？

金喜说，我不知道。

海叔说，那是日本人的特务机构，有很多情报在那儿中转。如果你有可能得到一些情报，可以送到这儿来。

金喜吃惊地望着海叔，他说，我怎么就不知道，你怎么就知道了？

海叔说，做这件事，比去延安更有意义，也更危险。所以金喜你一定要迅速地行动起来，这是一场不见硝烟的战斗。

金喜说，你真会说话。

金喜又说，我想喝酒。

酒很快就端了上来，三杯酒下肚，金喜就喝得趴在了桌子上。邬小漫望着海叔，像在问他怎么办。海叔望着桌子上仿佛奄奄一息的金喜，叹了一口气说，他在装傻。他没去延安也是在装傻。他是一个适合装傻的人。

海叔的话金喜听得一清二楚，但他仍然一动不动地趴着，把自己装成醉的模样。他在想一个叫"木匠"的人，他对"木匠"充满了好奇。武三春已经不在了，只有"木匠"才可以向他下达指令，而他不能对任何人泄露哪怕一丁点儿的秘密。

夜很深的时候，金喜听到海叔伤感地说，我知道你肯定是不愿意。

3

这是一段零碎的时光。很多年后当金喜再一次记起时，觉得一切都显得那么的支离破碎。1943年的天空布满战争的阴云，就像一场雷阵雨一样随时都会落下来。日本人在上海滩的各个角落星罗棋布，看上去这个孤岛已经属于他们。他们是明显的主人，而所有中国人都只是来他们家串串门而已。

在金喜零碎的记忆中，金水带他去了长乐路茂名路口的兰心大戏院看戏。那天晚上金喜已经从秋田公司下工，他在苏州河边无所事事地行走。已经有很久了，他没有在苏州河边走，这块地方曾经是他少

第二十六章

年时期最活跃的地方。他在这儿和人打架,他的身材并不高大,但是他打架的时候比较勇狠。他总是一言不发地紧咬着嘴唇,把一个又一个挑战者打得头破血流。那时候他的绰号叫哑巴,是因为无论是打赢了还是打输了他都一言不发。

他觉得他养着的那只叫阿黄的猫是像他的,也是一个哑巴。

金水的黑色车子在金喜身边停了下来,他摇下了车窗什么话也没有说,也不知道他是在看苏州河的风光,还是在看金喜。金喜后来还是上了车,车子开走了。在车里金喜闻到一种香味,那一定是凤仙留下的香味。

金喜最后没有忍住,还是说了一句,你不要太得意,凤仙是吴三保的女人。白相要有度,白相过头一切都是要还的。

金水没有理他,只是把车子开得飞快。车子在长乐路茂名路口的兰心大戏院门口停了下来,很快嘈杂的声音就把刚刚从车上下来的金喜掩盖了。金喜满眼都是霓虹灯,还有那些做小买卖和看戏的人。金喜就想,这哪儿像一个沦陷的上海滩?这时候金喜开始想念饶神父,他感到其实最安静的地方,应该是圣彼得堂。

这天晚上金喜跟着金水一起看了一场叫作《文天祥》的话剧,文天祥在剧中大声而悲愤地说,天地虽大,竟没有我文天祥容身之处了。掌声响起来,掌声总是从金喜的头顶跃过,让金喜觉得莫名其妙。事实上金喜对看戏一点兴趣也没有,他对罗家英他们的所谓天亮剧社也没有多大的兴趣。他觉得人活着已经很累了,做做厨师已经差不多了,为什么还要去演什么戏。

金喜后来才知道,这个剧是抗日剧,影射了日本人侵略中国。但是日本人没有办法,因为演的是文天祥。

掌声只会让金喜昏昏欲睡。在昏昏欲睡中金喜随着散场的人群往外走,有很多人都在谈论剧中那个演文天祥的石挥。金喜突然看到了一个熟悉的背影,那是一个有着丰腴身材穿着旗袍的背影。金喜就开始拨拉着人群往前冲。金水一把拉住了他的手说,你不要乱走,乱走

向延安

是一件很危险的事。

这时候金喜看到，金水的目光分明也落在那个丰腴的旗袍背影上。金喜甩脱了金水的手，他觉得自己是从高处悬崖跌落的水，没有理由可以让他停止，也没有力量可以阻挡。金喜冲到了剧院门口，人群正在像水盆里渐渐淡去的墨汁一样，开始慢慢消散。袁春梅不见了，金喜揉了揉眼睛，仍然没看到袁春梅的背影。金喜又揉了揉眼睛，这时候金水走到了他的身边。金水说，就算你把眼珠子揉下来，也找不到她了。

她是不是袁春梅？金喜问。

我不知道，其实她在你的眼里只是一个女人。

金喜说，不，她不只是一个女人。

金水说，那她不是女人，她是什么？

那天金喜还是乖乖地跟着金水回家了。那天金水把车子停在苏州河边，让金喜下车。两兄弟就对着苏州河水发呆，夜色很凉，空气很新鲜，些微的凉意钻进毛孔，这让他们的感觉都很好。

金水说，我最放心不下的就是你。

这天晚上他们一起走进院门的时候，看到刚刚从外面回来的金山。他的脸色很差，仿佛几天没有合眼的样子，头发乱蓬蓬地向上胡乱地竖着。金水走到金喜的身边，在金喜耳边低低地说了一些什么，金喜就跟金水进了屋，并且小心地关上了房门。

阿黄悄无声息地走了过来，熟练地跃上了金喜的肩头。金喜听到屋里传来的细微的争吵声，他不由得笑了，向家的兄弟姐妹之间永远是在争吵的，现在那个著名的话痨姐姐已经去了延安，只剩下三个光棍。金喜听到了一堆含混的话语，其中夹杂着金水十分清晰的一句话，你大概是想要吃枪子儿吧？

金山很快又在上海消失了，倒是本草堂的账房梅先生能一次次在大药房里发现金山回来过的蛛丝马迹。这个破败的城市，无论在哪一个年代，都把人们搞得那么的忙乱，像一群四处撞墙的苍蝇。

| 第二十六章 |

金喜不停地抚摸着肩上阿黄的皮毛,他一抬眼看到夜色越来越浓了,一些日本宪兵队投在夜空中的晃来荡去的探照灯的光线,把夜色捅得七零八落。

第二十七章

1

又一个夜晚来临的时候,金喜慢条斯理地站到了三楼的屋顶上。他用他的长筒望远镜开始眺望一个新鲜的夜晚。在很多时候,金喜觉得自己的父亲向伯贤选择这样一个玉树临风的姿势,在屋顶上四处张望,其实是十分有理由的。这肯定是一种与众不同的爱好,不幸的是他的命运不济。就算他有最厚实的身板,也不能和一颗流弹去相撞。

那天他看到昏黄的路灯下金水停好了车子一步步向院门走来,他走得十分的笃定,很像一个事业有成的小开。金喜看到了几个莫名其妙的汉子,他们丢掉了手中的烟蒂,慢慢地向金水靠拢。金喜想要大叫,他突然觉察出了危险。但是他的嗓子眼就像塞进了一团草一样,发不出一点儿声音。他的脑门上瞬间就多了几条汗水,终于他大喊了一声:啊。接着他又拼命地喊:啊啊啊。

金水在金喜"啊啊啊"的喊声中警觉,他开始奔跑,身手一向很好的他几个蹬踏就上了围墙。然后他像一只跳跃的猫一样,弓着身子在围墙上迅速地疾行。两名汉子也上了墙,向着金水疾奔,金水回身打翻了两名汉子。然后金水纵向了一棵路边的大树,他是希望从树上跃下,然后沿着苏州河跑向大马路。大马路上,有巡逻的警察,当然

| 第二十七章 |

还有他那些在极司菲尔路76号讨生活的同事,他们在大街上的任何角落无处不在。但是一张网从树上飘了下来,如一场黑色的雪一般铺天盖地,金水被困在了其中。金喜看到几个汉子一拥而上,将他塞进了一辆车子中,动作麻利得让金喜目瞪口呆。然后,金喜看到了一个熟悉的背影一闪而过。金喜认定那是穿着风衣的国良的背影。

金喜几乎是从三楼的屋顶上滚下来的。他像一只球一样弹过天井,弹出院门,然后他一把拎起了靠在围墙边的脚踏车,拼命地蹬踏着。他的内心里塞满了恐惧,并且十分清楚他想做的一切都是徒劳的。因为他蹬着脚踏车在街上穿梭的时候,根本就看不清那辆神秘的车子。那时候他疯狂乱窜的样子,让男人女人们都停下了脚步看着。一辆叮叮叮响着的有轨车远远地驶来,金喜的脚踏车一个急转弯,跌倒在地上,差点就卷在了电车轮子下。很快,所有的人像小小的浪潮一般涌过来,将他团团围起。显然他们是希望围观一场交通事故的,他们看到像一条死鱼一样在电车前翻着白眼的年轻人,他的身边躺着毫无生机的脚踏车。他的胸脯在急促地起伏着,脑子里一片空白。

他听到有一个女人夸张的声音:吓煞人了,肯定是撞得差不多了。

金喜很知道自己其实没有和电车撞上,自己最多只是摔了一跤而已。他就那么躺在地上不愿起来,很久以后,他慢慢地起身扶起了自己的脚踏车,一瘸一拐地向前走去。他的突然复活,让很多围观的人都感到无比失望。

2

第二天下午金喜正在秋田公司的厨房里做点心,他在专心地做尚秋兰小姐爱吃的萝卜丝煎饼。馅已经切好了,金喜正在把馅塞进面粉里。他的身子骨像散架一样疼痛,马路上的那一跤让他的眼角跌破了,现在已经结了痂。所以他很清楚自己的眼睛是一只大一只小的。早上来上工的时候，美枝子就盯着他看了很久，美枝子说，你怎么了？

金喜愣了一下，他本来想说些什么的，但是后来他答非所问地指着樱花树说，这樱落开得很旺啊。然后他就向厨房走去，这时候匆匆出来的秋田带着涩谷和几个人一起出去，差一点和金喜撞了一个满怀。

金喜在做萝卜丝煎饼的时候，眼皮就一直在跳着，一直跳到美枝子穿着木拖鞋迈着细碎的步子出现在他面前为止。美枝子的语音已经不成声调，她说，金水，死了，在圣彼得堂门口。

金喜一句话也不说，他走到水池边舀了一些水开始洗手。他洗手的样子缓慢而从容，然后他把湿湿的手在裤腿上擦干。美枝子一直用充满焦虑的眼神望着他，她看到金喜慢慢地走向了秋田公司的天井，在天井的墙角牵起他的脚踏车缓慢地走向大门。老唐刚好经过他的身边，老唐好奇地看着金喜目光呆滞地往外走。老唐想，这个人可能已经是傻掉了。

金喜终于出现在教堂门口不远处的石砌台阶上，很多人围成一个圈正在扎着闹猛。金喜拨拉着人群想要挤进去，一个块头很大的男人显然是不耐烦了，他说挤什么挤。金喜抬头看了看那个大块头，大块头的脸很大，一副龅牙露在嘴唇以外。金喜盯着大块头看，说，让开。

大块头说，凭什么让开？

金喜捏紧了拳头，他红着一双眼睛大吼了一声，一拳就打在了大块头的下巴上。金喜听到一声脆响，他知道大块头的下巴一定被自己打脱臼了。然后金喜后退几步蹿过去一跃而起，整个人就跃上了大块头的头顶，用双脚牢牢地圈住大块头的脖子。金喜坐在大块头的脖子上，发疯一样地用手掌抽打着大块头的脸，把大块头打得有些莫名其妙。后来他翻动白眼，重重地倒了下去，地上扬起一蓬灰尘。

所有扎闹猛的人群反而围住了金喜和大块头。大块头从地上爬了

第二十七章

起来，他的眼睛已经很肿了，眼角淌着血水。他在人群中找到了那个莫名其妙揍了他一顿的年轻男人，咬着牙向他扑过去。这时候两名日本便衣架住了他，两把手枪就顶在他的脑门上。大块头迅速地瘫软下来，他屁股上湿了一大片，然后有水从裤子上滴下来。两把手枪把他的尿给吓了出来。

金喜这时候才看到不远处站着秋田。秋田很深地看了金喜一眼走向了一辆车子，涩谷和冈村扔下大块头收起手枪忙跟了上去。金喜看到涩谷打开车门，让秋田上车，回转身的时候涩谷用眼神向金喜打了一个招呼。他们显然是来陪秋田一起看金水的。金喜突然想到，金水供职的极司菲尔路76号，实际上就是日本特务机关的下属机构。

金喜一步步走到金水的身边。他看到金水的尸体上已经盖了一块白布，饶神父坐在地上红着一双眼睛。金水依然很白净，五官是三兄弟中最漂亮的一个。但是他的脖子上有一道深深的切口，显然血迹被擦去了，只留下细微的血痂。金喜就想，这条微微张开的缝隙中，藏着深不可测的阴冷的故事。金水的头边上是一张黄纸，纸上写着的几个字散发出淡淡的墨香：杀尽汉奸。

金喜无助地坐在金水的身边，他的手伸过去捏住了金水的一只手时，看到饶神父也和他一样，紧抓着金水的另一只手。金喜看到饶神父的深棕色眼睛像一个深潭，深潭里是看不到底的忧伤。一直到警察局的车子赶到，一个叫安德烈的大块头带着警察们下车，金喜的眼泪才突破了眼眶滚滚而下。

很远的空地上，金喜仿佛看到了两个少年手拉着手在苏州河边走过的样子。高个少年低头看了金喜一眼，他是金水。然后太阳的光线突然之间骤亮，两个少年的身影就此在一片迷雾中消失。

3

这个漫长的下午金喜一直在磨一把菜刀。然后夜晚就来临了，他

向延安

把自己藏在客厅的黑暗之中。他静静地坐在八仙桌边，菜刀就放在触手可及的桌面上。他的目光一直望着墙上的向伯贤，他轻声地对向伯贤说，你的二儿子已经死了，被人把脖子给割开了。

国良打开客厅电灯的时候，金喜发疯般地挥舞着菜刀扑了上去。国良本能地抬腿，一脚踹在了金喜的肚皮上。金喜简直是飞起来的，重重地跌下来，颓丧地落在太师椅上。金喜像一只急射的球一样弹向国良的时候，国良又是一脚飞来，将金喜给踢了回去。这时候金喜手中的菜刀呼啦啦地响着飞了出去，直直地飞向国良。国良的头一偏，菜刀钉入墙体内不停地颤动着。

国良慢条斯理地脱下风衣挂在衣架上，然后他掏出了一沓照片砸向金喜。照片像一场突如其来的雪，纷纷扬扬地落下来。

国良蹲下身，胡乱地抓起照片，把这些照片递到金喜的面前。你看看，他说，这些都是被你哥哥杀掉的中国人。凭什么你的哥哥可以杀别人，而别人就不能杀你哥哥，更何况你哥哥是个汉奸！

金喜望着那些照片，那些年轻的，年少的，年老的，陈旧的，或者崭新的照片里，是一张又一张各不相同的笑脸。现在这些笑容和他们的生命一起，消失了。金喜不再说什么，他十分清楚金水该死，但是他又十分希望金水不要死。虚无缥缈的爱情消失得无影无踪的时候，他才发现原来亲情是立体的，是触手可及的。现在这个残存的亲情也像一张纸一样，被国良撕得粉碎。

国良和金喜都坐在天井里，他们已经无话可说，那些照片仍然十分凌乱地睡在冰凉的泥地上。这是一个有月亮的夜晚，夜半时分月亮越升越高，而且十分的明亮。国良终于说，我就是戴局长派到上海，带着兄弟们锄奸的。我们杀掉了一些汉奸，我们也有一些兄弟被汉奸杀掉了。我们杀来杀去，充满血腥，是为了早一天结束这种杀来杀去的局面。

国良说，金喜你还小，你不会懂的。

金喜的眼眶肿胀，他的眼里全是泪水。他说，我怎么会不懂的？

第二十七章

我懂的！

国良说，你懂就最好了，你看这张照片，她才十六岁，被割去了刚刚才发育的乳房。你再看这张照片，一个上街游行的大学生，手和脚被先砍断。再看这一张，肚肠都流出来了，这些是谁干的？这些就算不是金水干的，也是金水的同伙们干的。

透过泪水，金喜只能看到模糊的景象。他替国良认真地捡拾着那些落地的照片，一边捡一边流着眼泪。那些男女老少后来全集合在金喜的手中，一共有五十八张照片。他把照片理得十分整齐，然后把照片塞进了国良挂在衣架上的风衣口袋里。

他看到国良的眼中也饱含着泪水。国良麻利地旋开了一瓶叫作杰克丹尼的美国酒，仰起脖子灌了起来。

4

安葬金水是在第三天的清晨。金喜叫了几个工人，没有叫别的任何人。金水就睡在了向伯贤的身边，像是回到父亲怀抱的一个孩子。金山如同从地底下冒出来似的，他又突然出现在上海。他和金喜一起把金水安葬，当他看着绳子拉着棺材缓缓地放下坑里的时候，轻声对金喜说，现在在上海只有我和你兄弟俩了，你得为向家留后啊。

饶神父来为金水做了弥撒。他画着十字说，求你垂顾向金水，接纳他于永光之中……天空中下起了微雨，钻进金喜的脖子里让金喜觉出了阵阵凉意。金喜一直在等着一个人的出现，他希望凤仙能来送一下金水。但是凤仙一直都没有出现，这让金喜十分失望。

就在金喜和金山一起要离开墓地的时候，国良晃动着高高的身子突然出现在金水墓前。他十分深地在墓前鞠了一躬，眼泪随即哗哗地流了下来。

第二十八章

1

金喜在一家叫作"丹凤朝阳"的理发店门口找到了凤仙。凤仙刚烫了一个头，她的头像一个卷心菜似的。后来凤仙告诉金喜，这是模仿《良友》杂志封面上那个女刺客郑苹如的发型烫的。凤仙的话很多，似乎有一点儿忘乎所以的味道。她不停地说着话，说着上海发生的一件件刺杀案，一个舞女被发现死在了天台上，连衣服也没有穿。

在金喜的眼里，凤仙多么像一个喜欢传播家长里短的长舌妇。凤仙这一天的兴致很高，一定要请金喜在奎元馆里吃一顿。凤仙点了好多的菜，两个人一直从中午吃到傍晚。她拼命地吃菜，不停地打着饱嗝，还不停地讲笑话给金喜听，这让金喜感到奇怪。他想起当初他偷了凤仙的"掌心雷"，被凤仙发现时，凤仙霸道地拿枪管往他的嘴里捅，说要把他给毙了。

金喜很少举筷，因为他觉得这些菜都不如他自己做的菜好吃。芹菜炒三丝，能炒得那么绵软那么黄，肯定就是没有掌握好火候的原因。在他的心里，把这些厨师叫成了戆大。一直等到凤仙把所有的话全部说完了，她无话可以说坐在一边的时候，金喜清晰地说，我想告诉你，金水死了。

第二十八章

那时候凤仙手里夹着一根烟，嘴里不停地咀嚼着一筷子刚刚送进去的菜。她的嘴巴本来是在夸张地运动着的，现在她咀嚼的速度明显地放慢了。然后她说，金喜，我知道的，我老早就知道了。

凤仙这样说着，又点起了两支烟，同时叼在嘴里抽着。她抽得很凶，吞云吐雾的，就差把香烟整个地吞进自己的肚皮里去。

金水你他妈的，窝囊废，有本事不要丢下我。凤仙的嘴里轻声骂着，眼泪随即滚滚而下。自己一个人先走，算什么本事？算什么男子汉？

金喜终于知道，凤仙没有来墓地为金水送行，但是她的心里早就被割开了好几道口子。金喜的手慢慢伸了过去，轻轻盖在凤仙肥胖而白嫩的手上。好久以后，凤仙狠狠地抽了几口烟说，他干这种差事，迟早是会出事体的。就算重庆的人不找他，吴三保也已经要找他了。

后来凤仙让小二拿来了一把铁锤。她从包里掏出那把"掌心雷"手枪，放在一块木柱子下的圆基石上，一锤又一锤地将那支掌心雷敲扁了。金喜什么话也没有说，在叮叮当当仿如铁匠铺传出的声音中，他站起身来向外走去。这时候凤仙的声音跟了上来，她说，金喜。

金喜站住了，但是没有回头。

凤仙又说，你好像长大了。

金喜继续往前走，走出了奎元馆的大门。大门外面是一场春夏之交的雨，从四面八方向这边赶来。金喜走进雨中，没有回头。

2

这个夏天来得不早不迟。不久秋田公司天井里的樱花就谢了，只留下依然蓬勃的躯干。这天金喜从六大埭的菜场买菜回来，停好脚踏车的时候，看到天井里站着一个依稀相识的人。后来金喜终于认出，她就是好久不见的袁春梅。她换了一个发型，但依然穿着旗袍。她现在的身份是从北平来的翻译，名叫袁秋竹。而且她还带着一个孩子，

向延安

孩子的名字叫作包子。她的普通话是卷舌的，透着只有天津或者北平才会有的气息。

美枝子对金喜说，她叫袁秋竹，是秋田公司新来的翻译，也是秋田幸子的老师。

金喜咧开嘴笑了，举了举手中的篮子说，我叫向金喜，是秋田公司的厨子。以后你想要吃什么，你就尽管开口。我最拿手的是红烧狮子头。

袁秋竹仿佛对金喜不感兴趣，或者说对金喜十分的不屑，只是牵起嘴角淡淡地笑了笑。这让金喜十分失望，而在他的心里，也没有完全肯定这个突然出现的人就是袁春梅。

美枝子仍然一如既往地喜欢着金喜做的菜，她在一次次地学习着，她甚至开始叫金喜"师傅"。因为发音不准的原因，她把师傅叫成"细夫"。有好多时候，金喜已经不用掌勺了，他只要在灶披间里喝着美枝子送给他的永远也喝不完的清酒，为掌勺的美枝子指点一二就可以了。而各种情报在源源不断地出现在厨师帽中，然后又源源不断地抵达亚尔培路"丰记"米行。有些时候，金喜把情报带回家，做成小的纸条，用医药胶布贴在阿黄的肚皮上。

阿黄在暗夜里是一只精神抖擞的微型老虎。金喜只带它去了"丰记"米行一次，它就能无论白天还是黑夜都可以顺利地抵达"丰记"米行。日光之下一切照旧，金喜什么也不去想，过着自己一成不变的生活。罗家英就像失踪一样不见了。所以金喜想得最多的，不再是罗家英，而是那个神秘的木匠到底是谁。还有那个让他转送情报的人，又究竟是谁？

第二十九章

1

　　金喜仿佛对一切都失去了兴趣。他对突然出现的带着浓重北方口音的袁秋竹，一点儿也没有探究的兴趣。袁秋竹好像对他也是没有兴趣的，所以在很长一段时间里，两个人都没有什么话可以说。在金喜的心里，终于排除了袁秋竹，他认为袁秋竹和袁春梅完全是两码事，唯一相同的是，她们都是姓袁的女人。

　　但是有一天金喜听到了一个熟悉的音节。那是上海口音说出的"包子"。袁秋竹在轻声地叫她的儿子，包子，你过来。这个发音和袁秋竹平时卷着舌头的发音是不一样的。那时候金喜刚好在案板上切菜，他连菜刀也没来得及放下就从厨房里出来了，刚好看到袁秋竹在替包子扣上衣扣。袁秋竹转过头来，很深地看了金喜一眼。

　　那天金喜在午饭后漫长的时光里，敲开了袁秋竹的门。袁秋竹把门打开，但是并没有让他进去，只是面对面地挡在了他面前。金喜看了看左右轻声说，春梅。

　　袁秋竹一脸平静，正当金喜失望的时候，袁秋竹说，从今天开始你叫我袁秋竹。袁春梅已经不存在了。

　　金喜的眼睛里冒出亮光来，袁秋竹终于承认自己就是袁春梅了。

向延安

他急切地问，包子是谁的孩子？袁秋竹说，是我的孩子。

金喜说，那他的爹是谁？

袁秋竹说，他爹是谁和你都没有关系。

这时候，金喜看到美枝子就站在不远的地方，微笑地张望着。她穿着和服，跋着木拖鞋，返转身迈着小碎步远去。就在这天晚上，秋田和美枝子带着尚秋兰请金喜和袁秋竹，还有包子吃饭。他们选了一家叫作"幸之助"的日本餐厅，一边听日本音乐，一边看歌舞伎表演，一边谈论着婚事。

秋田盘腿坐着，说，秋竹小姐，现在心里还没有合适做夫君的人吧？

美枝子说，金喜君，不知道你有没有未婚妻？

事实上这是秋田和美枝子想要玉成一件好事。那天晚上金喜就一直盯着袁秋竹看，把袁秋竹的脸看得一片通红。包子还不懂事，他不停地吃着那些鱼片和寿司，然后不停地和尚秋兰说着什么。看得出，这个小家伙对母亲的婚事一点也不感兴趣。

那天从幸之助餐厅出来，走在凉爽的风中，金喜突然觉得自己的婚姻大概是要动了。他没有表态，对婚姻究竟是怎么回事没有多大的兴趣。他甚至有点儿庆幸，那个深埋在他心里的罗家英嫁给自己的话，自己就一定能幸福吗？

这是一个没有答案的夜晚。尽管秋田和美枝子都认为袁秋竹和金喜是般配的，美枝子甚至暗地里告诉袁秋竹，你带了一个孩子，嫁人不能太挑剔。但是金喜和袁秋竹之间，好像都不愿意马上给出一个答案。他们当然是可以不结婚的，但是他们不结婚又没有理由。那么般配的一对人，怎么就坚持着不要结婚呢？

金喜通过"丰记"米行那个豆芽菜一样的瘦子，向木匠请示了这件事，为了更好地工作，需不需要假结婚？木匠的回复十分简单，只有一个字：结。这就让金喜突然有了信心，他心血来潮地跑到了袁秋竹的屋子里坐下来，对正在教尚秋兰写中国字的袁秋竹说，咱们结

第二十九章

婚吧。

袁秋竹没有理会他,而是教尚秋兰和包子两个孩子写字。一直等到两个孩子抄完了两首古诗,袁秋竹才为金喜沏了一壶茶,然后在金喜身边坐了下来。

袁秋竹说,你想好了?你不要后悔。

金喜轻声地说,是假的。

袁秋竹淡淡地笑了,说,你觉得如果是真的,你就亏了是不是?

金喜说,为什么亏了?你长得挺不错。倒是我,你说我长得像一只番薯。

袁秋竹说,你不介意我是你表哥的妻子?

金喜说,那也是假的。

袁秋竹想了想说,那好吧,结!

2

虚假的婚姻生活,并没有让金喜兴奋多久。秋田在公司里张罗了几桌酒,来的几乎差不多就全是日本人。日本人十分兴奋,看得出他们对金喜并没有敌意,甚至和这个还不太像新郎的新郎官勾肩搭背。比金喜更兴奋的是涩谷,他拼命地喝着酒,好像娶妻的不是金喜而是他。在涩谷完全醉倒以前,他表演了日本人的舞蹈,几个日本便衣跟着一起跳起来。这有点儿像中国的跳大神,金喜这样想着,他觉得涩谷跳的舞难看得一塌糊涂。

这天晚上袁秋竹还为大家表演了天津大鼓,让金喜觉得袁秋竹就是一个表演天才,她竟然可以为自己是天津人,少年时期定居北平这样一个身份,做那么多的准备工作。她唱的天津大鼓,味道比较周正。所以金喜发了好长时间的呆,他总是不能把袁春梅和袁秋竹合而为一,所以他在心里叹了一口气。

金喜想,袁秋竹大概天生就是干这一行的。

向延安

这天晚上,美枝子为了成人之美领走了包子。那时候包子已经睡着了,手里抓着一把糖。美枝子让秋田抱走了包子,她替金喜和袁秋竹合上了门,然后脸上荡漾着笑容离去。这个感觉让金喜觉得十分奇怪,他总是不能在心里认为袁秋竹就是自己的妻子。袁秋竹拧了一把金喜的脸说,你还是像一个番薯。这让金喜十分的懊恼与失败,他觉得自己在袁秋竹面前,永远是透明的被看穿的一个还没有长大的孩子。

金喜突然想起了很久以前黄浦江边那个"摸骨论相"的人。那个戴瓜皮帽留着小胡子的相士拦住了他和袁春梅说,你们有夫妻相。

3

金喜和袁秋竹之间,看上去已经十分像是夫妻了,但是他们在床上总是各睡各的。袁秋竹睡得十分安稳与妥帖,她轻微的呼吸声却没有让金喜能睡得着觉。很长的时间内,金喜都会盯着她脸上细密的绒毛看,像是想要数清这些绒毛的根数似的。这个秋天金喜的身体出现了一些小小的问题,实际上那天起床的时候他的下腹就开始隐隐作痛了。等他买完了菜回来,脸色慢慢开始变白,他抱着自己的肚皮蹲下身去。那时候袁秋竹刚刚起床,她正在刷牙,嘴角还挂着丰满的泡沫。看到金喜的样子时她丢掉了牙刷,连脸也没有洗就高声喊了起来。她说,来人。

金喜被送进了广慈医院。他的病并不十分严重,只不过是急性的阑尾炎而已。按照秋田的说法,做这样的一个阑尾切除手术,简直就和剪指甲是一模一样的。但是美枝子反驳了秋田,她认为秋田这样的话对一个病人是十分不中听的。美枝子替金喜请了一位据说很有名的日本医生,动完手术以后,美枝子就消失了,留下袁秋竹陪护在金喜的身边。

金喜望着窗外的树荫,以及偶尔飞过的鸟时,会感到莫名的孤

| 第二十九章 |

单。他突然觉得，为什么自己就像是没有家一样的，无所依托。留在身边有一个女人，也是假结婚的女人。他要小解的时候，还会因为害羞而脸红，因为他知道身边这个女人是他的假妻子。但是袁秋竹并不以为然，袁秋竹说，有什么好稀奇的。

对于袁秋竹来说，确实是没有什么好稀奇的。这样金喜就心安理得地让袁秋竹服侍自己，那种来自异性的细微的温暖，也让金喜突然感受到了久未享受到的母性之爱。在金喜出院后的某一天，他望着低头看杂志的袁秋竹发呆。袁秋竹的脸色红润，穿着旗袍的侧影十分女人地呈现给金喜一种曲线。金喜喜欢这样的曲线，他走到了袁秋竹的身边，把手搭在了袁秋竹的头发上。

袁秋竹没有抬头，仍然装作是在看杂志的样子。她十分清楚金喜的这个动作是什么意思，也可以想象金喜此刻的眼神。她轻轻地叹了一口气，然后她抬起头。她的眼神是湿润的，任由金喜把她抱到了床上。

这天晚上金喜一直都紧紧地抱着她，是因为金喜想要有别的念头的时候，都被袁秋竹用手挡开了。袁秋竹的理由是，我是有丈夫的。

袁秋竹不拒绝金喜抱着她，也没有拒绝金喜亲她的耳垂，但是她拒绝金喜任何进一步的动作。一个漫长的夜晚，把金喜搞得十分疲惫。后来他不再有任何的念想，只是抱着袁秋竹丰腴的身体迷迷糊糊地睡了过去。

而袁秋竹却一直没有睡着，她给金喜讲包子的故事。她一边讲，一边在脑海里浮现出包子亲爸亲妈倒在日机轰炸延安的炸弹中的场景。飞机在盘旋和俯冲，那些炸弹掀起了厚厚的泥土，掀翻围墙和房屋。其中有一发炮弹，把包子的亲爸和亲妈掀起来，又重重地甩下去。那时候包子还不懂得怎么哭，是袁秋竹紧紧地抱紧了他。

后来他就成了袁秋竹的儿子。当武三春像一把裁缝剪子的形状漂浮在苏州河后的某一天，袁秋竹从上海消失。她从上海消失后的这段时间，就在延安。

向延安

然后，天色微明，袁秋竹也讲不动了。她有些困，但是金喜把她箍得死死的。她挣开了金喜的怀抱，看着金喜还像一个孩子一般的脸，低下身去在金喜的额头上亲了一下。她说，番薯。

4

有两件事，是国良在那几年里从不懈怠的。一件事是马不停蹄地杀汉奸，执行重庆国民党军统头子戴笠局长下达的锄奸令。他就像紧绷在弦上的箭，一次次地破空而出。他和他的行动小组神出鬼没，在舞厅、大戏院、饭店、弄堂、教堂、电影院，甚至大马路上，干掉了一个又一个的汉奸。他只是锄奸队的其中一支小分队，所以多年以后，他在台湾寓所里孤独地养老的时候，面前浮现的就是他年轻时候英姿飒爽的样子。那时候他的胸腔里藏了满腔的热血，几乎达到了沸点。在枪声或者刀光之下，一个个汉奸横死在他的面前。

另一件事是乐此不疲地擦墙上他和向金美的结婚照片。在他的心里是深爱着那个喜欢抽烟、喜欢喋喋不休的女人的，他认为这是女人的常态。当然这个女人也有文思泉涌的时候，不然当时那些报馆的主编不会买她的账。婚照是在赫赫有名的国泰照相馆照的，照片染上了些许的彩色。这种染色技术所呈现的彩色看上去有些虚假，很有年画的味道。但这些并不重要，重要的是他心底里认为向金美和他之间是珠联璧合的。国良的家在遥远的诸暨，一个被称为当年诸侯云集的地方。两千五百年前一个叫勾践的男人，就曾那么矫情地用一只苦胆在一间柴房演绎一条叫"卧薪尝胆"的成语。所以那个地方出来的男人，几乎把做事体放在第一位。国良的事体就是不停地杀人，无论于国家还是于个人而言，他都充满成就，感到无上光荣。

这两件事，让他成了一枚飘荡的影子，或者一张巨大的相片，风完全可以把他吹来荡去。在金喜的眼睛里面，他神出鬼没，突然就不见了，突然又出现在他和金美的房间里闭门不出。房间里的一应陈

第二十九章

设都没有动过，甚至书桌上向金美曾经打开的书，还是按原样打开着。这至少可以让国良有一个想象的空间，想象金美披着衣服写作的背影。

那天金喜去六大埭买菜的时候，看到电线杆上的广告中夹杂着一张演出海报。海报上说嵊县的一个越剧团要在兰心大戏院上演一出叫作《碧玉簪》的越剧。金喜实际上是喜欢听戏的，所以他去戏院买下三张戏票，他突然很想和袁秋竹一起带着包子去看一场戏。这是一个微雨的清晨，金喜骑着脚踏车往秋田公司赶，在一座桥上他看到桥两边蚂蚁一样聚集着许多人。

金喜推着脚踏车想往桥上走的时候，一个日本宪兵叽里呱啦地冲着他吼起来，并且拉动了"三八大盖"的枪栓。金喜停了下来，这时候他看到涩谷走了过来。涩谷笑了，他叼着烟，晃荡着像个二流子一样走到金喜的身边。他用蹩脚的中国话告诉金喜，桥上戒严了。

金喜的目光越过了涩谷的头顶，看到桥中央跪着的许多中国人。而桥的另一头，也有宪兵把持着，两边的行人无法通行。这时候金喜看到了秋田，秋田从一辆黑色的车子里出来，他穿着灰色的西服和皮鞋，头发梳得纤尘不染。他反背着双手绕着这些中国人走了一圈，然后又走到了他们的面前，用手托起一个女人的下巴，仔细地看着。

金喜仰起了头，雨好像比刚才密集了一些，这时候他才感到自己身上已经湿透了。身边的人也湿透了。

金喜问，秋田君想干什么？

涩谷说，抓了一批疑似军统的人，还有几个是共产党和学生中的激进分子。

金喜问，为什么要抓到桥上来？

涩谷盯着金喜看了好久，他突然哑然失笑，伸手拍了拍金喜的肩说，中国人有句话叫杀鸡儆猴。

这时候，一声枪响，刚才那个跪着的女人歪倒在地上。金喜远远地看到秋田手里已经多了一把手枪，他把手枪顶在了另一个人的脑门

向延安

上。接着，枪声一声接着一声，一直到所有跪着的人，全部歪倒在地上。秋田收起了枪，把枪塞在身边一个穿着便衣的特工手里，然后一名日本人蹲下身，拿一块洁白的手帕仔细地擦着秋田皮鞋上的血迹。

秋田上了车子，车子飞快地开走了。有人开始搬运尸体，这些尸体全部扔上了一辆黑色的大车子。金喜想，自己有一天会不会也跪在大桥上，然后秋田拿着一把手枪过来，对着他的脑门毫不犹豫地开一枪？这样想着，金喜鬼差神使地掏出那三张戏票塞在涩谷怀里。

金喜灿烂地笑着，露出一排牙齿。金喜说，请你看戏，晚上七点半，兰心大戏院，《碧玉簪》。

涩谷也笑了，掏出一支烟非要让金喜抽。金喜是不会抽烟的，但此刻他也像老烟枪一样故作老练地接过烟，借着涩谷的火抽了起来。涩谷撕下了其中的两张票，把一张票还给了金喜。

涩谷说，我要带着冈村君去看戏。

这天金喜像一根上紧的发条，他骑着脚踏车始终在大街上狂奔。他回到苏州河边的家，却没有看到国良。国良向来很少待在家里，他要怎么碰得到？国良和向金美的房间向来是锁着的，金喜一脚踢开了房门，他将那张余下的戏票放在书桌上那本打开的书上。然后他又飞快地下楼，他蹿出院门回秋田公司的时候，刚好金山从外面进来。气喘吁吁的他差一点撞翻了金喜，他奇怪地看着金喜。金喜却没有理会他，跳上脚踏车就去了秋田公司。

这一天金喜仍然在秋田公司忙碌着。他在灶披间里不停地切菜和做菜，是因为这天秋田君的一批来自日本的私人朋友要来吃饭。秋田的心情看上去很不错，他就坐在早就谢了的樱花树下摆弄一种金喜从来没有见过的日本乐器。秋田还唱起了日本歌，美枝子和尚秋兰安静得像两株幼小的植物，挨着那棵樱花树一动不动地站立着。她们穿着日本和服，只有风偶尔摆动起她们的发丝和衣角。金喜透过灶披间的窗户，看到天井里一片潮湿。而刚刚跃出云层的太阳，让地气袅袅地上升着。他的目光就落在秋田的脸上，秋田有一张儒雅而白净的脸，

第二十九章

他更像是一个大学里的讲师。但是他在桥上杀人的时候，是那么地面无表情，扣动扳机的时候，动作果断迅捷。金喜始终无法把这两个形象重叠到一个人的身上，他想到了一个奇怪的问题，秋田会不会当着美枝子和尚秋兰的面杀人？金喜肯定地想，至少秋田是不会在尚秋兰的面前杀人的。

金喜在做菜的时候，一直都在想一个问题，要不要再赶回家去。回家有两种结果：一种是碰上了国良，告诉国良让他去兰心大戏院杀日本人；另一种是没有碰上国良。而不赶回家去有四种结果：一种是国良回家了，看到那张戏票有些莫名其妙；一种是国良回家了，看到戏票以后去了戏院看戏；一种是国良回家了，看到戏票以后心领神会，杀死了戏院里坐他身边的涩谷和冈村；一种是国良根本没有回家。

金喜一边做菜，一边就不停地想着这么多的结果，脑子里就像塞进了一团刚刚从苏州河里捞起来的青绿水草。那天没有人能看出金喜的心神不定，只有袁秋竹看出来了。在他们的房间里面，袁秋竹把金喜拉到了面前，双眼一眨不眨地盯着金喜看。在秋竹纯明的眸子里，金喜看到了秋竹眸中倒映的自己，他不由自主地挺了挺自己的身子。

袁秋竹说，你有什么事瞒着我？

金喜很淡地笑了，我能有什么事瞒着你？找饭店小姐？找小姐也没有关系，咱们是假夫妻。

袁秋竹说，我十分了解你，你肯定不会去找饭店小姐，你有另外的事。

金喜想了想，果断地说，没有。

袁秋竹没有再问，她只是抓起金喜的手握在手里好久，然后又放开了。

5

这天晚上秋田一家和那些日本朋友们闹到天亮，他们不停地唱着难听的歌，到后半夜的时候，几乎是哭成一团。金喜在半夜的时候给

向延安

他们加了一次菜,他望着这些叽里呱啦叫着的人,突然感到他们从日本那么远的地方赶到这儿来干什么,这是一件多么累人的事,而他们就是那么不怕累。天亮的时候,除了美枝子和尚秋兰,几乎所有的日本客人,包括秋田在内,都醉倒在地上。

美枝子一夜没有睡,她的脸色看上去不怎么好。她拉着尚秋兰从餐厅里出来的时候,看到了站在天井里刚要去买菜的金喜。美枝子弯下腰去,说,金喜你辛苦了。金喜笑了,他没有说什么,蹬上脚踏车就走了。

去六大埭的菜场买菜以前,他先回到了家里。金喜飞快地上了二楼,撞开二楼向金美的房间,他看到书桌上摊开的那本书上,那张戏票已经不见了。而书边放了一坛绍兴产的花雕酒,酒坛子上还放着一张纸条:谢谢你。

金喜不知道国良做了什么,但是他知道国良一定拿到了戏票。他拿着戏票有没有去看戏?国良有没有杀死涩谷和冈村?金喜不知道。但是很快地,当金喜骑着脚踏车买好菜回到秋田公司的时候,看到了天井里满当当的人。

秋田穿着和服,铁青着一张脸望着天井里两具割开了喉管的尸体。他们分别是涩谷和冈村,那些参与昨夜酒会的日本客人,也神色黯然,有几个还在叽呱地吼着什么。袁秋竹在人群以外很远的地方望着金喜,看上去昨夜她睡得很好,所以她容光焕发。金喜的心里动了动,他想这夫妻怎么也可以是假的呢?

这天晚上在房间里,袁秋竹仍然拉着金喜的手说,是你干的?

金喜故作莫名其妙地说,什么是我干的?

袁秋竹不再说什么,闭上眼凑过嘴来,在金喜的额头上亲了一下。

秋田公司作为一个神秘的机构,一向限制所有公司里的人随意外出。从那天起,这条纪律更加严明,就连金喜外出买菜,也被限定了时间。

第三十章

1

很多时候,金喜是能听到呼啸的炉火的声音的。金喜在炒菜的时候,就一直听着这种火的声音,像是听一首气势磅礴的乐曲。他的生活太简单了,如果别人的生活是一幅画,那么他的生活最多只是纸上画出的一条直线。他不知道上海在发生悄悄的变化,更不知道上海以外的乡村和城市发生的变化。他觉得生活是一成不变的。偶尔他也会想想那个离他远去的罗家英,会想想邬小漫和李大胆的日脚过得好不好。当然他也会想想远在延安的向金美,以及不知所终的程浩男。亚尔培路的"丰记"米行和秋田公司之间的路线,是金喜隔一段时间总会走一走的路线。除此之外,是他和尚秋兰的感情。尚秋兰十分依赖他,尽管她从来都没有叫过他干爹,但是她确实把金喜当成了亲人。就在昨天,她还送给金喜一只从日本带来的羊皮护胃包,因为她知道金喜的胃有时候会冒酸水。

金喜不知道,日本军队已经呈现了败象。快八年了,他们把自己也搞得筋疲力尽,绵软得像一头奄奄一息的饿晕在溪边的狼。那本来充满刚性的炮声,也变得破棉絮一般的柔弱无力。金喜不知道的事体还有很多,比如说臃肿的老唐为什么会天生一双金鱼眼。他的眼袋已经十分巨大了，像两只小巧的鱼膘一样挂在浊黄的眼珠之下。他为什么从来不和金喜说话，像一个哑巴一样，在秋田公司的角落里飘来飘去。

就是这样一个金喜不喜欢的人，有一天竟然把金喜喊去喝酒。

老唐说，金喜，今天晚上我请你吃酒，我有从崇明带过来的青鱼干，喷香的。

金喜是喜欢喝酒的，也是喜欢鱼干的。但是他不喜欢和老唐喝酒，他怕老唐这个闷葫芦会把自己闷坏。但出于礼节，金喜还是去了老唐的房间，因为他觉得既然是同事，他不能不给这个面子。然后果然如金喜所料，喝酒的时候老唐不会说话，老唐不断重复的就是：你再吃点酒。

一直到金喜就要离开老唐那个逼仄的稍稍带有点儿异味的房间时，老唐才突然说出了他想要说的话。老唐说自己就是金喜的上线，同样受命于一直都没有见过面的"木匠"。按照秋田公司的规矩，他不能随便走出秋田公司的大门。但是从金喜带来的那张用明矾水写成的情报纸上，"木匠"命令他用酒毒杀一批前来秋田公司开秘密会议的日军军官。但是，日本人一定不会放过所有可疑的人员，所以必须有一个人出来顶罪。

老唐说话的时候两眼放出了精光，这和老唐平常病猫一样的姿态完全两样。他的语速不急不缓，但是十分简洁地把话都说清楚了。他的每一句话里，都透着浓重的绍兴口音。

金喜笑了，说你是绍兴人吧？

老唐说，我小的辰光在绍兴，十多岁的时候到了上海。我父亲是在十六铺码头替人扛包的，他最后死在一只麻袋下面，因为他生病了。生病的人侬想想看，能扛得动包吗？我父亲死的时候吐了一大摊血，人轻得跟一只兔子差不多重。侬想想看，人怎么可以瘦成这样的？一层皮一层骨头中间没有肉，这个人怎么活得下去？

金喜埋下头去喝了一口酒。他突然觉得老唐是一个十分滑稽的

第三十章

人，因为他把十分之一的时间用来说任务，十分之九的时间来说他父亲是怎么死的。屋外传来难听的日本歌曲，金喜就想象此刻秋田君一定也是喝了一点儿酒，然后就跪坐在地上唱难听的想念家乡的歌曲。后来金喜知道，秋田的家乡是一个叫象泻町的地方。

这是一个漫长的夜晚。老唐告诉金喜，让金喜想办法从外面带进氰化钾，在日本人爱吃的绍兴黄酒里下毒，然后由他来承担投毒的罪名。但是，这事体得由金喜来向日本人举报。

老唐说，我的老婆早就跟一个来弄堂卖锡箔纸的人跑了，我是无牵无挂的老光棍。

金喜说，能不能想更好的办法？

老唐说，这就是最好的办法！不用再想了，就这么定了，这是命令！

金喜说，你不怕痛是吗？

老唐笑了，说，我怕痛的，但我不怕死。你是不是党员？

金喜愣了一会儿说，没有人通知我入党呀？

老唐开始在怀里掏，掏了半天掏出一只小布袋。他拉过金喜的手，把破布袋拍在金喜的手中说，这里面的钞票是我的党费，你把这些钞票交给党。

金喜问，党在哪里？党是"丰记"米行吗？

老唐发出喑哑的笑声，他粗而短的手指头像一截香肠一样，按在了金喜的心口说，党在这儿。

然后老唐仰起脖子，把一小坛酒倒在了自己的口中。他实在是一个邋遢的人，金喜看到他的嘴角挂满了酒，然后他用袖子擦了一下嘴巴说，你走吧。

老唐几乎是在顷刻间，就醉倒在地上。金喜站起了身，他慢慢地退到门边，然后深深地弯下腰去，向老唐鞠了一躬。他看到老唐花白的头发稀疏地搭在脑门上，像秋天苏州河堤埂边破败的野草。

向延安

2

  金喜去六大埭菜场买菜的时候，顺便去了化工商店。他把买来的氰化钾装在小纸包里，为了安全起见他没有把氰化钾直接带进秋田公司，而是回到家中把它粘在阿黄皮毛丰厚的肚皮上。那天晚上阿黄进入了秋田公司，那么多年过去了，它仍然没有学会发出一声猫应该学会的叫声。它悄无声息地经过樱花树下的时候，抬头看了看那棵来自日本的树，然后它弓着身子轻车熟路地找到了金喜的房门。它和金喜之间，有一种神奇的力量让他们相通，有时候是一个眼神，有时候是金喜对它皮毛的一次抚摸。它十分清楚地知道，它和金喜的生命也息息相关。

  金喜没有关门，所以阿黄轻轻地顶开了金喜住处的门。这个时候袁秋竹正坐在床边看书，金喜在喝一壶茶。金喜实际上并不十分喜欢喝茶，但是他还是泡了一壶铁观音，然后正对着门像一尊木偶一样坐着。他看到阿黄顶开了门进来的时候，笑了一下。

  袁秋竹不时地从书上抬起头来，她觉得金喜的这个晚上，一定不是一个普通的晚上。金喜抱起了猫，又把猫扔在了地上，然后他飞快地出去了。当他回来的时候，袁秋竹说，你干什么去了？

  金喜说，我什么也没有干，我去天井里透了透气。

  袁秋竹盯着金喜的眼睛说，你不要让我担心。

  金喜想了想，指了指自己的心口说，知道这是什么吗？

  袁秋竹说，心脏。

  金喜说，不，这是党。

3

  金喜从下午两点开始就指挥着帮工们洗菜切菜。在整个下午的过程中，他一直专心地在做着菜。这天晚上秋田公司将会有许多客人

第三十章

来，秋田君嘱咐他一定要做出拿手的好菜。然后老唐晃悠着进入了厨房，他本来是不太进入厨房的，但是这一天他很高兴。他洗了一个澡，换上了半新但干净的一身衣裳，然后他在厨房里走来走去，唱着难听的绍剧。他甚至还差点因为地面太滑而跌了一跤，他抓住一张桌子的角保持住身体的平衡时，哈哈大笑起来。他大声地说，赤佬，想让我摔一跤可没有那么容易。很明显地，老唐从一个沉默寡言的人突然之间变成了一个话痨。这让那些帮厨的下人都觉得奇怪，只有金喜是不奇怪的。金喜的刀子十分锋利，在砧板上切萝卜片。那绚烂的刀光和细碎匀称的声音，以及缓缓倒下却依然保持着完整萝卜姿势的一只萝卜，让金喜觉得，这个不寻常的下午其实是和寻常的下午没有什么两样的。

金喜的目光不时扫向窗口，因为当木窗上涂上一层夕阳的红色时，那些尊贵的客人们就要来了。他们要在秋田公司用一直以来被秋田津津乐道的中国餐，然后在公司的会议室里进行一次隐秘的会议。第一道夕阳射进金喜的眼眶时，金喜看了一眼厨房角落里放着的那坛叫作花雕的绍兴黄酒。盖酒坛用的灌满砻糠的布包，有了轻微移动过的痕迹。金喜这时候长长地吁了一口气，他觉得他的心跳十分地年轻、稳健而有力。

几辆车子开进了天井，车子上走下许多穿西装的日本人。最后一辆大卡车停在了公司门口，那些日本士兵中有年轻得还没长胡子的，都持枪进入天井站成了两排。穿西装的军官们都进入了餐厅，他们大声地说着金喜听不懂的日本话，看上去脸上却并没有带着多少快乐。

金喜听懂了其中一个词：米西。金喜就想：这是不是吃酒的意思？

金喜站在餐厅的门边，指挥着下人们上菜。他看到老唐搬来了那坛花雕酒，并且麻利地拿掉了那个盖在坛口的砻糠布包。然后老唐就背转身走了出去，金喜就想，这一定是老唐故意做给人看的。在金喜的眼里，餐厅里的每一只餐具都很洁净，但是用餐的人很忙乱。他们

向延安

在大声地说着叽里呱啦的话，看上去他们很兴奋，有些甚至是在手舞足蹈。金喜看到了美枝子和尚秋兰，尚秋兰入席的时候，手里拿着一本线装的《红楼梦》。她在上海接受教育，所以她和上海的孩子除了血统以外其实没有什么两样。她经过金喜的身边时，伸手抓了一下他的手笑了。金喜也笑了，在他的眼里，尚秋兰已经是一个腼腆的，即将成为少女的小姑娘了。

那天晚上袁秋竹一直在屋子里踱步，尽管她的手里拿着一本书，但是她没有看进一个字。她应该是金喜的同志，但是金喜突然之间的怪异让她放心不下。包子已经睡着了，她走到包子的身边久久地凝视着包子。袁秋竹见惯了死人，亲人死了，武三春死了，延安的一些战友在敌机的轰炸中也死了，所以她一点也不希望金喜有什么三长两短。金喜肯定不是她真正的丈夫，但是金喜肯定在她的心里占了一席之地。

她很想出去看一看。她猜想天井里停着的小车，和公司外面的军用卡车一定与金喜有关。袁秋竹握着手中的书进入了天井，她看到一长溜日本兵笔直地站着。显然他们的个子是不高的，但是他们军容严整，夜色迅速地在他们背着的枪管上涂上了一层黯淡的亮色。他们的目光平视，餐厅里的菜香一阵阵传出来，袁秋竹甚至能听到这些士兵肚子里翻腾的咕噜声。但是他们仍然一言不发，仿佛要把他们目光正前方的那根巨大的木柱子望断。

金喜看到美枝子端起了酒杯，他的眼睛就不由自主地闭了一下，然后美枝子小小地抿了一口。秋田君也在大口地喝酒，他甚至有了醉意，这让金喜的脑海里浮起秋田在一座桥上，连续向中国人开枪的情景。这个儒雅的人的血管里，充满着血腥与暴力。一名中年男人在逗尚秋兰，他端着一杯酒叽里呱啦地说着话。金喜的脑门上突然就涌出了许多的汗珠，他十分清楚地看到尚秋兰接过了酒杯。一切都来不及了，金喜抓起了身边长条几上一只刚撤下的装着点心的碗，手一松那只碗掉在地上，随即他也躺下了，在地上扭成一团。尚秋兰放下了酒

第三十章

杯，迈着碎步着急地扑到金喜的身上。金喜很多年后都没有忘掉，尚秋兰那时候的眼睛纯明得像一汪湖水。尚秋兰说，怎么了？你怎么了？

金喜捂着胃部，他有着多年的胃痛经验，这是被医生称为"胃痉挛"的一种病。金喜吐出了一口酸水说，我的胃不行了。

金喜被人抬出了餐厅，他被人抬到那个会看病的日本老男人的房间里。经过走廊的时候，他看到了老唐。老唐穿着洁净的衣裳，仿佛在等待着什么。他对金喜经过他的身边显得无动于衷，而是十分专心地唱着戏文。他说：我本是卧龙岗散淡的人，凭阴阳如反掌保定乾坤……

那个叫桥本的孤独的老男人是一个西医。他给金喜服了几粒日本药，然后又叽呱着和尚秋兰说了一些什么。尚秋兰说，桥本君说你很快就会没事的。

金喜的手伸了出去，轻轻地抚摸着尚秋兰的脸庞。这个时候他突然觉得，尚秋兰真的成了他的女儿。他又狠狠地闭了一会儿眼睛，当他再次睁开眼的时候，终于听到了从餐厅传来的桌子掀翻的声音，一会儿，嘈杂的脚步声响了起来。

尚秋兰愣了片刻，随即飞快地向外跑去。金喜坐直了身子，他先是久久地望着尚秋兰的背影，然后对那个叫桥本的老男人说，谢谢侬。

袁秋竹站在天井中央，突然之间的大乱让她有些不知所措。她看到那些持枪的日本士兵一齐冲向了餐厅，餐厅里已经横七竖八地躺倒了许多的日本人。袁秋竹的脑子里就嗡地响了一下，她终于知道金喜做了一件什么样的事。然后她看到了挤进人群的面色苍白的金喜，于是她扑上去一把挽紧了金喜的手，生怕金喜会突然之间长出一对翅膀飞走。

金喜却仿佛不知道她的存在，他的目光投向了美丽的美枝子。

向延安

穿着和服的美枝子曲着身子躺在地上，眼睛和嘴角都流着血。她白皙的手伸过去，大概是想要去拉秋田的手，但是始终没有够到。秋田也死了，脸上流着污血，像道士做道场时，人们会经常见得到的"无常"。尚秋兰一言不发，她的脸上没有眼泪，十分安静地站在她妈妈的身边。好久以后，她蹲下身去，静静地躺了下来，紧紧搂住她的妈妈。就是这个动作，让金喜的心像被刀子扎了一下似的，这时候他的胃真正地痉挛起来了，疼得他一把抱紧了袁秋竹。豆大的汗珠滚滚而下，而秋田公司外的马路上，救护车的声音响了起来，然后院门被撞开。

一名日军小队长用半生不熟的中国话大声地喊：任何人不许离开秋田公司，任何人不许离开秋田公司。离开的，死啦死啦。

没有人能离得开秋田公司的。日本宪兵很快织起一张网，就算是一只苍蝇，也很难飞过秋田公司的上空。金喜伸出手去，搂住了袁秋竹的肩，他觉得十分的累，所以他轻声说，秋竹，真累！

这时候，他看到阿黄不知什么时候出现在天井里。它的身边是凌乱的脚步，它的目光越过了脚步，落在金喜的身上，和金喜对视着。

4

日本梅机关的机关长武田正治是在第二天中午出现在秋田公司的。他是一个姗姗来迟的清瘦男人，看上去五官十分端正。他穿着合体的黄军装，在日本宪兵哗的立正的声音里，从门口的一辆黑色轿车中走了下来。那天天空中下着细雨，金喜看到武田正治走到那棵樱花树下，伸出白净的手轻轻地抚摸着树干，仿佛是在抚摸他遥远的故乡。他的眼神里充满了忧伤，紧抿的嘴唇已经有些干裂，然后他的目光从樱花树上移开了。

从他的目光看过去，是挤成一堆的秋田公司里的所有工人，这里面当然也是有日本人的。作为日本最精英的情报机关，梅机关从来都

| 第三十章 |

没有放弃过对日本人,也就是所谓自己人的怀疑。这些中国人、日本人,甚至还有菲律宾人,全部在刺刀的寒光下缩成一团。金喜的左手紧搂着假的妻子袁春梅,但是此刻他觉得这个妻子就真的成了他的妻子。他的右手搂着包子的肩膀,仿佛包子真的成了他的儿子。他看到有名日军的翻译搬来了一张椅子,放在武田正治的身边。武田正治坐了下来,轻轻地挥了一下手。

翻译说,是谁干的,站出来。不然的话大家一起死。

翻译一连说了三遍,没有人能够站出来。金喜看到老唐的目光投在了自己的身上,老唐的目光中充满内容,他的意思十分地明显,让金喜把自己招供出去。其实老唐是可以自告奋勇地站出来的,但是他怕日本人不信。因为站出来就是死,谁会在谁都想活下去的战乱年代里自告奋勇地去死?

这时候尚秋兰从楼梯上走了下来,走到操场上。她黑色的刚刚及肩的头发披散着,手里仍然握着那本线装《红楼梦》。武田正治招了招手,尚秋兰就走到了武田正治的身边。武田正治弯下腰,将尚秋兰抱在了怀里。他快速地在尚秋兰的额头上亲了一下,然后他用蹩脚的中文对着人群轻声地说,她和我女儿同岁。

金喜这才知道,武田正治是会说中国话的。武田正治慢慢地放下了尚秋兰,然后踱到了秋田公司工人们的面前。金喜的眼睛眯了起来,他感到自己身边的人在害怕,因为害怕所以他们开始发抖。金喜觉得自己就像是一棵树,而身边的人群像是树边在雨后塌陷的泥土一样,在慢慢地松软下陷下去。他的视线里布满了细密的雨水,以及武田正治穿着的乌亮的军靴。这双皮质军靴踩过了一片水洼,然后落在人们的面前。这时候武田正治的头发和脸已经湿了,他用手捋了一把脸上的雨珠。然后他的目光在众人面前一一掠过,时间仿佛就此静止。

武田正治的目光,最后落在了包子的身上。他笑了,拉住包子的手,把他拉了出来。包子也害怕了,害怕到他没有声音没有知觉,只

向延安

知道跟着武田正治走。武田正治把包子领到那把椅子边，抱起包子让包子坐在椅子上，然后他对一个牵着狼狗的日本兵点了点头。

日本兵的手松开了，一条比狼还要矫健的狼狗拖着皮绳腾空而起，包子只看到一条黑色的影子从天而降。这个时候金喜一声大喝，而袁秋竹也在同时发出令人毛骨悚然的尖叫。那名日本兵一声呼哨，那狼狗在空中打了一个转，四只爪子稳稳地落在地上，然后它拖着沉重的尾巴迅速地回到了日本兵的身边。

金喜松开了搂着的袁秋竹，松开以前他留下一句话，如果我死了，你立碑的时候一定要在碑上写上，妻袁春梅立。袁秋竹拼命地点了点头，很紧地抱了金喜一下，又松开了。然后金喜走到了武田正治的面前，与此同时，尚秋兰也走到了武田正治的面前。尚秋兰对武田正治摇着头，说不要吓坏包子弟弟。

金喜才知道，在尚秋兰的心里她一直把包子当成了弟弟。

人群中所有的目光都指向了金喜。金喜就站在武田正治的面前，武田正治也盯着金喜看。好久以后，金喜的目光虚无缥缈地投了过来，像一只柔软的手轻轻搭在了老唐的身上。老唐的身子开始发抖，武田正治笑了，他把白净的手放在金喜的肩膀上拍了拍，轻叹了口气说，如果中国人都像你那样就好了。然后，他的手轻挥了一下。

随即有两名日本兵上前，将老唐拖了出来，扔在那棵樱花树下。这个漫长的中午，日本兵不仅从老唐的房间里搜出了半包用剩的氰化钾，而且还找到了一些进步的书籍，以及一些用来写情报的明矾水。一切都真相大白了，老唐被带到了餐厅。那是那些穿便衣的日本军官倒毙的地方。

秋田公司的工人们，仍然不能随意地走出秋田公司半步。金喜和袁秋竹还有包子躲在屋子里，那天晚上袁秋竹紧紧地抱着金喜，生怕金喜会被突然带走。她轻声地说，我知道是怎么回事了，我已经知道是怎么回事了。

金喜的目光就投在天花板上。整个夜晚，包子都在不停地出冷

第三十章

汗，或者发出尖厉的喊声。混合在这些喊声中的，是从餐厅传来的一阵阵惨叫。那惨叫比鬼哭的还难听，瞪着眼的金喜就想象着，现在的老唐正在上老虎凳，或者在上烙刑，或者是被拔掉了指甲，或者是在脚掌上钉上竹签。

金喜想，如果老唐扛不住了，那么自己就将成为下一个老唐。

那天晚上，轻轻的敲门声响了起来。金喜下床去开门，门口站着的竟然是尚秋兰。金喜说，秋兰。

尚秋兰说，我不叫尚秋兰了，我仍然叫秋田幸子。

金喜说，为什么？

秋田幸子说，我不想做中国人了。

然后这个已经叫作秋田幸子的小姑娘说，我能睡在你们这儿吗？

那天晚上，秋田幸子是和包子睡在一个床上的。其实她根本没有睡着，她和金喜一样，睁着眼睛望着天花板，一直到天亮。

5

金喜清晰地记得，三天以后的一个清晨，秋田公司的工人们被再次集合在天井里。仍然是如同那天的情形一样，宪兵队，狼狗，钢枪，还有武田正治。这些刚性的符号集中在一起，除此之外还多了一样东西。那是一只被架在三块石头上的柴油桶，桶口被平整地切割了，桶里装了半桶的水。柴油桶下面烧起了一堆火。和那天的情形不同的，是这一天阳光很好，太阳光直射在柴油桶上面盘旋的水汽上，显得有些氤氲。武田正治这一次竟然穿了一袭青灰色的长衫，他坐在那把太师椅上，太师椅前放着一张茶几。

武田正治一直都在喝茶，偶尔地他会打开一把折扇轻轻地摇动起来。他很像一个民国年间的书生，在他手中的折扇轻轻摇动的过程中，金喜意料之中的事体发生了。老唐被两名赤膊的日本兵从餐厅拖了出来，他的身上已经没有一块完整的皮肉，甚至于他的头皮上，也

向延安

裂开了一道粗大的口子，可以看得到白森森的颅骨。老唐的两只脚掌已经翻转着朝后，很显然他的腿骨已经断成了几截。老唐被扔在了武田正治的面前，他奄奄一息地睁开被血水糊住的眼睛，呆呆地望着白晃晃的天空。

金喜看到老唐的嘴里，不停地冒着血泡，还有一些血是从他胸口的一个洞里冒出来的。他几乎成了一个漏气的人，或者说他的身体和外界的空气是相通的。他整个人被利器洞穿了，但是他还活着。他的目光投向了人群，在某一个瞬间，金喜看到了老唐目光中的那一丝坚定。金喜明白老唐什么也没有说，如果老唐说了，那老唐就不会是这个样子。老唐是拿一条命，去换了一批日本军官的命。

武田正治走到老唐的身边，穿着圆口布鞋的脚抬了起来，像踢一只球一样狠狠地踢向老唐的头。老唐的一只眼珠子和一口血浆被踢飞了起来，带着一股腥味落在人群的脚边，黏糊糊的像一些匍匐着的肥胖的蜗牛，随即有几个人声音夸张地开始呕吐。但是老唐仍然活着，老唐的另一只眼珠缓慢地转动了一下，金喜是能看得到老唐目光中坚定的内容的，他甚至开始用手撑地想要往前移动。

意想不到的是武田正治向老唐弯下了腰，深深地鞠了一躬。然后武田正治挥了一下手，那两名赤膊的宪兵把老唐扛了起来，把他扔进了柴油桶里。在扔进油桶之前，老唐号叫了一声，那是一声撕裂心肺的号叫，把金喜的耳膜也差点撕了开来。金喜看到那太阳光又开始变得晃荡起来，松针似的光线像是整排移动的一块纱布窗帘。

很快老唐就成了柴油桶里的白骨汤。袁秋竹揪紧了金喜的手，她差一点把指甲掐进了金喜的手臂里。老唐在柴油桶里浮浮沉沉，最后慢慢地消失了，水面上漂浮着一层白色的泡沫，还有就是浮浮沉沉的一缕粘连着头皮的白发。那向上飘浮的水汽中，弥漫着肉的气息，更多的人开始呕吐，呕吐声交织成一张网，把这个让任何人都难以忘怀的上午，用这张网罩了起来。

金喜看到武田正治拉着秋田幸子的手走了，他把秋田幸子收为了

第三十章

义女。走到秋田公司门口的时候，秋田幸子回转过身来望着怅然若失的金喜。她突然挣开武田正治的手，跑向金喜向他深深地鞠了一躬。她清晰地叫了一声"干爹"，然后头也不回地走了。这是她唯一一次如此正式地叫金喜干爹。

金喜是在第二天带着包子和袁秋竹离开秋田公司的。秋田公司彻底被摧毁了，而日本人在战场上也有越来越不利的消息传来。金喜带着袁秋竹和包子离开秋田公司大门的时候，突然心中生出了几分留恋。他觉得和华光无线电学校的学生们游行像一场梦，嚷着去延安像一场梦，在秋田公司里当大厨仍然像一场梦。他的人生就被这一场接一场的梦给连接了起来，连接到从一个人变成了三个人。他让包子坐在脚踏车的三脚架上，让袁秋竹坐在脚踏车的后座。他用两个轮子装着一家三口，带着微薄的行囊向苏州河骑去。

这天的阳光很好，一家人都一言不发。袁秋竹紧紧地搂着金喜的腰，把脸贴在金喜并不宽广的后背上。车子经过长乐路茂名路口的"裕隆"布庄的时候，金喜用脚踮地将脚踏车停了下来。他和袁秋竹不约而同地把目光投在这家专门经营阴丹士林布的店面，这让他们都想起了一个曾在这个地方开"老苏州"旗袍行的武三春，中等偏胖的身材，憨厚的笑容。然后这个武三春从店里走了出来，朝他们笑了笑。阳光起劲地从空中拍打下来，很快武三春就像水汽一样消失、化解，并且袅袅上升了。怅然若失的金喜又蹬起了车子，一家三口在两个轮盘的带动下向苏州河畔驶去。

这天向家的大哥金山破天荒地理了头发，穿了一件新做的长衫。看上去他干净而整洁，但是掩不住他渐渐变老的神态。他在家门口破天荒地放了一挂鞭炮，仿佛是知道金喜和袁秋竹会回来而专门准备似的。他站在家门口说，弟弟弟妹，还是自己家里好。

那天他抱起了包子，领着金喜和袁秋竹向屋里走去的时候，很像是引领一群流浪的孩子回家。这天金山端出了一碗弥漫着粽箬清香的粽子，包子吃得狼吞虎咽。这时候金喜才知道，又是一个端午到了。

第三十一章

1

金山从来不问袁春梅怎么变成了袁秋竹,也不问袁秋竹怎么从表弟的老婆变成了弟弟的老婆。金山也不想知道,这个包子是从哪儿来的。他仿佛是什么都不想知道,又像是什么都知道似的。这让金喜的心里很不是滋味,他有一种渴望,就是渴望金山把他拉到一棵树下,认真地问他这么长时间里的一些变化。但是这一天金喜始终没有等到,倒是等来了另一个和吴三保有关的结果。

吴三保和金喜是没有关系的,但是吴三保的三姨太凤仙和金喜有一点点关系。极司菲尔路76号汪伪特工总部行动队长吴三保最为风光的时候就要过去了,他的洋房别墅被日本人抄了,全家老少三十多口人全部被赶了出来。他自己则被请到了梅机关,和武田正治吃了一顿饭后的第三天,就开始上吐下泻,然后全身发冷,把自己缩成小小的一团,最后在瘦得皮包骨头的时候死去了。

凤仙被和吴三保一向有宿仇的日本宪兵小队长浅见泽卖到了醉红楼。吴三保的名字,基本上也就在上海滩被抹去了。在很多人就要遗忘凤仙的时候,金喜听到金山说起了她。金山是在饭桌中无意地说起的,他说的大意是和金水相好了一场的凤仙,最近的日脚不是太好

第三十一章

过。然后金山一推饭碗，就离开了餐桌。

金喜就那么怔怔地在餐桌边上坐了很久，他想到了金水死的时候，凤仙同时抽两支烟，眼泪鼻涕把一张脸糊得白花花的样子。袁秋竹就安静地看着他，袁秋竹说，我知道你想干什么。

金喜在心里叹了一口气。金喜想，这个世界上能把自己看穿的，不是罗家英，而是袁秋竹。

金喜去了本草堂大药房找梅先生。他在梅先生那儿待了一个下午，主要是了解一些中药的基本习性。这让梅先生十分地高兴，他不停地告诉金喜那些白术、当归、黄芪、甘草、黄连、杜仲等中药能治什么病，而且一一从药屉里取出一小份让金喜分辨。他以为他这个账房先生也快做到头了，可以回家享清福了，这分明是少东家有意要来接管本草堂了。但是在黄昏的时候，也就是一缕夕阳像一只小鹿一般奔跑着闯进本草堂，跃上柜台的时候，金喜突然说，梅先生，我要问店里借五十个大洋，我可以写借条。

那时候梅先生正在打着算盘算账，他尖细的留着长指甲的手指头在半空中停留了好久，然后才缓慢地落下来。梅先生说，我怎么向大少爷交代？

金喜说，你不用交代，你就说是我借的。这个本草堂，我向金喜有三分之一股份。

那天金喜顺利地从梅先生那儿借到了五十个大洋。这时候夜幕已经降临了，金喜捧着那只装大洋的小布袋站在醉红楼的大厅里。大厅里有一个打扮得花枝招展，看上去还有些年轻的老鸨。金喜轻声地说，我要替我哥赎凤仙。

老鸨的眼睛里水波流转着，她就是那种十分女人的女人。她很轻，是那种轻佻的轻，但是或许她的娘家是忠厚的本分人家。她的轻是在这世道摸爬滚打练出来的，她很轻地飞了金喜一眼说，你带了多少铜钿？

金喜就把那只钱袋扔在了桌子上，重复说了一句，我要替我哥赎

向延安

凤仙。

后来凤仙被人搀扶着下了楼梯。实际上那时候她穿着崭新的旗袍，已经在屋子里坐等第一位客人的到来。门框边白墙上那块精巧的小木牌已经挂了起来，上面写着龙飞凤舞的两个字：凤仙。凤仙被人搀着从屋里出来的时候，感到有些莫名其妙。当她下楼梯的时候回头望去，看到那块墙上的木牌仿佛轻轻晃动了一下。

走到大厅，凤仙看到了正低头喝茶的金喜。金喜抬起头的时候，看到了把头发烫得仍然像一棵卷心菜的凤仙。凤仙的表情看不出悲喜，那略略显胖的脸上，眼圈有些发黑，显然是没有睡好的缘故。她的头发倒是依然黑亮，蓬松卷曲着，像一团毛线似的软软地挂在肩上。金喜得意地笑了，说，二嫂，我叫金喜，是如果我能出人头地老鹰就能在水里游泳的那个人。

2

在金喜的调停下，凤仙在龙江路上租了一间小的门面，请人简单地装修以后，请了两名帮工，开出一家凤仙面馆。她很快就适应了面馆的氛围和气息，变成了一个充满烟火气息的老板娘。那天的天气有些阴沉沉的，这就让她的心也变得阴沉沉起来。她系上了围裙，然后烧水、和面，生活让她变得实际起来。人真是一种像橡皮筋一样的动物，是有弹性的，什么样的生存状态，人都会在很短的时间内适应。

现在的凤仙就是这样一个人。她接待的第一名顾客毫无悬念地就是金喜。那天金喜起得很早，他认真地对着镜子梳理好自己的头发，然后叫醒了袁春梅和包子。袁春梅说，你能不能再让我睡一会儿？

袁秋竹又把名字改回了袁春梅，她说我本来就叫春梅的。她想不想改为春梅，对金喜来说实在是一件不重要的事体。金喜就拍了拍袁春梅的屁股说，你不要忘了今天有一件很重要的事体要做，凤仙的面馆要开张的。

第三十一章

袁春梅说，面馆开张也用不着比凤仙起得还早啊。

金喜就温和地笑笑说，哪怕是半夜起来，也还是比凤仙适意得多。她很苦的。

金喜的这一句话让袁春梅猛地从床上坐直了身子。她往身上套衣服的时候，金喜闻到了来自她身体的气味。这是一种温暖的，带有隔夜气息的味道。金喜就耐心地等着袁春梅起床刷牙和洗脸，把一切都进行得有条不紊，而且十分平静。那天金喜破天荒没有骑上自己的脚踏车，而是带着袁春梅和包子坐了一回黄包车。黄包车在凤仙店门口停下的时候，凤仙正在捅一只柴油桶做起来的大煤炉子。凤仙的身上很快就落了一层灰。她抬起头的时候，看到黄包车远去了。黄包车停过的地方，变戏法似的多出了金喜、袁春梅和包子。

金喜也隔着半条马路，看到了凤仙。凤仙有了几根白头发，一些捅炉子时才会有的白灰慢慢飘起来，然后落下，错落有致地落在凤仙的身上。凤仙说，真早啊。

金喜说，我算过命了，如果我第一个成为一家店的顾客，这家店就要发达的。你说，我是不是第一个顾客？

凤仙知道这是金喜在逗自己开心，但她还是点了点头。她说你刚好就是第一个顾客。那天金喜中气十足地拍了拍自己腰间的皮夹，然后在那张还算新的凳子上坐了下来。这时候金喜看到一个一岁多的孩子，他已经会走路了，但是走路的样子还不是很稳，分明像一只摇摆着走路的鸭子。他已经会叫妈妈了，他走过来突然之间抱住了凤仙的腿说，妈妈。

凤仙面馆，也是兼营着小笼包子的。

那天金喜拍着桌子说，老板娘，我要十八屉小笼包子。

凤仙没有给他十八屉小笼，她只给了她九屉小笼。她说你又吃不完的，你想做啥？你想施舍我啊？

金喜冷笑了一声。金喜说，凤仙你也太小看我了，我的食量是很大的。

向延安

那天金喜一家吃得肚皮都滚圆了，连走路都不会走。他一边吃着的时候，就一边盯着那个孩子看。那个孩子穿着开裆裤，所以他一直都露着粉嫩的小屁股。金喜的手不由自主地伸了过去，他摸了一下孩子的脸时，突然之间觉得这个孩子和他是那么的亲。孩子的眼神略略有些阴郁，金喜就一直在这阴郁的眸子里寻找着内容。他终于在一瞬间明白了所有的是非往来。

等到他们三个人吃完十八屉小笼包子的时候，才发现凤仙面馆的店门口已经开始飘起绵密的雨丝。金喜是扶着柱子才站起来的，他一手牵着袁春梅，一手牵着包子，站在面店的屋檐下望着那密集的雨。他们还顺便打了一群充满着小笼包子气息的饱嗝。袁春梅还不好意思地不停用手抚摸着自己的胃部。那个孩子又一次绕到了金喜的身边，这一次他竟然胆子极大地抱住了金喜的脚，然后用小嘴咬了一口金喜的大腿。金喜的大腿只感到一种细微的麻，这么小的小孩牙口还没长齐。就算是一条小狼，也咬不出多大的花头。

金喜后来还是蹲下了身，他久久地捧着孩子的脸蛋问凤仙，叫个啥名？

凤仙边拎着一只锅盖，一边往热气腾腾的锅里下面，一边说他还没取名。

金喜说，他都一岁多了，怎么还不取名？

凤仙说，那你给取一个吧。

金喜说，叫向玉洲吧，文雅。

凤仙说，玉洲就玉洲，不过小名得叫猪猡，好养。

金喜那天就起劲地盯着猪猡看，仿佛是要从猪猡的眼神里看出什么内容来。金喜后来看得眼花缭乱，他摇晃着脑袋对凤仙说，二嫂，你说过我有出息的话，老鹰就能在水里游。老鹰到现在还没学会游过水，可我还是想让这孩子叫我这没出息的一声爹。

凤仙说，为什么？

向金喜凄惨地笑笑，因为他是我们向家的人。

第三十一章

　　雨稍微变小的时候，金喜牵着袁春梅和包子走进了细微的雨阵。他现在喜欢上了这种感觉，他觉得牵着这两个人的手自己特别有成就感。走着走着，他才发现自己的步子迈不开了，那胃开始绞痛起来。袁春梅就扶着他走到一根木头电线杆边上，金喜的手还没有搭上电线杆，呕吐的声音就响了起来。吐掉以后，金喜又觉得自己的胃和腹部都空落落的，发出难听的肠鸣声。

　　那天金喜的胃痛病又犯了。这个漫长的不停歇的雨季里，金喜一直都不愿出门，他用那只羊皮护胃包保护着胃。有时候他用双手紧紧抱住自己的身体，不知道是怕自己的身体会飞起来，还是怕那只羊皮护胃包会飞走。那样想着的时候，尚秋兰忧郁的眼神就在他眼前闪过。那飘忽不定的眼神，让金喜觉得人生怎么样都是一场恍惚的梦。

第三十二章

1

有很多时候,金喜会不由自主地去福开森路罗家英的家门口。他总是选择同样的姿势,将脚踏车的支脚支起来,然后把自己的身体靠在那棵梧桐树上。他觉得自己有时候是在等待,等待什么他不知道。有时候他是在打瞌睡,因为有好几次他都觉得自己差不多快睡着了。因为无所事事,有时候金喜也会对罗家英家空空如也的院子,用自己的心默声地朗读《到延安去》的台词:

沿着无尽的山梁,和奔腾的河流,我们到延安去;
经过一次次路途的困倦,和黑暗里内心的煎熬,我们到延安去;

四面八方的风,告诉我何处可以得到安慰,我们到延安去;
在寒冷的空气里,哪里才可以温暖冻僵的脚趾,我们到延安去;

快去那光明辉耀的地方,快去那火把照亮的前方,我们,到

第三十二章

延安去！！！

他默声朗读的时候，会看到自己久已不见的同学们的影子，以及罗列十分淡十分淡的笑容；当然还会看到当年罗家英和程浩男带着同学们排练《到延安去》的情景；会看到黄胖离开上海要去法国之前，天亮剧社的学生们认真地为黄胖一个人演出《到延安去》，以此为他送行。在金喜的记忆中，所有的场景仿佛像梦一样，都已经十分地远了。

罗家英的消息，一直都没有来。就像是一个故去的亲人，她只会出现在金喜的梦中，像一场老旧的电影镜头一样，一格格地闪过。这让金喜几乎活在了电影里，这种思念与日俱增。而木匠仿佛也消失了，金喜有时候拿起厨师帽，会仔细地看看帽子中有没有最新的指令，或者需要他传达的消息。这让金喜感觉到无尽的空虚，每次检查厨师帽都会让他怅然若失。他怀疑自己得了一场慢性病。

袁春梅一直对他很好，她十分细心地照顾着他，甚至有时候也会去大药房，看看有没有需要打理的事务。她很像是大药房的少奶奶，做得滴水不漏而且十分能干。但是金喜一直都记得袁春梅的话，她是有丈夫的。她既然是有丈夫的，那么她和金喜的关系也就是不大的。所以金喜仍然会选择夜色，一次次登上三层小洋楼的屋顶，用长筒望远镜看黑夜最深的地方。他当然知道，有许多户人家在他看不见的尽头生活着，他们柴米油盐，争吵，上床，生儿育女，发生着和他大抵相同的日常琐事。

他举着望远镜，望着一个虚假的方向。他以为那就是延安的方向，他以为他看到了延安。如同清晨的一场薄雾一样，他看到的是一支想象中的宝塔。

金喜去"丰记"米行的时候，看到了门口永远正向停放着的那辆老虎车，好像是一成不变的一堵墙，或者是一棵永远生在那儿的树一样。也看到了永远在打算盘子的瘦弱的账房，金喜弄不懂他为什么有

向延安

那么多的账可以算，他会不会把算盘珠打坏掉。瘦子是个不太会多话的人，那天他意味深长地看了他一眼说，可以去六大埭菜场的电线杆上寻找小广告。如果那些小广告上出现异体字，可以把异体字联起来读，那可能就是木匠对他的指令。

金喜一连三天都去了六大埭菜场。他拎着一只竹篮子，装作买菜的样子。但是电线杆上没有出现异体字，倒是出现了许多暗娼的信息。这让金喜十分失望，因为在漫长的日脚里无所事事，他自己动手为自己削了一双筷子。那是一双用橡木削成的筷子，在一根筷子上，他刻上了三个字：罗家英。在另一根筷子上，他也刻上了三个字：向金喜。他希望自己和罗家英之间，就是一双筷子，可以常在一起。

2

那天晚上金喜把自己窝在一张绒布沙发中，他的心情不是很坏，所以他为自己泡了一壶茶，还翻看起当天的《申报》。《申报》上传来消息，苏联人起兵了，日本人就快完蛋了。这就让金喜脑子中浮现出战争的场面。苏联人打仗当然也是十分勇敢的，他们开枪和开炮，也开飞机和坦克。那些炸弹呼啸而过的声音，就在金喜的脑海里一阵阵地轰鸣着。金喜把报纸丢在茶几上，现在他记得最清楚的是罗家英的酒窝。罗家英脸两侧的酒窝，是有深浅的，但这并不妨碍那两个酒窝的迷人。一切都开始显现出模糊的迹象，金喜已经有了胡子拉碴不修边幅的迹象，显然他已经成了一个十分忧伤的人。

袁春梅一直坐在不远的床边翻看一本书。她的书都是从向金美的房间里找来的，她差不多把向金美房间里的书都看完了。国良消失的时间越来越长，金喜觉得国良差不多像一个出远门的客人一样，或者是去了很远的地方替人扛活了。金喜有时候看到袁春梅会帮国良的忙，替他擦一擦他和向金美的结婚照片。袁春梅擦相框的样子十分细心。她在擦拭别人的爱情时，心里面想的是什么，金喜一无所知。

| 第三十二章 |

那天包子已经在他的床上睡着了，他细密均匀的呼噜告诉金喜这是一个正在成长中的少年。袁春梅放下了书本，慢慢走到金喜的面前。她穿着居家的棉布衣服，是那种温暖质地的布料。她在金喜的腿上坐了下来，然后拉过金喜的手轻轻按在自己的小腹上。

那是一个浑圆的小腹。当金喜的手按在上面时，才发现原来这个地方已经显山露水了。金喜的喉结开始滚动，袁春梅微微突起的肚皮让他心中升起了一股无名火。他怎么都想不明白，自己从没和袁春梅有过出格的辰光，但是袁春梅怀上了孩子。可金喜什么也不能说，因为袁春梅只是他的同志。

袁春梅说过，她是有丈夫的人。

那天袁春梅仔细地看着金喜，她捧着金喜胡子拉碴的脸，仿佛是在看一张本来很熟悉但渐渐生疏的地图。金喜慢慢地起身，把她安顿在绒布沙发上，然后走到了留声机的边上打开留声机。那天他放的是一支叫《夜上海》的歌曲，有些暧昧有些灯红酒绿的味道。歌声在屋子里低低地回旋，听上去像一种低声的呜咽。这个时候金喜的眼泪忽然就掉了下来，袁春梅的肚皮让他觉得自己一下子像一根稻草一样无所依靠。现在他只惦念着两个字：延安。

金喜认为，延安就是罗家英的代名词。他不知道那些争先恐后地想去延安的同学有没有去成延安。如果没有去成延安，他们又躲在上海的哪一个角落？

第三十三章

1

日本人战败的时候，许多报纸都登出了日本人受降的照片。那些军官受降时弯着腰献出军刀的模样，和他们弯腰行礼的角度是一样的，这让金喜想起了在秋田公司里已经死去的秋田和美枝子。一个时代果断地结束了，另一个时代就要来临。金喜把那些刊有日本人投降消息的报纸收集起来，仔细地整齐地放在那张书桌上。

金喜和袁春梅在家里小小地庆祝了一下。那天金喜忽然来了兴致，早上起来就蹬着脚踏车去六大埭菜场买来了菜，然后一个上午他都在灶披间里忙碌。他做了一桌丰盛的菜，和袁春梅还有包子一起，还喝了一点儿酒。金喜的酒量是极好的，他就像一个酒坛子一样。但是袁春梅喝了一点酒，两颊飞快地就红了起来。金喜还开了留声机，这一次放的是雄壮的《大刀歌》。在激越的旋律声中，金喜手舞足蹈，一次次挥舞着自己的手。

那天金山破天荒地在中午时分回来，他不客气地找了一张凳子在餐桌边坐下来。他兴奋地说着什么，主要是说街上有很多人在游行，他们都举着小旗，扛着蒋总统的画像，还有踩高跷和扭秧歌的。但是金喜对游行一点兴趣也没有，他觉得庆祝胜利，最好的方式肯定就是

第三十三章

喝酒。

金喜认为，动不动就聚集在一起不知道疲倦地走来走去的，那是蚂蚁。

那天下午，金喜带着袁春梅和包子上街。他是带袁春梅去扯一块布的，袁春梅说想去"裕隆"布庄。他们在"裕隆"布庄扯布的时候，金喜不时地抬头看着低矮的楼板，他想本来在这块楼板之上，武三春是一个称职的裁缝。许多的旧景象就在瞬间像潮水一样涌了过来。金喜这时候突然明白，袁春梅不是来扯布的，她是来告诉武三春，抗战已经胜利了。果然他转过头去的时候，看到袁春梅的脸上白花花的一片泪光，但是她仍然在微笑着，微笑着和店老板讨价还价。

那天金喜一手牵着袁春梅一手牵着包子走在回家的路上。不时从四面八方传来炮仗的声音，还有远远传来的口号声。这是一座完全疯了的城市，完全兴奋的城市，完全喝醉了的城市，完全胜利了的城市。街上很闹猛，有许多人扛着蒋总统的画像向这边走来。那时候金喜就停下了脚步，仔细地看着画像上的蒋总统。那是一个看上去有些瘦的男人，金喜就想了一个奇怪的问题，蒋总统做人累不累的？

然后，金喜竟然破天荒地看到了罗家英。她剪着短发，看上去十分精神，而且微微地胖了一些，像一棵新鲜的白菜呈现在阳光底下。那些阳光就打在她的眉梢和微微露出的牙齿上，这不由得让金喜挺了一下身子，他觉得自己和罗家英相比，简直是老态龙钟毫无生机。他不知道罗家英的状况，华光无线电学校的学生们有好些早已到达了延安，但是有一部分留在了上海，他们一直和海叔战斗在上海的地下。现在他们完全可以像从地底下突然蹦出来一样出现了。

那天罗家英手里捏着一本杂志，她和金喜久久地对视着。不知道是出于什么原因，金喜松开了手里牵着的袁春梅和包子的手，这让袁春梅的眼神里忽然之间闪过一丝失望。他们三个人像三棵普通的树一样，站在罗家英的面前任凭她的检阅。罗家英主要是在看着金喜，金喜当然是年轻的，但是他的目光没有一丝锐气。罗家英的心底里不由得升起一阵悲凉，她觉得时间就是海水，是会像腐蚀礁石一样腐蚀人的。

罗家英的目光跳跃，投在了袁春梅隆起的小腹上。在她的思维里，这里面肯定深藏着金喜小小的骨肉。敲锣打鼓的声音响起来，越来越响，是锣鼓队像潮水一样从远处向这边涌来了。金喜十分希望这种声音越来越响，响到可以把自己震到融化掉，响到可以把他吞没掉，响到可以让他免去所有的尴尬。因为怕金喜听不到，罗家英用双手拢成一个话筒，凑到金喜的耳边大声地说，金喜你这样挺好的，我要恭喜你，你差不多已经是一块木头了。

金喜想，自己其实连一块上好的木头都算不上，最多算一截泡桐树的材质稀疏的木头。现在这截木头在锣鼓声的海洋里漂漂浮浮，他看到罗家英在一步步地倒退着，然后大声地自豪地喊出了一句话：程浩男同学牺牲在去延安的路上了，我感到十分自豪。

金喜看到罗家英一边喊，一边在脸上露出笑容，眼圈却一下子红了。然后罗家英一转身，她的背影仍然像一棵柳树。她很快隐进了人群，像一阵突然消失的风。

2

这一天金喜在厨房里仔细地将一只萝卜切成丝的形状，那些萝卜丝如白色的头发一样细小而均匀，他甚至还能闻到萝卜新鲜敞开的植物气息。袁春梅和包子就坐在屋檐下，袁春梅正在替包子换上一件新做的衣裳。从厨房的门里望出去，金喜可以看到袁春梅的背影，那是一个怀孕女人的背影。金喜想，再过大半年自己就要当爹了。

袁春梅替包子换上新衣裳的时候，看到院门突然无声地打开了。袁春梅理了一下自己的短发，她看到这一天的阳光很好，阳光下面的院门以外，站着陌生的人群。在静默了好久以后，袁春梅转头望了一眼厨房里忙碌的金喜，她的目光里其实是藏着爱意的。她爱金喜，像

| 第三十三章 |

爱自己的弟弟一样爱金喜。

袁春梅轻声地对包子说,包子你进屋去,爸爸妈妈有一件十分重要的事要做。但是包子并没有进屋去,他从院门外那些人的目光中预感到了什么,一把拉住袁春梅的手把她拉到了身后。这时候袁春梅的心里漾起一丝欣慰,她突然觉得在不知不觉间,包子一直在长大。人群终于拥了过来,一个留着小胡子的男人推开了包子,几个女人一拥而上把袁春梅往外拉。她们拉着袁春梅的两只手,像是要连根拔起一棵树来。

金喜刚刚切完萝卜丝,他望着砧板上线条匀称的萝卜丝,对自己的刀功十分满意。他手上还握着闪亮的菜刀,他就拿着菜刀走了过来,这让人群不敢贸然向前,他们甚至还后退了一步。金喜叹了一口气,他把菜刀随便地一甩,菜刀就钉在了一根木柱子上,明晃晃地颤动着。然后金喜解下了围裙,将围裙仔细地折好,放在屋檐下的一张小凳子上。

这时候人群才拥了上来,一把将金喜拖向院外。包子冲了上来,他的嘴角挂着血,眼睛已经肿了。他高声地叫着,爸爸,爸爸。他平常的时候,其实是不叫金喜爸爸的。这让被揪着头发的金喜突然间有想要流泪的感觉,他大声地嘶喊起来:包子,你给我回屋去,你要是不听话我就不认你这个儿子。

包子果然乖乖地平静下来,他转过身向屋里走去。

金喜也被拉出了院门外,他和袁春梅就跪在地上。他们的目光穿过那些脚与脚之间的空隙,可以看到远处的苏州河,河面上偶尔会驶过一条船。这一天金喜耳朵里灌满了声讨汉奸的骂声,他在秋田公司当大厨,他还是一个日本女孩的干爹。在人群中他依稀还辨出混杂其间的在秋田公司的几名同事,他的心里就悲凉地笑了一下。一勺子粪水从天而降,浇得金喜几乎睁不开眼。在那阵阵的恶臭中,金喜紧闭着眼睛。袁春梅被人按在地上,迅速地被理去了一半的头发。她理所当然是一名女汉奸,因为她是一名日本小孩的老师和秋田公司的翻译。人群并没有找包子的麻烦，实际上包子也可以算成是一名小汉奸。

有人开始扇袁春梅耳光的时候，金喜突然睁开了眼，那些粪水迅速地糊住了他的眼睛。金喜扑在了袁春梅的身上，所有的竹竿和拳头、皮鞋、酒瓶、糨糊全部落在了金喜的身上。这时候包子突然从院里面冲了出来，他跌跌撞撞地冲过来扑在金喜的身上，这让金喜不得不一把揪过包子，将包子也按在了身下。

金喜一家三口被愤怒的声讨声淹没了。他不知道在不远的地方，站着罗家英和邬小漫、李大胆、黄胖、陆雅芳等同学们。他们没有上前，是因为他们没有理由上前。邬小漫的眼泪随即流了下来，她的牙齿紧咬着嘴唇。她要冲上前去的时候，被李大胆捉住了手腕。邬小漫挣扎了一下，最后不动了。

金喜就那么静静地伏在袁春梅和包子的身上，他在混乱的人声中听到了一口蹩脚的上海话。那是一个男人的声音，他在高声地叫嚷着，伊是好人，伊拉一家人都是好人。金喜能分辨出那是久违的饶神父的声音，这让他想到他已经很久没有去圣彼得堂了。

饶神父的一条独臂阻挡着人流，显得力量十分单薄。他大声地叫着：伊不是汉奸，伊在难民营是为大家熬粥的。他单薄的声音很快就被愤怒的声音淹没，他自己也被推倒在地上。许多人的脚越过了他的头顶，拳头继续涌向金喜并不宽阔的后背。最后一个汉子从地上拎起了金喜，把他举过头顶然后扔向围墙。金喜的身子重重地撞在围墙上，然后跌落在地上，发出沉闷的声音。他觉得自己的胸口有点热并且有点甜，他用力地支撑起自己的身体，差点用牙把自己的嘴唇给咬穿了。

这时候邬小漫看到了金喜眼睛里的一行字：我不是汉奸！

金喜终于看到了罗家英。他慢慢地爬向了罗家英，是因为他想告诉罗家英一句话：我不是汉奸。他爬向罗家英的路显得无比漫长，他爬行的速度像蜗牛一般缓慢。他觉得自己就快爬到罗家英身边了，因

第三十三章

为他清楚地看到了罗家英穿在脚上的那双有着搭瓣的布鞋。就在这时候，拳头和棍棒再次落下来，罗家英转过身离去了。

邬小漫也被李大胆拉着离开。邬小漫在挣扎着，她想甩开李大胆的手，但是没有成功。最后离开的是黄胖，那时候金喜家院门口人群全部散去了，只有那个独臂饶神父靠在围墙边上直喘气。袁春梅和包子并没有受多大的伤，他们抱在一起也靠到了围墙边上。这让金喜的心稍稍放了下来。

这时候他发现黄胖就蹲在自己的身边。他用那双细小的眼睛看了金喜很久，他能看到金喜额头上豁开的血口，血丝中翻滚着一丝丝的白色。后来他站了起来，用脚踩在金喜浮肿的脸上说，老同学，当汉奸的时候你怎么没想到会有今天？你给同学们丢脸了，你把这脸丢大了。

金喜觉得累了，他四仰八叉地躺了下来，躺成一个"大"字形。他把自己的四肢松松垮垮地扔在那里，觉得这脚和手简直不是他自己的。他的眼眶里装下了无边无际的蓝天。这时候他十分地想念圣彼得堂，他想起了自己在圣彼得堂忙碌地熬粥的情景。

于是他斜了靠在墙上的饶神父一眼，大声地对着天空说，饶神父，我十分想念圣彼得堂。

第三十四章

1

那天邬小漫偷偷地来到金喜的家里，她看到屋檐下坐着的金喜时眼泪随即滚滚而下。她烧了一锅锅的水，替袁春梅和包子洗澡。然后，她让金喜也洗了一个澡。金喜身上散发出难闻的臭味，他把自己洗了无数次，整整洗了半天，才穿上干净的衣裳。金喜觉得自己的骨头已经散架，他看到袁春梅和包子干干净净地坐在房间里的时候，疲惫地笑了。他说，我以为他们会把我们打死，可是我们竟然还活着。袁春梅也笑了，说，我们是打不死的。

邬小漫是被李大胆叫走的。李大胆大概是猜到了邬小漫会在金喜家里，他踢开了院门，在天井里用充满敌意的目光盯着屋檐下的金喜看了好久。金喜本来想打一声招呼的，但是他吹了一声悠长的呼哨，这声呼哨把金喜自己也吓了一跳。金喜说，老同学，别来无恙。

李大胆根本就没有去理会金喜。他拉起邬小漫的手迅速向外走去。金喜看到邬小漫离去的时候，用无助的目光回望了他一眼。而且在走出院门的时候，邬小漫的另一只手抓着门框，但是她很快松开了手。这个景象在金喜的脑海里稍纵即逝。袁春梅也看到了邬小漫这个细微的动作。她看了看金喜说，金喜，你其实挺有女人缘的。

第三十四章

金喜就说，我连半个女人都没有。

金喜的话让袁春梅感到尴尬和内疚，她的脸不由得红了一下。

这天晚上金喜去了圣彼得堂。他一直都没有睡着，所以他想不如去圣彼得堂看看。他是蹬着脚踏车去的，这时候都快天亮了，月亮在乳白色的天幕中，呈现出淡淡的一圈影子，像一只白铁脸盆。金喜把脚踏车在圣彼得堂门口宽广的空地上支起停车架，然后他就坐在冰凉的石阶上。他觉得这时候的空气十分新鲜，早晨就在不远处了，很快就会向他掩盖过来。金喜不知道自己是来干什么的，他的头上还在疼痛，他的骨头还在疼痛，但是他十分地享受这种疼痛。他想可能是很久都没有痛的原因，所以让他迷恋这种特别的感觉。

金喜在石砌的台阶上坐了很久，主要是回想了一下他在淞沪会战的时候，在圣彼得堂度过的时光。他坐的地方，就是当初金水离去的地方。他还能想象金水脖子上那道深深的切口，血迹被擦去，只留下细微的血痂。他依然记得荒凉地落在金水额头边的一张黄纸，纸上写着几个字散发出淡淡的墨香：杀尽汉奸。

教堂的门在沉重的吱呀声中打开了，一个高个子德国人用仅有的一只手拎着一只半新的皮箱走了出来。他是饶神父，他要去赶民生公司开往香港的船，然后转道去法国。他看到了像一尊雕像一样一动不动的金喜，就叹了一口气，走到金喜的身边放下皮箱，用他宽大的手掌罩在金喜漆黑的头发上。

饶神父说，我不能再陪你翻跟斗了。

金喜一言不发。

饶神父又说，只要你还能翻得动跟斗，你就不会输。

金喜仍然一言不发。

饶神父接着说，在我的房间里留下了一台无线电收音机，送给你吧。你可以自己去取。我就要去法国了，再见，亲爱的金喜。

金喜只看到一个外国男人的背影，高大，宽厚，一只空荡荡的衣袖随风飘荡。饶神父拎着皮箱迈开大步一直向前走着，后来他听到了一声沉重的声音，原来是好久都没有翻跟斗的金喜，重重地摔倒在地上的声音。金喜用身体一次次敲击着地面，最后一次他稳稳地立住了。他露出雪白的牙齿，对着饶神父的背影笑了。饶神父却一直没有回头，所以金喜就根本看不见饶神父脸上滑下的眼泪。

圣彼得堂门口的路灯灭了，金喜就知道天色大亮。这一天他进入了饶神父的房间，搬走了那台无线电收音机。然后他在自己家的院子里和那只叫阿黄的猫说话。

金喜说，阿黄，从现在开始你的名字叫小饶，你是饶神父的儿子。

阿黄仍然一言不发。

2

金喜每天早上蹬着脚踏车去买菜。他为袁春梅开出了一张菜单，他十分清楚袁春梅在这个时间段内需要营养。路过菜场门口电线杆的时候，他一点也不愿意走过去看那上面的广告，因为他对那些广告充满了失望，失望多了就变为憎恨。

但是在某一天，金喜鬼差神使地走到了那根木头电线杆的身边。他在广告中仔细地搜寻着异体字。果然在一张成衣铺的广告中，金喜看到了一行异体字：注意隐藏，听候指令，不能暴露身份，找可以保护你的人。木匠。

那天金喜一直在厨房里忙碌着，一边做菜一边想着谁是可以保护自己的人。他突然想到了很久都没有见到的国良，保护他的人，一定就是这位当初军统的锄奸队员。汪精卫政府早就解体了，日本人夹着尾巴溜了，国民党浮出了水面，在军中履职的国良当然要开始风光了。

但是金喜一点也不想去找国良，他总是觉得国良虽然是自己的姐夫，但是他对国良充满了陌生。国良杀死了金水，尽管也算是一次正

第三十四章

义的锄奸,但是金喜的心里放不下。就像金水当初除去武三春一样,金喜同样地放不下。所以金喜放弃了去找国良的念头,他想要找的其实是木匠。他在想,为什么"木匠"不想办法来证明自己不是汉奸?为什么那个"丰记"米行没有来帮助自己一把?

很多年以后,金喜才会明白"木匠"有"木匠"的安排,"丰记"米行也不是不肯帮他这个忙。实际上金喜像浮在大海上的一只瓶子,没有人去改变他漂浮的方向。但是"木匠"知道,这只墨绿色的木讷的瓶子会漂到哪儿去。

3

金喜一直没有去找国良。他突然之间开始喜欢往本草堂跑,不知道什么原因,他变得喜欢和梅先生攀谈。对于梅先生来说,这是一件令人高兴的事体。很多时候金喜望着那些药屉发呆,他认为那每一只药屉里都深藏着一个民间故事。金山穿着长衫,温文地坐在里间的办公室里,他更多的时间是在翻看着报纸。偶尔他会把金喜叫到办公室,两个人有一搭没一搭地聊天。金山是金喜同父异母的哥哥,这让金喜觉得两人之间的关系有点儿怪异,他觉得金山像是自己的表哥。在他的眼里,金山仿佛在一天天苍老,因为他的鬓角有了些微的白发,眼袋越来越重,而且经常是黑眼圈的。

金喜一直没有去找国良,但是有一天国良回来了。国良回家是来取一样东西的,那天他把一辆美式的吉普车停在离家很远的苏州河边上。他没有穿呢制军装,仍然穿着一袭黑色的风衣。他打开院门的时候,刚好看到金喜和袁春梅还有包子站在天井里。他猜不透这三个人在干什么,因为他们一言不发。国良想不通的是,一家三口怎么可以站在一起却一言不发?他们看着国良上了楼梯,进了二楼的房间。

国良要带走的东西是很简单的,那是他和向金美的结婚照片。他把镜框拿在手里的时候,发现那镜框上没有一丝灰尘。他想,如果

向延安

不是金喜在擦，那一定就是袁春梅在擦，金山是不可能做这样的事体的。

国良拿着相框下了楼。走到天井的时候，他站在金喜的面前笑了。这时候金喜才近距离地看到国良的五官，国良的眉毛十分挺拔，是那种很浓重的黑。鼻梁高挺，眼睛大大的，胡子刮得青青的，很有男人的质感。金喜开始为向金美感到惋惜，他觉得有才无貌且是话痨的向金美离开了国良，实在是太不明智的一件事。

金喜的脑子里胡乱地想着这些，这样的思绪像是苏州河中的水草一样纷乱。国良的思路却十分清晰，他看了金喜很久以后才笑着说，想不想跟我混口饭吃？他说话的时候露出一口整齐的白牙。

金喜的脸上随即浮起笑容，他重重地点了一下头说，我不好意思来找你。

金喜坐上美式吉普的时候，表现出了比当年坐金水的别克车更大的欢乐。他认为美式吉普车才是一种雄性的车，比如说，别克是一匹马的话，美式吉普就是一头老虎。两者之间，金喜喜欢老虎。

美式吉普开进了北四川路上的淞沪警备司令部。国良是军统驻扎在司令部中的人员，更多的任务是监管军中高层军官的动向。他把金喜安排在后勤处供职，主要是让他管理伙房。在国良的安排下，袁春梅进了一家叫作雅培的小学当国文教员，包子也开始在雅培小学上学。在国良的料理下，金喜一家似乎一切都一下子正常起来。在国良一年四季都拉着厚重窗帘的办公室里，金喜正式地向国良道谢了。他略微地弯了一下腰说，姐夫。

国良就坐在办公桌前的椅子上，一盏台灯斜切的光线，把国良的脸一分为二。他点了一支烟，所以金喜可以清晰地看到的部分，是国良唇形很好的嘴巴，和嘴上的一支烟，以及那在灯光中袅袅娜娜的烟雾。国良的声音虚无缥缈地响了起来：你不用叫我姐夫了，我和你姐离了婚。

后来金喜才知道，向金美在延安已经是著名的诗人，而且写下了许多的好诗和好歌。

金喜的脑海里，就再一次浮起了延安的一座宝塔。

那天国良告诉了金喜一件重要的事，全面内战又开始了。

4

金喜不知道这时候的罗家英已经到了延安。抗战胜利后不久，罗家英就离开了上海。而李大胆等同学仍被海叔留了下来，在上海进行地下工作。金喜不知道的事体还有很多，他和同学们之间实在太远了。他不知道罗家英在延安还碰到了一个久违的人，那天罗家英刚巧经过一个窑洞，在窑洞门口的空地上，她看到了直扑下来的阳光，这让她不由得眯起了眼睛。后来她笑了，因为她眯着眼睛看到了一个瘦削却又精干的年轻人，他穿着军装正在打拍子指挥一批学员唱歌。他就是方文山。

第三十五章

1

袁春梅在玛丽雅医院生下一个儿子的时候，已经是1946年温暖的春天。金喜在产房外的走廊上，像一个傻瓜一样整整地候了一天。无所事事的时候，他就坐在走廊的窗口望着楼下的草地和人群。他在想袁春梅生下的一个小人，会是怎么样的一个人？如果是缺一只手或一只眼睛，那是一件多么悲惨的事体。金喜的心情就如此地忐忑不安着。后来产房的门打开了，一名护士抱着包着蜡烛包的孩子出来，交到了金喜的手中说，是个儿子。

金喜就愣愣地接过这个其实并不属于他的儿子。他看着那小得可怜，像一堆红色肉球的孩子，粉嘟嘟如一只小老鼠一般。然后一辆推车被推了出来，袁春梅的脸上盛开着疲惫的笑容。金喜就说，你胜利了。

金喜那天把孩子放在了病床上袁春梅的边上，他自告奋勇地为儿子取了一个名字，取他的姓和袁春梅的一个字，儿子取名向春生。

那天晚上在漆黑的夜里，金喜躺在靠墙的一张长椅上，红着一双眼睛没有睡着。春风沉醉的夜晚，金喜觉得自己的身体里长出了许多小麦芽，这些麦芽正在快速地呼啸地生长着，很快地长成了一片麦

第三十五章

田。金喜觉得那些绿色的招摇的小麦全都是自己的孩子。就在他迷迷糊糊地将要沉沉睡过去时,他听到了春风里一只猫的叫声。那显然不是原来叫阿黄后来叫小饶的那只猫发出的声音,因为小饶是一个哑巴。他还迷迷糊糊地听到了袁春梅的声音,袁春梅说,你为什么不问孩子的父亲是谁?

金喜很快打起了呼噜。在暗淡的夜色中,袁春梅看到他缩在躺椅上睡成了婴儿的形状。好些年过去了,金喜还是一个没有经历过床笫之欢的小伙子,这不由得让袁春梅的心里升起一种歉疚。

袁春梅知道,金喜一定没有睡着。他故意发出巨大的呼噜声,让这个春天的夜晚充满了睡意。

向春生满月的时候,金山送来了一块金锁片。那天金喜下厨,金山就一直抱着孩子哄孩子,他把向春生抱到客厅里向伯贤的遗像前时,抬头望了一眼深不可测的向伯贤,突然流下了一滴眼泪。他说,爸,咱们向家有后了。

这天晚上。袁春梅抱着向春生早早睡了,包子睡在了另一张小床上,金山酒足饭饱后回了本草堂,只留下金喜一个人喝酒。金喜开了留声机,听了一个晚上的京剧。到天蒙蒙亮的时候,他把最后一盏酒倒入自己的喉咙中。

然后他软软地瘫倒在地上,像一堆春天里最稠润的烂泥。他醉了。

2

很多时候,警备司令部伙房会同时打开六个小窗,六个小窗里就有六个伙夫给窗外的人打菜打饭。金喜就站在这六个人的后面,像一个日本纱厂里的监工一样反背着双手。他总是脸无表情的,那是因为他不知道该用哪一种表情来面对这些不像是他同事的同事。但是在司令部里供职的同事们,却会认为这个叫金喜的管后勤的人比较难弄,

向延安

因为他的脸是青的。

那天中午金喜站在伙房里，破天荒地看到了久违的罗家英。罗家英留着齐耳的短发，穿得十分朴素，明显地比以前瘦了很多。如果不是仔细地辨认，金喜肯定是认不出罗家英了。罗家英排队排到窗口的时候，金喜快步走到窗前推开那名穿着白衣裳的伙夫，亲自给罗家英打了一碗酱烧排骨。他把排骨端给罗家英的时候，就那么久久地像要望穿她似的凝望着她。但是罗家英像不认识他一般，付了代金的菜券就匆匆走了。她走路的姿势很夸张，像一只择路而逃的小鹿。

后来金喜才知道罗家英现在的名字叫罗英，在稽查六处当书记员。

那天晚上金喜回家的时候，不停地搓着手在屋子里来回踱步，像一个不知所措的小孩子。金喜的每一个细节，都已经不能逃过袁春梅的眼睛了。袁春梅正在专心地为向春生喂奶，她说，发生什么事了？

金喜说，她又回到上海了。

袁春梅迟疑了好久才说，可惜她把你当成了汉奸。

金喜说，你又不知道我在说谁。

袁春梅说，我还能不知道你在说谁？

那天当金喜躺在床上辗转反侧的时候，袁春梅盯着天花板说，你去找她吧。你应该去找她。

金喜第二天就去找她了。金喜去找罗家英倒并不是因为袁春梅鼓励他去找，而是因为他觉得他应该去找。他走进罗家英的办公室，看到罗家英背后的办公书架上放着一只安琪儿的石膏像和一只电熨斗。办公室内除了罗家英，刚好没有其他人，只有几个空着的位置。金喜望着那尊石膏像说，罗家英，你就像是安琪儿。

罗家英没有理会他，继续抄写着公文。金喜拖了一张椅子坐了下来，他坐在罗家英的对面，认真地看着她。罗家英瘦了，原来的那层稚气也已经脱去，她变得冷静平和，仿佛比金喜年长了好多。她一直没有和金喜说一句话。金喜就叹了一口气，然后小心翼翼地把椅子放归原处，向门口走去。

金喜走到那挂着"稽查六处"四个字的门边时，罗家英的声音追了出来，她说不要叫我罗家英，叫我罗英。

金喜说，为什么？

罗家英说，家都没有了，还怎么家英？

金喜就说，我明白了，你不仅叫罗英，而且我还不认识你。

3

罗家英从延安悄悄潜回上海。第一次看到金喜的时候是在去伙房打菜的时候，她根本就没有想到会碰到金喜。其实她早就看到了伙房里站了一个人，但是她没有心思去看清一个伙夫。直到这个伙夫动作夸张地走过来，顶替了那个打菜的人，为她打上了一盘酱烧排骨的时候，她才知道在秋田公司当大厨的汉奸金喜，又阴魂不散地出现在她的面前。

她并没有感到多少的害怕，是因为她知道金喜不会对自己构成的威胁。她也十分清楚金喜的心里其实一直有着她。但是她对金喜已经没有一点感觉，一是因为金喜不争气地当上了汉奸，二是因为程浩男的牺牲在她的心里烙下了阴影。她觉得自己是在替程浩男活下去，或者说她永远都是程浩男的人。她为程浩男生下了孩子，并且寄养在奶妈的家里。就像她和同学们一起演话剧《天色微明》一样，她觉得天就快亮了。天亮的时候，她一定会把孩子接到自己的身边。

罗家英是通过一层特定的关系进入稽查六处的。她的处长是一个油头粉面的家伙。处长有一个十分女性化的名字周柳枝。周柳枝的皮肤保养得很好，他有五十多岁了，但是看上去只有四十多岁。很多时候因为工作的需要，他可以穿着便服上班。那样的时候他会在脖子上系上一块丝巾。他的腰身也十分纤细，走路的时候悄无声息，尽管这些十分阴柔的东西，影响到他作为一名男子汉的形象，但是他仍然不

向延安

失为一名细心的情报工作者。他十分细心，细心到任何人碰过他的东西他都能敏感地知道。哪怕你多看他一眼，他也会发现你的目光已经掠过了他的身体。

那天周柳枝让罗家英抄一份情报。这是一项国军某飞行大队训练和进攻计划的情报。罗家英的字是周柳枝所欣赏的，周柳枝本人的字也写得十分地漂亮。抄完以后，周柳枝会把情报原件锁进保险柜，复本会送到警备司令部的作战会议上。如果罗家英要向外传送情报，只有两种方式：一种是多抄一份情报；一种是用微型的德国产照相机把内容拍下来。

罗家英没有可能把照相机带进司令部，就算能带进来，被发现的风险和为之付出的代价都会让罗家英却步。罗家英学过速记，所以最好的方法是抄一份再速记一份，但这就需要相对的时间。周柳枝这种心思缜密的人，基本上能算准抄一份情报资料所需要的时间。

罗家英没有任何办法，她只有孤注一掷。但是那天金喜破天荒地又来她办公室，像一个傻瓜一样拉过椅子坐着。罗家英突然觉得金喜是这个世界上她最不愿意见到的人，金喜令她几乎寸步难行。但是接下来的事体却罗家英松了口气。金喜说，周处长，我有二十年陈酿的绍兴酒，还有从崇明带回来的青鱼干，今天又是一个适合喝酒的落雨日脚，周处长，你觉得有没有必要咱们兄弟俩喝一杯？

兄弟俩果然一起去金喜的后勤处喝酒了。金喜喝醉了，但是周柳枝没有醉，他是一个永远也不会醉的人。就在他算准了时间要起身的时候，他突然看到金喜正在流泪。

那个漫长的雨天，周柳枝被金喜多留了十分钟。在这十分钟的时间里，周柳枝一边听着敞开的门窗外传来的雨声，一边弄明白了一件事体。这件事是金喜怀疑自己儿子向春生不是自己亲自下的种。这当然是一件令天下男人都会纠结与痛苦的事，所以金喜才会喝醉了，才会拖往周柳枝想要倾诉。落雨的日脚终归是有些凉意的，偶有一些斜雨被从窗口送进来，这让本就单薄如柳枝的周柳枝抱紧了自己的身

第三十五章

子。他眼睛的余光看到了金喜醉趴在桌子上,他看了一下表,已经过去十一分钟了。于是他起身替金喜盖上了军外套,然后他快步回到稽查六处。

六处那天仍然没有人。只有一个叫罗英的人,她将情报原件和抄好的情报压在自己的脸下,趴在办公桌上睡着了。她的睫毛很长,脸上又有着细密的绒毛,更重要的是她的鼻梁是笔挺的,嘴唇上的唇彩像一抹嫣红,鼻下的人中也十分立体。所以周柳枝久久地看着她的脸,并且认为把抄好的情报压在自己的脸下面睡觉,是一种最保险的做法。

最后周柳枝还是摇醒了罗家英,他仍然十分专注地看着罗家英的脸。他说,你买的是哪只牌子的口红?

罗家英清楚,金喜是在无意中帮了她。但是那天金喜确实就把自己灌醉了,在周柳枝走了以后,金喜把自己吐得翻江倒海。他感到了胃痛,他的手在胃部撕扯着的时候,摸到了那只来自东洋的羊皮护胃包。这样的触碰让他在顷刻之间就想到了秋田幸子。罗家英的眼泪又流了下来,他想秋田幸子在象泻町过得好不好。

那天晚上,是国良让人把金喜送回苏州河边的家中的。看到金喜在后勤处烂醉如泥的样子,国良的眉头就皱了起来。尽管他也是喝酒的,他只喝那种叫作杰克丹尼的美国洋酒,但是他从来不会像金喜这样喝醉。特工需要时时保持清醒的头脑,如果喝醉了,那这个特工就会在分分秒秒遇到杀身之祸。

金喜是被两名同事安置在屋檐下的一把椅子上的,袁春梅正好抱着向春生站在屋檐下。她一点也不清楚金喜肉麻当有趣地把向春生不像自己这件事向周柳枝公布了一下,也不清楚金喜怎么会突然醉去的。后来她把孩子放回到床上,然后细心地服侍金喜,将金喜的呕吐物洗得干干净净。袁春梅知道罗家英已经进入稽查六处,她也清楚罗家英必定是带着任务来的。但是罗家英和金喜一定是两个情报机构,有两条不同的情报线。金喜的大醉,会不会又和罗家英有一定的

向延安

关系？

第二天清晨金喜起来的时候，看到餐桌上的托盘上放着一碗粥、一根油条和半客小笼包子。金喜觉得袁春梅真是太好了。然后金喜又看到了一张纸条，那张纸条上写着：等胜利了，你一定要娶她。

就在这一刻，金喜突然之间觉得有点儿百感交集。他开始等待胜利。

4

程浩男乘坐的那辆篷布吉普车驶进警备司令部大院的时候，抬头环视了一下四周林立的高楼。大院就像一口井的井底，抬头能看到一小片瓦蓝的天空。他的右脚先从副驾驶室跨了下来，脚上蹬着乌亮的皮鞋。皮鞋落地的时候，他用上海话说了一句，赤那，我回来了。

这时候金喜正在罗家英的办公室里研究着那尊安琪尔的雕像和那只电熨斗。研究这些是他一次次进入稽查六处的借口，这让国良也很不开心。有一天把他拉到一边说，你不要给我动花心思。你要是动花心思，我把你一脚踢进黄浦江。不相信你可以试试。

金喜说，我不花的。

国良说，你花不花不由你说了算，得由我说了算。

金喜就不再说什么，他看到国良走出了稽查六处，又看到罗家英掩着嘴巴轻轻笑了一下，他的心里就翻滚起一阵阵的甜蜜。然后金喜走出了稽查六处，走到门口的时候金喜说，罗家英，有人说要我娶你！

罗家英仍然头也不回地抄写着一份情报。她只说了两个字：做梦！

金喜讨了个没趣，他走向院中操场的时候，赫然看到了英姿勃发的程浩男。程浩男挺拔匀称的身材包裹在呢制军官服里，显得英气逼人。他的右手搭在小腹，那儿是一只皮质的手枪套，当然手枪套里面

第三十五章

肯定就是一把手枪。程浩男也看到了金喜，但是没有一下子认出来。金喜的形象和当年的小财主已经相去甚远，他的头发就软软地像鸭屁股一样耷拉在脑门上，胡子参差不齐，一定是很久没有整理。金喜穿着一套没有来得及换上肩章的军服，软塌塌的像一只瘪掉的麻袋。金喜无疑就是那只麻袋里一只毫无生机的番薯。

程浩男笑了，他挺直腰身大步地走到了金喜的面前说，你是向金喜吧？

金喜说，我不像向金喜吗？

程浩男说，你在这儿干什么？

金喜说，我在这儿管大大小小十七个伙夫。

程浩男的手就搭在了金喜的肩上。他笑了，几年过去了，向金喜从一名药店的少东家成长为管十七个伙夫的警备司令部后勤处的管理人员。而程浩男因为侦听技术的出类拔萃，刚刚晋升为少校。

金喜后来不知道程浩男说了一些什么。程浩男一直站在大院里边绕着金喜打转边不停地说话，然后他走向了楼道。他的步子迈得从容而且笃定，踌躇满志的样子。金喜没有听清程浩男说了一些什么，是因为他在想两个问题：一个问题是，程浩男不是牺牲了吗？为什么反而成了一名少校？另一个问题是，老天爷最后还是把他和罗家英还有程浩男又牵在了一起。

那天程浩男走进刚刚分配给他的办公室，他把军帽摘下来挂在墙钉上，然后他为自己泡了一壶茶。顺着三楼的窗口看出去，可以看到北四川路上并不闹猛的街面。几棵树显得十分萧索地站在路边，像金喜一样毫无生机。但是程浩男还是觉得一切都充满了希望，日本人灰溜溜地走了，国军和共军又开战了，接下来出不了几年，这中国就又是国民党的天下。

程浩男走到北窗的时候，看到了司令部大院子里，仍然站着那个叫金喜的同学。程浩男就想，金喜这几年一定混得不怎么好，在他的心里几乎就把金喜随意地抹去了。金喜的存在和不存在，和程浩男的

向延安

关系已经不大。

那天下午程浩男睡了一个时间充裕的午觉，醒来后他又顺便回忆了一下自己这几年的人生历程。当年他和十来名同学一起行进在去延安的路上，这其中包括每天晚上都要朗诵一次诗歌的向金美。他们的行走路线上充满了笑声，那是因为他们年轻，有一座宝塔在等待着他们。但是有一天他们遇到了国军的军队，一个只有排长那么大的小军官带着一个排的人马在马面坡拦截了他们。那时候他们已经进入西安地境，同学们在野地里四散逃开，在一座光秃秃的山前，程浩男和四名男同学一起被国军的士兵团团围住。排长什么也没有说，走到了他们面前。他抡起手掌先给了每个人一记响亮的耳光。看上去他顶多只有二十挂零，貌似成熟的脸上仍然有几分随意外露的稚气。

这时候国军和共军已经闹起了矛盾。当大批的学生拥向延安的时候，国民党开始感到了恐慌，他们突然意识到这是一大批知识分子的流失，然后他们开始像日本人拦截去延安的学生一样，设卡拦截，有时候甚至虚设假的八路军接待站。一批批学生被接走，有些被投监或者枪毙，有些从此走上了另一条道路。

国民党其实也需要在军中出现大量的知识分子。程浩男就是这样一位知识分子。那天傍晚他们被分别带进几间黑屋，然后白亮的灯光亮了，就投在他的脸上。一个面色惨白的中年男人走了进来，他说话的口气十分冷，好像冬天的天气里你一眼就能望见的那种倒挂屋檐的冰凌。他向程浩男打听去延安学生的情况，后来他显然有些不耐烦了，对身边的一名卫兵说，先让他看看。

后来程浩男才知道"让他看看"是什么意思。另一盏灯点亮了，灯光投在一个被反绑双手的女人身上。这个女人应该还是名学生，看不出长得怎么样是因为她的整张脸都肿了，而且脸上裂开了一道道的血口子。她的下巴被一只大铁钩从颌下钩穿，然后整个人就那样挂在从天花板垂下的铁链上。这样的悬挂方法，让她的双脚只有脚趾着地，弄得她嘴巴里、脖子上乱七八糟的到处是血。她凄惨地往后仰着

第三十五章

头，下巴尖奇怪地成了整个人的最高点。从程浩男的角度看过去，她浑身是血，看上去像一只巨大的血色的茄子。

另一个嘴上刚长出绒毛的新兵表情木然地坐在她的身前，他的身边是一只小煤炉，煤炉正冒着红红的火焰。一根根烧红的铁条架在煤炉上。然后那名新兵随便地用铁夹夹起一根烧红的铁条按在那名女学生的身上，那女学生就会像蛇一样地扭动一下身子。在"嗤"的声音中，程浩男闻到了皮肤的焦味。那些在白亮灯光下泛起的青烟，让程浩男感到自己的骨头凉了。那名表情木然的，看上去有些呆傻的新兵又夹起另一根烧红的铁条，按在那名女学生的小腹上。他很像是一名正在厂房里上班的工人，机械地将烧红的铁条一次次地按在女学生的身体各处。他大概是见惯了受刑的人，所以他麻木了，连他的目光都显得那么木然和无力，毫无生机。那名女学生因为嘴中插着锋利的铁钩而不太喊叫得出来，她每次都只是从嗓子的最深处，发出一声惨痛不堪的呜咽。这样的呜咽来自身体的最深处，或者这种声音只是身体的一种反弹而已。

那天程浩男浑身的衣服全部被汗水给湿透了，他觉得自己的额头上也全是冷汗，有些黏糊糊的感觉。后来他没有再见过其他的四名同学，他们的下落成了一个谜，而更多的可能性是他们已经成了一具具白骨，浅浅地埋在某处布满荒草的地皮下。那天晚上，面色惨白的中年人带着两名士兵走出了黑屋子，只留下两盏开着的灯。他们不再理会程浩男，所以程浩男的整个夜晚是和这个看上去已经半死不活的女学生一起度过的。女学生的身体像一条鱼干一样被挂在天花板上，或者说她像是一枚钟摆一样轻轻摆动。当女学生的目光和程浩男的目光相撞的时候，她笑了一下。程浩男能看出女学生目光中的笑意。然后女学生就疲惫地闭起了眼睛。

在午夜来临以前，程浩男一直在想着罗家英。他想要活下去，并且娶罗家英为妻。他甚至觉得，去延安实在是一件没有意义的事。如果他是一个小生意人，那么和罗家英一起生几个孩子，过与世无争的

向延安

生活，那是多么惬意的一件事体。他开始憎恨金喜，如果金喜那天上了船，他程浩男就不用上船了。他也开始憎恨海叔，如果不是海叔的一再坚持，他程浩男也不用上船。那时候他的信念只有一个：我要活下去。

当午夜来临的时候，那名女学生突然开始哼歌。女学生哼的是一首程浩男怎么都听不清楚的家乡歌曲。因为下巴被铁钩子穿过，所以她发出的音节，基本上是含混不清的。在天亮以前，那名女学生的声音渐渐轻了下去，最后声音消失了。

当铁门再次打开的时候，程浩男对那名走进来的中年男人说，请给我松绑。

中年男人笑了。他没有理会程浩男，而是走到了女学生的身边。他托起女学生的下巴仔细地研究了一会儿，然后对跟进来的两名士兵说，埋了。

女学生被拖了出去。因为她的身体被拖动，在地上留下了一长串的血迹。程浩男长长地吁了一口气，灯光把他的身影打在地上。他对自己的影子说，我是上海华光无线电学校的。

程浩男很快就去了重庆。在那座山的城市里，他和一些年轻人一起接受了特工培训。然后他们全都成了戴笠戴老板手下的侦听人员。戴笠并不认识他们，但是他们全认识戴笠。他们知道的戴笠深居简出，总是坐在一盏灯的光线下，那光线只投在他胸部以下的部位，所以很少能看到他的脸。程浩男想，一个连脸也没有的人，不知道该有多么可怕。

那天程浩男一直在回忆中度过下午漫长的光阴。在黄昏来临以前，在夕阳淡淡的红光投进木窗以前，他又重复了一句，赤那，我回来了。

| 第三十五章 |

5

在金喜的眼里，程浩男的工作十分忙碌，他和几名意气风发的青年军官经常关在一间密闭的黑屋子里。金喜认为这些军官简直有了老鼠的习性。他们被集体调往上海，是专门来淞沪警备司令部负责侦听工作的。司令部因此在程浩男的牵头下，成立了一个"密电监译所"，和侦察大队一起受辖于军统。这个监译所除了专门监视和侦破在军队内部秘密发报的办公室外，还执行军统的其他特工任务。他们制造了一种小型的收发机，除了电池和耳机以外，不超过冰棍那么大。程浩男就是这个组织的骨干分子。

有一天程浩男走进了罗家英的办公室。他不明白罗家英为什么叫了罗英，也不知道自从他踏上去延安之路以后，那么漫长的日脚里她在干一些什么。他只知道在他去延安之前，罗家英是一个激进青年，经常活跃在海叔的周围，像一只忘乎所以的春天的青蛙，年轻，有激情。海叔可以确定是共产党人，但是李大胆、邬小漫、黄胖和陆雅芳在经过了数年后，是不是被发展成为共产党的地下交通员，程浩男捉摸不透。程浩男的下一步计划是，他要把这些谜团一一解开。

程浩男走进稽查六处，他拉过一张椅子坐了下来，然后一直盯着罗家英看着。罗家英抬起了头，她朝程浩男笑了一下。这个陌生却又不失礼貌的笑容，让程浩男的心底升起无尽的悲哀。那天金喜捧着一只茶缸，穿着软塌塌的不修边幅的军装也晃荡着进了稽查六处，他没有和程浩男、罗家英打招呼，像一个无所事事的看客。后来他索性就翻起了报纸，在周柳枝走进稽查六处的门以前，他差不多翻完了最近一个月的报纸。

程浩男说，你为什么要把罗家英叫成罗英？

罗家英说，因为家没有了。

程浩男想再问一些什么，但是他不知道该怎么问。他想到有一个问题是对自己十分重要的，所以他问，你成家了吗？

向延安

　　罗家英说，成了。

　　程浩男问，他是干什么的？

　　罗家英说，做小生意的。

　　程浩男说，是大生意吧？

　　罗家英说，这世道，小生意能做下去就算不错了。

　　最后程浩男说，海叔好吧？

　　罗家英说，我好多年没有和他联系，不知道他好不好。

　　程浩男说，那我一定会帮你找到他。

　　程浩男说完就起身离去，他差点和刚刚进门的稽查六处处长周柳枝撞了个满怀。周柳枝抬头看了程浩男一眼，他的眼里突然闪过一丝亮光。而程浩男头也不回地走了，他离开六处的时候皱了一下眉头，是因为他闻到了周柳枝身上十分浓重的香水气息。而且就在他眼光闪过的一瞬间，他发现了周柳枝的眉毛是修过的，脸上还薄施了一些粉，这些粉艰难地盖住了周柳枝下巴上理得光光的胡子。程浩男想，这个男人一定是个大胡子。这让程浩男有些反胃，他离开的时候，觉得后背好像热了一下，他就断定周柳枝的目光一定投在了自己的身上。

　　周柳枝十分委婉地向罗家英打听，这个人是谁？

　　罗家英埋着头没有回答，是金喜替她回答的。金喜看着罗家英埋头的样子，她的黑色头发几乎盖住了整张脸，只能看到她黑色的头顶，这是金喜喜欢的状态。金喜一边看着罗家英，一边对周柳枝说这是新来的密电监译所的所长程浩男。周柳枝的眼里随即荡漾起一丝异样的波纹，金喜清楚地看到周柳枝的眼前升腾起一层薄雾。

　　罗家英的心里起了巨大的波澜，那个她自豪地向金喜宣布已经牺牲的程浩男并不是牺牲了，而是成了一名英俊的叛徒。她首先想到的是，程浩男一定会在上海寻找海叔。罗家英一边埋着头看文件，一边在梳理着刚才她和程浩男的对话。她说有了丈夫，是为了不想让程浩男继续纠缠。那么她必须马上让组织帮她制造一份结婚相关的材料，

第三十五章

因为对于程浩男来说，查一个人的档案十分简单。她仔细地梳理着刚才说的那些话，生怕说错了话让程浩男的内心产生疑问。

其实就算罗家英说得滴水不漏，程浩男还是有疑问的。那天程浩男慢条斯理地哼着曲子走向了自己的密电监译所，他把厚重的铁门关上，然后就坐在办公桌前一堆黑色的阴影中抽烟。他的脚搁在办公桌上，这是一种最让人放松的坐姿。然后他的眼前就浮起了一堆烟，在那些袅娜的烟中他看到了一个四十多岁的中年男人，他的眼睛不大，胡子拉碴，一张脸永远透着酒足饭饱的红润，叼着烟，有时候会大声地说笑话。他是海叔。

程浩男在这间黑房子里一直在梳理着两件事：一件是海叔去了哪儿？李大胆、邬小漫这批同学们去了哪儿？另一件是罗家英这几年究竟在干什么？金喜这个混混，跟着姐夫在国军内部混饭吃十分正常，但是罗家英这个激进分子在几年后进入国军内部，这里面是有问题的。

程浩男后来在办公桌前趴着睡了一会儿，他做了一个梦，梦见那个下巴被铁钩钩起来的女学生血淋淋地站在他的面前，告诉她自己也是想去延安的。她不停地用一把断了齿的木梳梳着头发，后来她说，程浩男，你简直连一个女人都不如。

程浩男问，你怎么知道我的名字？

女学生说，你想要别人不知道，是做不到的。

程浩男醒来的时候，发了很长时间的呆。他突然觉得自己的身体有些虚弱，他想，大概是累了吧。

第三十六章

1

程浩男去稽查六处的次数明显地开始增多。程浩男的来访很受周柳枝的欢迎,他是一个电影迷,所以他的很多话题是昨晚的电影。他和程浩男的对话总是以"昨天夜里厢我去看了一场电影……"开头,但是程浩男对他的话题一点也没有兴趣。终于有一天程浩男说,我不看电影的。

周柳枝愣了一下说,那你喜欢干什么?

程浩男说,我喜欢演电影。

罗家英那时候正在打印一份需要下发的文件,这时候她的心湖里又漾起了一丝丝的波纹。不管怎么说,程浩男的脑子和语言都是犀利的,所以说肯定不是一个俗人。程浩男不时地送花给罗家英,有时候也约她去"海上花"喝咖啡。罗家英一般会拒绝,她说我是有老公的人,需要注意影响。但是偶尔她也会答应他,因为罗家英知道,过分拒绝程浩男,一是会引起他的怀疑,二是会让程浩男对自己的工作不利。

罗家英一边催着组织尽快给她做好结婚档案,一边和程浩男周旋。她对程浩男不是不爱了,是没法再有理由让她爱起来了。程浩男

第三十六章

也在同时做着两件事：一边他想要罗家英回到自己的身边；一边他让他的副手朱三尽快地侦查海叔的下落。朱三给程浩男提供的情报是，老海酒馆在一个月前关门，海叔已经不知去向。但是程浩男断定，既然是一个月前关的门，那么海叔一定还在上海。而且海叔的隐匿，或许跟自己的出现有关。如果这一条成立的话，那么罗家英的嫌疑就更大了。

那天在"海上花"喝咖啡的时候，程浩男望着窗外的飘雨，突然有了很深的感触。他定定地望着依然美丽的罗家英说，金喜这个人差不多是整个地垮了，他简直像一头猪猡。

罗家英说，不许你这样说他，他是你同学。

程浩男说，我觉得可笑的是，那么多年前，他竟然敢和我抢你。

罗家英说，你是不是很得意？

程浩男说，我不得意！这些年我一直在想你，我投了国军，也是因为想到了你，你不能没有我。要不是这样想我早就牺牲了。从我本人的角度来说我愿意牺牲，我是不怕受刑的。

程浩男说这些话的时候，他的手不由自主地伸了过去，捉住了罗家英的手。罗家英的手白净而小巧，就那么像一只惶恐不安的刚孵化的小鸭一样轻微颤抖。这时候程浩男的另一只手又伸了过去，盖住了这只小鸭。

程浩男说，这些年，睁眼是你，闭眼是你。我要你回来，回到我身边。

罗家英说，可是我有家了，他对我很好。他在宁波。

程浩男说，他不就是一个小生意人吗？他能给你多少铜钿？

罗家英说，我缺的不是铜钿。

程浩男无语了。他看到罗家英的手挣扎着退了出来，然后她掏出了一只皮夹，皮夹的夹层里，有程浩男去延安之前两个人一起去国泰照相馆拍下的照片。照片中他们显得有些拘谨，但表情中仍然难掩两个人的甜蜜。罗家英把这张照片撕碎了，撕得缓慢但是十分坚决。

很久以后,那些碎屑像一场雪花一样,从罗家英的指缝间滑落。程浩男没有阻止,是因为他知道阻止没有任何意义。他看到罗家英的眼泪流了下来,然后她调整了一下情绪,抓起自己的小包站起身来微笑着说,谢谢你的咖啡。

罗家英走出了"海上花",程浩男仍然没有阻拦,仍然是因为他觉得阻拦没有任何的意义。他听着罗家英高跟鞋敲击地面的声音,那声音一下又一下十分匀称与坚硬,全都敲在了他的心上。在二楼的窗口,他望见了从咖啡馆门里出来的罗家英,她招了一下手,一辆黄包车穿过了密密的雨阵向她冲来。

罗家英上了黄包车,黄包车瞬间就消失在雨幕中。这天的雨越下越大,程浩男就坐在咖啡馆二楼的窗口抽烟,那些飞溅进来的雨珠让程浩男感受到了些微的凉意。大街上已经没有人影了,只有偶尔驶过的有轨电车和几辆黑色的私家车,暂时地打破这幅画面的宁静。除此之外,就只有雨声,敲响1946年上海一间普通咖啡馆的窗户。

2

罗家英的夫婿从宁波坐火车赶到了上海。他穿着笔挺的西装出现在福开森路罗家英家的洋房里。那天这位姓翁的文质彬彬的夫婿,和罗家英的一些同事见了面。这里面当然是有程浩男还有周柳枝处长的。程浩男看到这位从宁波来的情敌的时候,眼神中马上闪过了稍纵即逝的敌意。

那天的气氛一直不错,罗家英的脸上漾着甜蜜的笑容,并且不时地依偎在先生的身边。同事们都轮番向夫妻俩敬酒,先生为了保护罗家英,每次都替她代喝。罗家英的脸已经喝得通红了,她就伏在先生的肩上,先生不时地用手去拍拍她的手说,下趟不准多喝。我不在上海,就让你的同事看牢你。

周柳枝的心里也十分地高兴,他翘着他的在司令部内十分著名

| 第三十六章 |

兰花指紧挨着程浩男坐着。程浩男一直在看着罗家英和她的夫婿，他突然问，家英，你家先生的生日快到了吧？

罗家英接口说，是啊，六月十二日。你怎么知道的？

程浩男说，我猜的。

就在昨天，朱三把调来的罗家英的户口本放在了程浩男的办公桌上。程浩男记住了翁先生的生日，六月十二日。

那天大家吃得喝得都十分尽兴。有几名同事还微微醉了，嚷着要去百乐门舞厅里转几个圈。这时候大家都想起了还在灶披间里忙碌的金喜，于是周柳枝提议翁先生是要去灶披间里敬一杯酒谢谢大厨金喜的。

翁先生举着两杯酒去了灶披间的时候，程浩男突然对罗家英说，家英，你先生不像个生意人，倒像个读书人。

罗家英说，那你的意思是什么？

周柳枝十分地害怕寂寞，他喜欢接上程浩男的话，于是争先恐后地说，是儒商，是儒商。

灶披间里翁先生走到了金喜的身后。金喜正在做一锅西湖莼菜汤，翁先生以为金喜没有发现他到了身后，但是金喜头也不回地说，够累的吧。

这时候罗家英也进了灶披间。她进来的时候刚好看到金喜和翁先生各举了一只酒杯要干杯。两只杯子叮地撞了一下以后，金喜说了两句话。第一句话是，祝你们白头到老。第二句话是，你一定是假的。

翁先生愣了一下，看了看罗家英。罗家英也笑了，但是什么也没有说。于是翁先生也笑了，继续和金喜碰了一下杯说，你能这样说，那你肯定差点成了真的。

3

在罗家英的眼里，金喜一直是一个安于现状的小市民。但是她不知道,有越来越多的情报从司令部传了出去。那只叫小饶的黄猫非常热爱司令部的夜晚,它会选择合适的时段,在那些黑色的瓦片或者墙头之上蹿来蹿去。它已经对上海的夜十分地熟悉并且迷恋了,当它巡行街头,轻车熟路地进出亚尔培路上的"丰记"米行时,它的内心充满着别的猫所没有的兴奋。它甚至学会了用它的骨头尖叫。

当然,罗家英从另一条线向外传递着情报。金喜基本知道罗家英的身份,但是罗家英对金喜一无所知。她甚至向躲在崇明岛上的海叔提过是不是可以发展金喜加入组织,但是海叔在思考良久以后决定放弃了。海叔说,这么些年你能知道他心里在想什么吗?

是的,罗家英不知道金喜这几年里干了什么和想了什么,那么争取他也是一件危险的事。同样的,在罗家英面前,金喜一直对自己的身份守口如瓶。他好像已经成了一个波澜不惊的人,没有事业上的追求,没有往后勤处处长的位置上爬的迹象。最多他就是喝两口小酒,然后穿着软塌塌的从不知整理的军装懒散地在司令部走来走去。

但是国良的神经开始慢慢绷紧了。不管是从哪一个渠道流出了情报,有一点是可以肯定,上海淞沪警备司令部有情报在不断地外泄。那么这颗定时炸弹埋在哪儿,国良一无所知。他有一种强烈的感觉,军统情报工作不如当年锄奸来得畅快,因为那种生活高度紧张而刺激,基本上也是选定目标再杀人。

还有什么事情比杀人还简单呢?

国良给他的手下下达了任务。在他宽敞的办公室里,几个军统特务围成一个小圈,他们都席地坐在地毯上。国良说,我们一定要挖出这颗看上去像是哑弹的手榴弹,并且把他放到城郊去引爆。

国良的助手们,对情报泄密事件的侦查并没有多少进展。他们穿着便衣骑着脚踏车,像一群荒原狼在清晨的一次集体巡行一样,从警备司令部的大门口四散地射出去,射向上海的各个角落。国良就一直坐在办公桌前等消息,偶尔他也会走到窗前看看街景,他看到萧瑟的街景心中就会涌起一阵悲凉。更多寂寞的时光里,他想念的是那个叫

第三十六章

向金美的女人，她长得并不好，但是他像走火入魔一般把她当成至亲的爱人。

有一天他经过密电监译所的时候，看到满脸通红显然是喝了好多酒的金喜，正在和监译所的副所长朱三闲聊，看上去他们聊得很投机，因为朱三竟抓起了金喜的酒壶，偶尔也会喝上一口。他们在聊的一个话题是，监译所要开始对全上海的电台进行监视，上头拨款让他们购置设备，正在程浩男的牵头下，制造一辆信号监测车。

国良提着那半瓶晃荡的杰克丹尼，阴着一张脸走进了监译所。他问，程所长呢？

长着一张懵然的大饼脸的朱三抬起头来含混地说，他又去稽查六处了，他好像是在六处上班似的。然后他对着金喜眨眨眼，比较暧昧地眯着小眼笑起来。金喜就边喝酒边盯着朱三的小眼睛看，他突然有一种想要把酒壶砸在那双眼睛上的冲动。最后金喜忍住了，他晃荡着站起身来，从国良手中接过"杰克丹尼"，旋开盖子然后把酒倒进了自己的小酒壶中。后来他把"杰克丹尼"塞还国良的手中，打了一个酒嗝又晃荡地走了。

国良久久地看着金喜的背影，他的目光无限拉长了。在他的眼里，金喜和向金美长得一点也不一样，是两个毫不相干的人。国良开始想另外一个问题：就是金喜是一个十分愿意待在屋子里发呆的人，他为什么总是在司令部晃来荡去？

国良有一天站在了金喜的身后。那天天气十分地好，几乎看不到云，只能看到白亮的日光投在司令部顶楼的露台上。金喜穿着皱巴巴的军装，用从朱三那儿借来的军用望远镜望着大街小巷。他甚至看到了一个中年的秃了头发的男人，正搂着一个略微有些发胖的女人在调情。他们的木窗没有关，所以他们的每一个细节都被金喜收在眼底。金喜的内心就充满恶意地欢叫了一声，在欢叫声中，国良站在了他的身后。

国良说，你看到了什么？

向延安

金喜没有回头，他手中望远镜的镜头在急速地移动，他当然看到了黄浦江，也看到了沙逊大厦的一角。金喜说我看到了我爹，他穿的还是那件长衫。

国良说，他在干什么？

金喜说，他在骑一辆崭新的德国产的摩托车。

国良说，你还看到了什么？

金喜说，他的后面坐着饶神父，饶神父太高大了，所以差不多把我爹的身子都挡住了。摩托车越开越远，然后扎进了一堆白晃晃的光线中，就啥也看不到了。

4

程浩男就站在国良的面前，他看着国良端端正正坐在办公桌前，好像是刚要吃西餐的样子。他的脸上布满了轻微的忧伤，身子坐得笔直，一直在玩着一支派克钢笔。好久以后他抬起头来问，听说你和我舅子是同学。

程浩男说，是啊，非常荣幸。

国良说，他是不是经常来你的办公室找你？

程浩男说，他经常找我们的朱三和小四子玩，他不太找我。我们是同学，但就像不是同学差不多。

国良笑了，你和罗家英才是真正的同学。

程浩男愣了一下，他马上明白了国良说的是什么意思，于是他笑了一下。然后他看到国良收起了笑容，他越来越觉得国良实际上很像一个老板的公子，但是他不是，他是一名军人。

国良说，池塘漏水是不可怕的，怕的是你不知道哪些小洞在漏水。而水很快就漏光了，你发现了那些小洞要用泥巴补起来。你成功地补上了小洞，才发现干旱来临了，这个水塘里的水永远都没有了。

国良边说边又抓起他的那支钢笔玩起来，好像不是在和程浩男

第三十六章

说话。这个漫长的午后他们就是这样有一搭没一搭说一些无关紧要的话题，但是程浩男在离开国良的办公室前，他啪地立正了。他对国良说，我明白你想要的是什么，请给我时间。

那天傍晚金喜下班的时候，蹬着他的脚踏车去雅培小学接回了袁春梅和包子。那天的晚餐金喜只代做了三个素淡的小菜，然后又做了一碗汤。就在他们要吃饭的时候，院门被推开了，一个瘦子穿着十分干净的长衫站在天井里。

瘦子脱下了礼帽，把礼帽抓在手中说，这房子的风水不错啊。

金喜咧开嘴笑了。那个瘦子是久违的方文山。当方文山在餐桌边坐下来时，金喜对袁春梅说，酒，拿酒。

那天晚上，金喜和方文山喝了很久，袁春梅则不断地为他们换唱片。留声机的声音显得有点儿嘶哑，那些陈旧的声音在这个暗夜里极不顺畅地流淌。其实他们没有说什么国家大事和政治，他们谈得更多的是女人。方文山仿佛什么都懂，每说几句就会说，你看，像春梅这样的女人就是好女人。

这是一个令春梅心花怒放的夜晚，金喜的心中却十分平静。因为他知道袁春梅不是他的女人，只是他的同志。

第三十七章

1

　　这是一个相同的早晨的左半部分。那天在程浩男走进稽查六处罗家英的办公室不久，金喜就去了密电监译所找朱三。朱三十分忙碌的样子，在整理一大批的资料。金喜在监译所里就觉得很无聊，他在朱三身边不停地打转，似乎是想要给朱三帮忙。

　　金喜说，程所长呢？

　　朱三暧昧地笑了，说所长去稽查六处了，他让罗小姐去打一份笔录，笔录还打个鸟啊。这不是借口嘛，嘿嘿，听说你们三人是同学？

　　金喜的脑海里就浮起了华光无线电学校的春夏秋冬，三个人那时候都是那么的青涩，他们在小饭馆里放声大笑，或者和同学们排成一排横向走在大路上。那时候多半是午夜，街上清冷，他们大声地唱歌，扔酒瓶，怒吼。他们的青春从皮肤里溢了出来，充满了整条街道。然后他们会看到零星的黄包车，或者从歌舞厅、饭店里下工的小姐。特别寒冷的雪天，他们抱成一团走在漫天飞舞的雪花中，踩着积雪高一脚，低一脚，歪歪扭扭地前行。

　　金喜这时候就有些落寞，他没有理会朱三。就在他晃荡着想要离开监译所的时候，他的眼光落在了程浩男办公桌上的一份审讯笔录

| 第三十七章 |

上。这份笔录墨迹斑斑，涂涂改改，甚至在页面上还留着淡淡的血迹。笔录上记载着共产党地下交通站一个七人小组的名单，一名刚刚叛变的叛徒把他们都招了出来。而且这七个人的名字后面，都留下了所居住的地址。

金喜的脸容看上去十分平静。他拿了一只茶杯放在办公桌上，装作给自己泡茶水的样子。他在这七人的名单中，赫然看到了李大胆的名字。而笔录的最后竟有一行签字：抓捕时间，上午十一点。国良。

这个相同的早晨的右半部分是在罗家英的办公室里，程浩男把一份复制的涂涂改改的审讯笔录交给周柳枝，他希望稽查六处能帮一下监译所的忙，打印这一份名单和简单的口供资料。

周柳枝对程浩男十分热情。他把那份名单随意地扔给了罗家英，然后他拉着程浩男坐下来喝他从福建带回来的大红袍。那天他们看上去谈得十分投机，周柳枝甚至告诉程浩男，南京路上就有一家宁波人开的老大老大的裁缝铺子，他们新进的料子不十分贵，适合做一套西服。他的眼神就那么热切地盯着程浩男，程浩男的反应淡淡的，倒是不时地看看罗家英的背影。这是一个曾经相当熟悉的女子，现在和程浩男之间却十分客气。程浩男看到她正在打字，沉重的指尖磕击打字机的声音，像战场上的排枪。这让他回想起当年被拦截时的场景，他又重重地闭了一下眼睛，一个相同的上午的右半部分就过去了。

这个相同的上午。金喜迅速地回到了伙房，他想找一个可以冷静思考的场地，所以他进了炉火旺极了的伙房。几名军中大厨正在炒菜，金喜在伙房那湿漉而且油腻的地面上走来走去，最后他拍了拍一名厨师的后背。他的意思是让他离开。

金喜接过了厨师手中的锅铲，炉火的红光把金喜的脸映得通红。他的脑子在急速地转动着：1. 程浩男为什么会把一份笔录随意地扔在办公桌上，而且其中涉及七名被供的共产党地下人员；2. 程浩男为什么让罗家英去打一份不太可以让别的部门打的笔录，而且笔录是不需要打的，它不是其他的军事情报；3. 李大胆也是其中被叛徒供出的一员，如果要救他，必须现在就传递情报。

　　救还是不救？抓捕时间是十一点，如果现在急送情报到"丰记"米行，也许是来得及的。

　　金喜的汗水在额头上流了下来，他抬起手臂用袖子擦了擦汗水。他认为自己不停地流汗主要是站在炉子边上的原因，然后他把锅铲扔进了锅里，急急地向外走去。那名站在一边的厨师愣了半天，他觉得顶头上司金喜有点儿不可思议。然后他看到大锅里正在炒的花菜差不多就要焦了，于是他迅速地站上了灶台。

　　金喜回到办公室后，在屋子里来回走动。他的眼睛红红的，仿佛要开始吃掉一个人的样子。他拿起一瓶酒，猛灌了一气，然后他合上门大步流星地向稽查六处走去。司令部的三名女军官迎着金喜走去，她们急速地避开了满身酒气的金喜，然后看着威武的大厨金喜并不伟岸的背影，开始捂着嘴窃笑。

　　她们说，夜壶水吃多了。

2

　　罗家英正坐在办公桌前打字。她看到了熟悉的李大胆的名字，赫然就排在了那份笔录的第一位。她的脑门上也沁出了细密的汗珠，程浩男已经离开了处室，屋子里突然之间安静下来。处长周柳枝显然因为没有谈话的对象，而专心地处理起公文来。罗家英将七个人的名字默记了一遍，她必须尽快地把这个情报往外送出去。就在她拿起了自己的包，准备和周柳枝说一下，她因为突然人不舒服需要去医院的时候，金喜红着眼睛走进了稽查六处。

　　罗家英拿着手中的包，她抬头看到了眼睛赤红如兔的金喜。金喜的头发蓬乱，向上笔直地竖起，衣服皱得像一张老太太的脸，而且他不缀肩章的军装连衣服扣子也七上八下地扣错了。他就那么呼哧呼哧地喘着粗气站在罗家英的面前，周柳枝用手掌轻轻地赶起了浓重的酒

第三十七章

味,他的脸上露出了厌恶的神色。

罗家英说,金喜,你想干什么?

金喜拉过一张凳子,和罗家英离得很近。金喜说,我突然很想念我们在华光无线电学校的日脚,我十分需要和你谈谈。

罗家英说,我身体不舒服,想去医院。

金喜说,你今天身体不能不舒服,你想要不舒服最好过几天。

罗家英有些恼了,说,你给我走开,你喝醉了。

金喜说,我没有喝醉,我只不过是有点儿头晕而已。

这时候金喜听到了脑门传来的沉重的声音,一下一下像沉重的脚步踏在他的身体上。他觉得自己的胃果然开始翻江倒海,于是他迅速地冲进了卫生间。他伏在抽水马桶上开始呕吐,然后站直身子拼命地在洗脸台上冲洗自己的嘴和脸。这时候罗家英已经走出了办公室,当金喜从卫生间里出来的时候,周柳枝笑了,说,罗家英真是吃香,不断地有年轻军官来找她。金喜,我看你还是省省吧,她已经走了。

金喜瞪了周柳枝一眼。他飞快地蹿出门去,追上了在司令部大步行走的罗家英。他挡在罗家英面前气喘吁吁的时候,罗家英突然狂怒地拿包砸在了金喜的头上。

罗家英说,你究竟想干什么?

金喜捂着头看了看四周,他看到了远处一根大柱子的背后影影绰绰的人影,于是他把手捂在了嘴上。他含混的声音从指缝间漏出来:我爱你。然后金喜竟然跪了下来,一把抱住了罗家英的腿说:我爱你。

那天上午司令部的各个办公室在盛传一则花边新闻,一个后勤处的少尉喝醉了酒纠缠他稽查六处的文职女同学。很多人都围观了这一场景,罗家英恼怒地想要推开满身酒气的金喜,但是金喜死死地用双手箍住了她的双腿。这天金喜不知道的是,李大胆等七名所谓的被招供的人员,其实只有李大胆一名是真的地下党员,其余的全是假的。尽管这只是国良和程浩男联合设的一个套,但是这七个地方都已经被

向延安

一视同仁地十分认真地布控。只要有可疑的人进入那些军统特工的视线，会在极短的时间被扔进他们的大卡车中。

程浩男脸色阴沉地看着一个醉汉在发酒疯。他把双手插在裤袋里，远远地观望了好久，然后他慢慢地回转了身。

朱三上前问程浩男十一点钟的行动要不要取消。程浩男说，不能取消。

朱三问，那另外六个假的要不要逮？

程浩男说，当然要逮，逮了可以再放，至少李大胆必须逮回来。

那天国良走到了金喜的身边。金喜正紧紧地箍着罗家英的腿，他好像有些力不从心。罗家英的脸红了一大半，当她看到国良的时候就像看到了救星。她什么也没有说，但是她的目光里写着三个字：请帮我。国良乌亮的皮鞋出现在金喜的视野里，他抬起了醉眼迷离的双眼，看到五官英俊的国良，正在冷冷地俯视着他。

国良低下了身子，拍拍金喜的脸说，你给向家丢脸了。

金喜的目光斜到了自己的手表上，时针显示已经十点半。就算有天大的本事，也不可能再有人向外传递情报。金喜松开了手，软软地瘫在了地上，但是他的嘴里还在喃喃地私语着：我爱你，罗家英！我爱你，罗家英！

围观的众人都哄笑起来，金喜却仍然对着天花板喃喃地说着。国良看到了金喜眼角的一滴泪珠，半蹲着的他伸出一只手指头，轻轻地替这个小舅子擦去了。然后他站直身子，对罗家英轻声说，别人都可以笑话他，但是你不可以，因为他对你是真的。

罗家英并没有笑话金喜。罗家英只是在想一个问题：为什么金喜突然发起酒疯，从前金喜为什么从来都不说我爱你？

那天司令部的人都看到大院里军车呼啸。七辆军车前前后后地驶进了大院，车上的篷布深深地遮挡着，仿佛里面深藏着一车的秘密。这时候金喜被朱三扶了起来。金喜像一条被打死的蛇一样，软塌塌地被人架往自己的办公室的时候，分明看到了宪兵和便衣们从车上跳

第三十七章

下，七个男人被五花大绑地扔下了车子。其中最前面那个高高瘦瘦头发蓬乱得像一些团草的，戴着深度近视眼镜的，就是李大胆。

罗家英当然也看到了李大胆，她清楚地看到了李大胆的脖子。那是一根细而长的脖子，被套上了麻绳，所以勒出一道道的红色印痕。他的双手也被反绑着，整个就像一只瘦骨嶙峋的山鸡。李大胆身上的白色夹袄，已经很旧了，看上去灰黑一片。他的目光从镜片后面迷迷蒙蒙地跳出来，随意地撒在警备司令部陌生的大院和林立的高大水泥建筑上。

3

直到金喜请朱三喝酒，他才从朱三口中知道，那次逮捕的七名共党分子中有六名全是假的，是程浩男让人假扮，为的是引出隐在司令部的内鬼。内鬼没有出现，金喜却出了一次洋相，成为朱三的笑柄。听到朱三的这番话时，朱三就在金喜的办公室里喝酒。那天金喜炒了好菜，切了牛肉，还为朱三备了好酒。朱三酒足饭饱走出金喜办公室的时候，金喜又送他一箱枫泾产的老黄酒。

朱三就打着酒嗝感动地说，在警备司令部，金喜你就是我最铁的兄弟。

朱三边说边猛拍了一下金喜的肩膀，差点把金喜拍倒在地上。金喜望着朱三离开，他靠在门上好久以后，才发现自己的胃又开始冒酸水。金喜打开自己的抽屉吃苏打粉，这是他摸索出来的经验。吃了苏打粉，他的胃就会十分地安稳。他一边把苏打粉倒进嘴里，一边看到门口一个人影一闪，罗家英闪身进来了。

金喜就笑了说，真是稀客，三百年不进我办公室门，今天是把这天荒给破了。

罗家英说，我看看老同学，你就把这天荒破了。我要是天天来看你，你怎么办？

向延安

金喜说，你要是天天来看我，我会癫掉的。

罗家英说，为什么会癫掉的？

金喜说，因为天底下怎么可能有那么幸福的事？

罗家英望着金喜热切的目光，脸就红了一下，不再说这些，而是和金喜东拉西扯地说起了家常。他们共同说到了罗列，那个金喜十分喜欢的半老头子，已经在地下深睡了好些年。然后又说到罗列喜欢向金美的文笔，又说到向金美在延安，写得一手好文章，已经把名气搞得十分响亮了。

后来罗家英突然问，你为什么不去延安？这简直是一个谜。

金喜说，延安有什么去头的，那么苦的穷山沟，还睡不好。我有三层的楼房，我凭什么去住窑洞？

罗家英说，可我觉得你是有难言之隐，不然你不会突然说你不去了。你把所有的行李都准备好的，就差插一双翅膀飞过去。

金喜说，那时候我年轻，不懂事。

罗家英说，那天你为什么喝那么多酒，还抱住我不放，当着那么多人的面让我出丑。

金喜突然来了精神，盯着罗家英笑了：因为我爱你。

罗家英说，你油腔滑调，我来问你，你是不是想要告诉我什么？

金喜说，我想告诉你我爱你！

罗家英皱起了眉头，她觉得十分地失败。在她的眼里金喜向来都不是一个滴水不漏的人。罗家英后来说到了李大胆，说没想到啊，大胆原来还是个共党分子。

金喜没有接口。那天他为自己倒了一小杯酒，然后不停地转动着酒杯。当他把酒喝完的时候，黄昏已经来临了。罗家英终于站起身来向外走去，她说，我走了。

金喜仍然坐在办公桌前，他觉得有些困，差不多就要昏昏沉沉睡着了。看到罗家英走到门口的时候，金喜说，家英，延安太远了，我们都是养家糊口过安分日脚的人。

罗家英愣了一下,她站住了但没有回头,好久以后她又踩着她的高跟鞋向前走去,空洞的有回声的鞋跟敲击地面的声音,就一直在金喜的耳畔回响着。

4

那天金喜在厨房里忙碌着,他用松仁、虾仁、鸡蛋、青豆、肉丁和香肠,还有玉米粒,一起炒了一碗喷香的炒饭。他把这道饭炒得特别认真,不许任何人插手。然后他把炒饭放在了一只军用饭盒里,拿起一双筷子,向外走去。

清晨在楼道里碰上朱三的时候,朱三兴奋地告诉金喜,他昨天晚上刚把一个叫娜娜的舞女给睡了。然后又在久盛赌馆里赢了一大把的钞票。朱三的意思是要找个时间和金喜喝一杯,他的手就搂着金喜的肩,金喜看他脸的时候,发现他鼻子红了,鼻尖透着一浪又一浪的兴奋。

金喜就说,你睡了娜娜有什么稀奇?你怎么知道不是她把你睡了?

朱三就愣了半天说,有男人被女人睡的说法吗?

金喜说,有啊,你就是。

朱三想了想,坚定地说,那算了,被睡就被睡好了,我无所谓。

他们在金喜的办公室门前分手,分开的时候朱三无意地说了一句:你知不知道那个叫李大胆的,今天就要枪毙了。

金喜拿钥匙的手迟疑了一下,好久以后才把钥匙插进了锁孔。他看到朱三已经顺着走廊远去了,这时候他的眼泪滴下来,滴在了那把钥匙上。金喜开了好久的锁,才把门打开。他迅速地关上了门,然后站到一堵白色的墙壁前默默地流泪。

金喜对着墙壁不成声调地朗诵着《延安之歌》,然后他抹干了眼泪,整理了一下身上的军服,打开门走向厨房。

向延安

现在金喜已经从厨房出来,他端着那盒炒饭,机械地向前行进。他很快就到了监译所,这时候程浩男正在整理办公桌上堆得一团糟的文件,他抬头看到了金喜出现在他面前。金喜说,带我去见李大胆。

程浩男说,他是共党分子,已经招了。

金喜说,我说带我去见李大胆。

程浩男盯着金喜手中的饭盒说,今天执行死刑,刑前的饭菜都已经准备好了。

金喜突然吼了起来,双眼愤怒地外突着说,我说带我去见李大胆。

程浩男看到了一个眼睛充血、仿佛要吃人的男人。他手里拿着文件,手微微地颤动了一下。后来他把文件往办公桌上一扔,戴起了军帽说,走。

金喜就跟在程浩男的身后,他们经过稽查六处的门口。罗家英说,你们干什么去?程浩男一言不发,金喜也一言不发,在走出了好几步路以后,金喜突然回过头来对罗家英狠狠地说,不要你管。

一名持枪的士兵打开牢门的时候,金喜发现李大胆几乎是一个血人。他已经没有一块好的皮肤,连眼镜的镜片也已经破碎。金喜端着那只军用饭盒,和程浩男一起一动不动地站在躺在地上的李大胆面前。李大胆艰难地用手撑起了身,他慢慢地撑着墙壁站直身子,十分艰难地走到了金喜的面前,从金喜手里接过那只饭盒。这时候金喜看到李大胆的十根指甲,已经全部没有了。那十根手指化脓,粗壮得像十根通红的胡萝卜。

那天李大胆就站着吃这盒炒饭。他吃得津津有味,但是下咽十分地困难。他的喉咙已经被辣椒水烧坏了,所以他说话的时候声音粗得吓人。李大胆说,金喜,以后清明和冬至你必须为我烧纸钱。

金喜说,我还会给你带酒来。

李大胆说,除了纸钱你还要为我准备一碗炒饭,就像今天这样好吃的炒饭,你知道我喜欢吃炒饭。

270

| 第三十七章 |

金喜说，好，我一定给你送来炒饭。

李大胆斜了程浩男一眼说，金喜，你说我胆子大不大，他们把什么刑都用过了。我以为我扛不牢的，他娘的，结果我扛牢了，我是名副其实的李大胆。

这时候金喜的眼眶里已经装满了泪水。金喜说，你是李大胆，你胆子比我大多了。想当年你连老鼠都怕，可你现在啥也不怕了。

李大胆十分得意的样子。他的个子比金喜要高而瘦，所以金喜必须仰起脸来看着他。李大胆的前额多了一个洞，洞四周的头发都没有了，一些血痂就结在那个洞的周围，这让金喜的心底涌起了无尽的酸楚。李大胆吃完了炒饭，将饭盒往地上一扔说，金喜，你这个懦夫，我看不起你。但我必须托你一件最重要的事。如果有机会你得帮我照顾邬小漫，因为她一直喜欢的是你。

这时候金喜才知道，邬小漫已经和李大胆走到了一起。那天金喜就那么愣愣地望着这个曾经胆小如鼠被同学们取绰号为"李大胆"的人，好久以后他的脸上露出了笑容，轻声说，走好。

然后他和程浩男一起走了，走出铁门的时候，对李大胆留下的最后一句话是：大胆，你他娘的算是英雄。

在龙华刑场，李大胆高瘦的身影慢慢地晃荡着，他破烂的布鞋踩过了草地，踩到了一丛丛碧青的草。然后他选择在一棵树下站定，那是一棵郁郁葱葱的樟树，李大胆抬头望了一眼那些从树叶的间隙漏下的光线，这些细碎如针的光线让李大胆的眼睛眯了起来。他突然想起了多年以前从嘉善坐轮船到上海求学的情景。那时候是早春，他的身体还十分单薄，甚至还没有完全发育。他就穿着娘给他缝的那件新的青灰长衫站在船头。船头有风，也有从狭小的河道飞溅起来的水珠，就那么随意地落在木甲板上，也落在他那双新布鞋上。他的头发微微地被风上扬起来，他想起了临行前对母亲说的话。他说，娘，等我毕业了我要去洋行做工，赚很多钞票，我是要接你到上海享福的。

向延安

　　这样想着，他的眼睛就有些湿润了。然后他对站在他不远处的行刑队队长说，此地甚好，你们动手吧。

　　行刑队有八名士兵，他们齐齐地举起了长枪。这时候站在一侧的程浩男慢慢走到他的面前。程浩男看到李大胆的嘴唇开始嚅动，声音由轻而重，他在背诵的竟然是当年程浩男经常朗诵的活报剧《到延安去》中的台词：

　　　　四面八方的风，告诉我何处可以得到安慰，我们到延安去；
　　　　在寒冷的空气里，哪里才可以温暖冻僵的脚趾，我们到延安去；

　　　　快去那光明辉耀的地方，快去那火把照亮的前方，我们，到延安去！！！
　　　　……

　　程浩男的额头沁出了细密的汗珠，李大胆这个最不起眼的同学用气势把他镇住了。程浩男有些恼羞成怒，他回转声大声对着士兵们喊，把枪放下！

　　行刑队的士兵们都愣了一下。程浩男又大声地喊，把枪放下！

　　就在行刑队齐刷刷把枪放下的时候，程浩男突然从腰间拔枪，迅速地打开保险，对着李大胆的脑门扣动了扳机。一声脆响，几丝血迹落在了程浩男锃亮的皮鞋上。李大胆仰天倒下了，他高瘦的身子像一块门板一样笔直地仰倒在草地上。

　　程浩男拔起一把青草擦了擦皮鞋，他看了一眼手中的手枪，枪口还在冒着轻而蓝的烟。他迅速地把手枪插进了枪套，大踏步地向不远处停着的吉普车走去。

　　这时候，孤独的金喜躲在他的办公室里，怀里紧紧地抱着那只叫小饶的黄猫。

第三十八章

1

一切的变故，该来的终究是会来的。金喜站在自己家三楼屋顶的时候，有时候会把那支长筒望远镜指向天空，他变得喜欢看天空中变幻的云层。他的脑子里突发奇想，会不会天空中生活着另一群人，他们也在打仗，或者说正在进行一场秘密的情报战？

金喜不知道海叔组织了最后一批青年去延安。领队的是从延安过来专门接学生的方文山。陆雅芳、邬小漫和许多华光无线电学校的学生，混杂在其他几所高校的学生中间。就在他们集合以后，在一个码头的仓库里，被得到情报的程浩男带人团团围住。

一辆辆的大卡车呼啸着驶进了警备司令部，那些卡车都用篷布挡得严严实实，前后都有军车押着。金喜那时候刚好去了稽查六处，他就站在窗口看到大院中排列整齐的卡车，然后一个个年轻人被押下了车。车子的旁边是戴着墨镜穿着笔挺军服的程浩男，他冷着一张脸看着一些熟悉或不熟悉的面孔从他身边走过。

金喜的目光从稽查六处的窗口抛下去，他看到了邬小漫。邬小漫仍然梳着两只小辫，当她看到了一旁的程浩男时，突然上去踢了程浩男一脚。程浩男面无表情没有还手，两名士兵立即上前把邬小漫架走

向延安

了。在稽查六处的办公室里，罗家英站在金喜的身边看着楼下大院中的一切。罗家英说，癫了，他癫掉了。

金喜在边上仔细地看着罗家英。罗家英的脸上有了些微的小雀斑，她后脖子上细碎的头发，在阳光下轻轻颤动着，像一群刚刚从地上萌生的小草。金喜想罗家英必定会把情报传送出去，但是这样的情报，已经没有意义了。

那天金喜在离开稽查六处以前，突然在罗家英的后脖子上亲了一口。罗家英还没有反应过来，金喜就已经大步离开了。罗家英愣愣地摸着自己的后脖子，她想起这是金喜唯一一次对自己最亲热的举动。

金喜把自己深深地关在了办公室里，他在想的一个问题是：是谁把这次去延安的行动泄密了？金喜去找朱三喝酒，他们喝了一个下午的酒，差不多把朱三喝得舌头也大了。金喜想要套出那个叛徒的名字，但精明的朱三还是没有露出半点口风。金喜有些着急了，就在他要抽身离去的时候，朱三说起了这批学生的去向。他们将被秘密送往杭州，集中在城西一个叫蒋村的地方洗脑。所有的车辆和押送的一个警卫排，都已经待命。时间是后天中午十二点钟起程。

金喜为了感谢朱三这随口说出的话，又陪朱三喝了一会儿，一直喝到两个人都歪倒在地上。金喜知道自己醉了，他的脑子里有一双沉重的脚步在来回走动。金喜的脸就贴在地板上，他看到一双皮鞋走了进来，在他和朱三的面前停留了好久。然后那双皮鞋又离去了，走到一张办公桌前。金喜知道，那是刚刚进门的程浩男。那天金喜躺在地上，听到忧伤的小提琴声，那一定是程浩男在拉着琴。金喜就想起了很多年前，他们一起在华光无线电学校的生活。

那天金喜是被罗家英送回家的。罗家英来监译所送一份稽查六处的情况通报时，看到了地上的金喜。她突然觉得这一路走下来，自己好像欠了金喜好多，心中有些隐隐的不安。于是罗家英叫了一位司机帮忙，开车把金喜送回了苏州河边的家中。那天罗家英一手扶着东倒西歪的金喜，一手敲响了院门。院门开了，门口站着抱着向春生的袁

第三十八章

春梅，袁春梅的身边还站着包子。他们一言不发地看罗家英，眼神有些怪异。这时候罗家英才发现，原来她扶着金喜，金喜的手一直都环着她的脖子。

袁春梅就定定地看着金喜的那只白净的手。罗家英尴尬地笑了一下，又笑了一下，她一直笑着，笑了无数下，但是袁春梅仍然一言不发。罗家英说，他醉了。

袁春梅说，我知道他醉了。和你在一起，他怎么会不醉？

罗家英急忙说，是朱三，是朱三把他灌醉的，不是我。

袁春梅说，别说朱三了，我不认识朱三。进来吧。

罗家英就扶着金喜进了屋。金喜很快地倒在了床上，他震天动地的呼噜声响了起来。罗家英乖乖地退了出来，她慌乱而匆忙地经过袁春梅身边的时候，袁春梅对怀中抱着的向春生说，叫姨娘。

向春生奶声奶气地叫，姨娘。

袁春梅说，姨娘再见。

向春生奶声奶气地说，姨娘再见。

罗家英朝袁春梅笑笑，她知道自己明明是名正言顺送金喜回家，但是好像还是有点儿不周正的味道。袁春梅也对她很客气，但是她就是有一种想要尽快逃离的念头。她和袁春梅道别，然后迅速地穿过了天井，当她撞开院门的时候，看到夕阳已经从外白渡桥那儿，越过了沙船和苏州河的水面，一下子蹿到了她的面前。她像做了亏心事似的，长长地吁了一口气。

罗家英坐上黄包车的时候，心情才渐渐地平息了下来。一路上她都在颠簸的黄包车上回忆往事。她的少年其实有大部分时光是和金喜一起度过的，他们既是同学，两个人的父亲又是朋友。所以他们就算没有男女之间的感情，也有一种隐约的淡如云烟的亲情。在黄包车的晃荡中，罗家英慢慢地陷入一片黑暗，然后在黑暗过后，可以看到街两边林立的霓虹灯。罗家英就知道，她从黄昏闯入了真正的上海的夜。

向延安

罗家英在黄包车上回想往事的时候，金喜已经坐在床沿上了。他的两条腿还在床沿上晃荡，但是没有了任何醉态。包子领着向春生已经去了另一个房间，袁春梅就蹲伏在他的身边。出了事是不是？袁春梅说。

金喜点了点头，他站起身来来回踱步，然后他轻轻地喊了一声：小饶。

那只黄猫悄无声息地出现在他的身边。金喜伸出手去，小饶一纵身就跳进了他的怀中。金喜抱着小饶，轻声说，小饶，有一件十分重要的任务要你去完成。

那天午夜，云层出奇地低，那是一场阵雨的前奏。在金喜家的院子里，一只黄猫悄无声息地穿过了天井。它走得十分缓慢，像是散步的老人。在走到院门边的时候，小饶弓起身子纵身一跃，就上了墙头。

小饶在夜色中穿行，越过了无数的瓦片和围墙，以及许多的细碎柔软的灯光。不时地有汽车的声音，或者某户人家传出的小孩的哭声，或者夫妻俩的争吵声，以及小贩的叫卖声传来。这些来自大地之上的声音，编织成一张网，始终罩着小饶。小饶的目光穿透了渐渐升起的夜雾，它的四足轻微地点地，让自己的身体像一支箭一样地嗖嗖前行。然后它看到了亚尔培路的路牌，再然后它看到了"丰记"米行店门口的招牌，以及那辆永远正向放着的老虎车。

小饶凝视着那一块块竖排着的店铺的木头排门，好久以后，它一纵身上了屋顶，轻巧地落在"丰记"米行的后院里。

2

那天金喜去国良的办公室时，看到一个熟悉的背影。这个背影和国良面对面地坐着，他们没有说什么话，这让金喜觉得奇怪。两个人摆出了谈话的架势，却有一搭没一搭地，看得出国良对这个肥胖的背

第三十八章

影有些厌烦。金喜看到那人的头发乌黑油亮,显然是很久没有洗了。他回过头来的时候,金喜看到他竟然是黄胖。

黄胖站起身走出国良办公室的时候,看到手插裤袋晃荡着进来的金喜。金喜望着黄胖,他也看到了黄胖脸上堆出来的恶俗的媚笑。黄胖微微地向金喜弯了弯腰,然后迈着碎步向外走去。他显然没有看清楚进来的是金喜,这让金喜想起,他被人们骂成汉奸的时候,黄胖用脚踩在金喜浮肿的脸上说,老同学,当汉奸的时候你怎么没想到会有今天?

金喜在黄胖坐过的椅子上坐了下来,他坐在了国良的对面。国良拉开抽屉,取出一瓶还没有打开过的"杰克丹尼"蹾在办公桌上。金喜将那瓶酒塞进了自己的口袋,他晃悠着要走出办公室时,国良叫住了他说,你姐有消息吗?

金喜差一点就已经把那个会写诗的同父异母的姐姐忘掉。没有,他说。

金喜听到了国良轻微的叹息声。两个男人就那么相互地对视着,仿佛看到了当年住在同一幢三层楼房里的情景。那时候向家的下人众多,金水和金美也全在院子里住着,还有就是永远贪玩的向伯贤。这是一个多么好的家庭,而且临水而居。如果不是日本人突然出现在上海,这样的格局可能一直不会改变。

金喜离开国良办公室的时候,打开酒瓶的瓶盖喝了一口酒。他想:黄胖原来是个叛徒。

黄胖去监狱里看了陆雅芳。这些学生都没有受刑,所以陆雅芳依然穿着干净的月白色衣衫。黄胖黄而胖的手就紧紧抓住那些钢铁的栅条,用一双死鱼眼睛死死地盯着陆雅芳看。陆雅芳的面容看上去十分平静,她说,你想说什么?

黄胖说,我爱你。

陆雅芳笑笑。她的笑是一万个不相信以及不屑一顾的意思,但是她没有说出来。她只是在黄胖离开监狱的时候突然说,你不应该从法国回来的。

就在这天傍晚,金喜在警备司令部不远的一条弄堂口等到了黄胖。他走到黄胖的面前,黄胖就堆起了笑容给金喜看。黄胖说以前的事是我不对,我不应该骂你是汉奸。

金喜说,我就是汉奸,但我不做叛徒。

黄胖就显得十分尴尬,他拼命地搓着双手,仿佛要把手上的一些脏东西搓下来似的。黄胖说他很为难,他要继承父母给他的工厂和店面,他怎么可以被抓进监狱或者被枪决?

金喜不再说什么,而是亲热地搂住了黄胖的肩膀说,黄胖,你说的是对的,只有在警备司令部做事,才是最有盼头的。

那天晚上金喜像一个腐败分子一样请黄胖一起去洪福酒楼吃有名的红烧蹄髈,然后还一起去了兰心大戏院听了一场书,接着金喜把黄胖引到了醉红楼的门口。站在醉红楼前,望着那红红的灯笼的光芒,黄胖的心里发出一声欢叫。他讨好地对金喜说,我请客。

金喜那天戴了一副墨镜,还不伦不类地戴上了一顶国良留在家里的礼帽。他和黄胖一起进了春柳阁,他们叫了两个妓女一起打牌,这让黄胖觉得实在是太没有意思,所以他很快就打起了哈欠。金喜好奇地望着春柳阁的陈设,不远处的一张床,竟然是没有床挡的,两边都可以上床或者下床。那些叠起来的箱子,触目惊心地泛着那种沉闷的暗红色。在他们打到第三盘牌的时候,窗外开始落起了小雨。

金喜把牌一推说,不打了。黄胖十分踊跃地配合着,他也把牌一推,一伸手就揽过了一个妓女。他的手重重地按在那个妓女的胸部,这让那个妓女因为负痛而尖叫了一声。黄胖脸上的五官因为兴奋而扭成一堆,他继续摸着那个女人的胸。女人好像生气了,她说,先生,侬能不能轻点,侬弄痛我了。

黄胖愣了一下,说,你这个婊子。滚!

黄胖肥厚的手重重地拍在牌桌上,两个妓女便低着头很快地退出了春柳阁。屋子里只有金喜和黄胖两个人了,金喜听着窗外的雨阵

第三十八章

说，又落雨了。

黄胖说，金喜，落不落雨不用管他的。娘的，还是你们的路选得对，程浩男、罗家英，这两个喊口号喊得比谁都要响的同学，不是照样混进了警备司令部？所以那时候我们都太年轻，不过现在明白过来也不晚。

金喜说，那你打算对陆雅芳怎么办？

黄胖说，我能怎么办？听天由命，延安延安，延安那一大片黄土地有啥去头？有大上海好白相吗？

黄胖说完，竟然掏出了一盒雪茄，抽出一支点燃了，美美地吸了一口。他认为只要国良在司令部，那么金喜以后可以衣食无忧了，这毕竟是一个靠山。然后他开始分析，他该怎么走？他的方向是请国良多帮忙提携，同时请程浩男帮他的忙，混个几年自己也混成一个国民党的军官当当。

金喜不再说什么，而是十分认真地看着黄胖抽烟。他想起了在华光无线电学校几名男同学一起抽烟的情景，一支香烟点着了，大家你一口我一口地抽起来，三下两下就把烟给抽没了。金喜这样想着，心中涌起了一股暖意，他伸手用两只手指自说自话地取过了黄胖手中的雪茄，然后他也美美地吸了一口。

两个人一直在抽雪茄，仍然是一人一口。他们都没有说话，抽着抽着，烟雾就挤满了整个的房间。金喜是不抽烟的，所以他抽雪茄的时候，觉得自己的整个身体里面，全都装满了白色的烟雾。然后他猛抽了几口，剧烈地咳嗽起来。黄胖接过了金喜手中的烟，也猛抽了几口。就在浓重的烟雾中，他的眼泪和鼻涕一下子就全下来了，白乎乎的糊了一脸。他的双膝一软跪倒在地上说，金喜，我对不起同学们啊。

金喜笑了，他说，这个世界上哪能会有后悔药呢。金喜说完，手里突然有了一把菜刀，那是一把被金喜磨了一下午的锋利的菜刀。黄胖还没有反应过来，金喜就一把捂住他的嘴，刀刃游过黄胖的脖子，

向延安

金喜听到噗的一声，黄胖脖子上的皮肤弹了开来，轻轻张成一张嘴巴的形状，温热的血呈半弧形喷了出来，洒在面前的地板上。

黄胖软软地倒了下去，眼睛瞪得老大，仿佛是看不明白面前的金喜。金喜不知道自己为什么会有那么平静。他从黄胖的口袋里掏出了烟盒，又抽出一支雪茄点燃了，坐在黄胖的身边抽了一会儿烟。然后他把抽剩的半支雪茄塞在黄胖的口中，仍然戴着礼帽和墨镜走出了春柳阁。

走在大街上的时候，金喜才觉得外面的空气比春柳阁新鲜多了。春柳阁里充满了烟味和血腥的味道。他大步地在大街上走着，他觉得自己饿了，需要去吃点儿什么。这时候他的背后传来了一声一声的尖叫，他一定不知道一名妓女顺着楼道走过春柳阁的门口，看到门缝下面慢慢地无声地扩散着的血，像是海边滩涂上缓缓地扩张的海水。她尖叫了一声，差一点把眼珠子掉落在血堆里，然后她身子一软倒下去的时候，仍然能看到有许多脚步向她奔来。其中一双绿色的缎面鞋，无疑就是老鸨新买的。

这天晚上金喜在龙江路凤仙开的面馆里，一口气吃了五根鸭脖和一碟牛肉，以及一大锅的面条。他吃得很夸张，吃面的时候声音就此起彼伏。店里没有客人，只有凤仙安静地看着他吃面。吃完面他抹了一下嘴巴，认真地对凤仙说，赤那，真累。

第三十九章

1

程浩男和国良受到顶头上司的斥骂，是因为一个叫黄胖的叛徒突然死了，还有两辆押送学生前往杭州的车莫名其妙地抛锚和莫名其妙地被拦截。然后车子连同学生都不见了，一起不见的还有押送学生的士兵。国良接到从南京来的电话，显然他在警备司令部的工作没有当年他在上海滩锄奸的工作完成得出色，他工作中的一些环节总是出现很多的纰漏，甚至造成十分重大的损失。

上面的意思是，淞沪警备司令部有许多情报已经泄密。

形势好像越来越严峻了，国共两党把仗打得越来越闹猛。金喜在警备司令部里四处晃荡着，看上去他完全是一个十足的酒鬼，而且谁都知道他是国良的小舅子。他是那么的不起眼，浑身散发着酒味，十分邋遢，甚至有那么一点点猥琐。金喜数次接到"木匠"的指令，情报源源不断地通过"丰记"米行传出。最大的一次案件是"共匪茂华公司专案"的案卷竟然流出了司令部。那名叫毕海的叛徒是中共的一位地区专员，他不仅供出了设在茂华公司的共产党地下交通站，还供出了潜伏在国军内部的一个叫"四丫头"的情报人员。但是茂华公司的交通站在极短的时间内得到了信息，并且迅速地撤走了所有的交通

向延安

员。当国良带人赶到公司的时候，只看到公司内凌乱的办公用具和一条无所事事的傻瓜一样的狗，正在不停地摇动着尾巴。

这位专员的叛变并没有人知道，所以他在叛变后被军统秘密派往江苏的新四军驻地。在那片稻米飘香的平原地带，这位专员就十分革命地生活在新四军的中间。他的任务当然是搜集情报，他还穿上了新四军的军服，绑上绑腿，给房东大娘乐此不疲地挑水劈柴，甚至还让房东的那个大辫子女儿差一点爱上了他。但是有一天他和他的水桶被两名荷枪实弹的战士拉住了，因为有"四丫头"送出的情报从上海转了过来，说这位专员已经叛变。

专员很快在江苏被处决。他被处决那天一直都在想着那名中共的情报人员是谁。他一直想不通，所以他十分地遗憾。直到一声枪响，他像是被人推了一把似的扑倒在麦田里时，仍然在想着这个百思不得其解的问题。后来他看到了面前的麦子和潮湿的泥土，再后来他眼前一片漆黑，什么都看不到了。他知道，世界就此静止。

就在那天晚上，金喜在他家三楼的屋顶上，大声地对着漆黑的夜空朗读《到延安去》。二楼的窗口亮着灯光，光线下袁春梅在照料着包子和向春生两个孩子。而在一楼黑暗的客厅里，没有灯光，向伯贤在墙上的照片中叹了一口气。

这时候一条船刚好经过苏州河，像黑夜中游动的一条巨大的鱼。

第四十章

1

国良鹰一样的眼睛在司令部每一个人的背后逗留,他必须找出那个向外输送情报的人。就在这时候罗家英失踪了,那天周柳枝打开办公室的门时,发现罗家英的办公桌上十分干净,甚至连一粒灰尘也没有留下。倒是在不远处的书架上,留下了那只石膏安琪儿,和那只从来都没有使用过的电熨斗。

司令部里的人几乎都想到了,罗家英就是那个代号叫"四丫头"的人。

一九四九年春天的一个清晨,金喜依然爬上了三楼的屋顶呼吸新鲜空气。解放军已经兵临城下,那隐约传来的沉闷的炮声,和几年前日本人进攻上海时的炮声几乎没有什么两样。这让三楼屋顶上的金喜想到了被日本人的流弹击中的父亲,当时上海的天空中,也滚动着闷雷一般的声音。穿着灰色长衫的金喜就模仿父亲向伯贤的身影,用长筒望远镜望着这座陌生而熟悉的城市。他想,会不会有一粒流弹从某个方向突然蹿出,钻进他的后背。他会不会像当年向伯贤一样,滚落在隔壁秋田租住过的那间院子里。

向延安

金喜接到的最后命令是拿到上海一份重点工厂和建筑的地图，这些情报将提供给解放军的炮兵部队，以免炸毁这些设施和建筑。"丰记"米行已经撤离，只有那辆老虎车永远地停在"丰记"米行的门口。金喜要把情报送往苏州河边不远的马堂弄，一个小小的不起眼的牙科诊所内。

金喜就蹬着那辆已经显得十分陈旧的脚踏车，飞快地越过一条条街道。街上的行人已经不多，没有人愿意在枪炮的声音中走向街头。很快脚踏车就进入了马堂弄，在牙科诊所的门口，金喜将脚踏车靠在了墙边。他敲了三下诊所的门，然后推门进入了诊所。一名牙医正好替病人拔下一颗病牙，那名五十多岁的病人捂着腮帮走出了诊所，然后牙医洗净了手回转身看着气喘吁吁的金喜。

牙医说，先生，你拔牙吗？

金喜听出了海叔的声音，他的眼前突然蒙起了一层薄雾。在1949年的春天，金喜觉得自己是感到了一点点委屈的。海叔撕去了自己的假胡子，摘下白色的医生帽，他奇怪地盯着金喜看，好久以后他说，金喜，原来你就是"四丫头"。

那天海叔在接过金喜的情报后，向金喜传达了指令，让金喜和袁春梅紧急撤离，可以隐藏在上海的任何角落，一直等到上海的解放。海叔没有再多说什么，因为金喜看到海叔已经拎起了一只黑色的皮包，显然他也要撤离了。

在马堂弄和金喜分开以前，海叔重重地热切地握了一下金喜的手。他本来想说什么的，但是嘴唇动了动，最后他只是很轻地叫了一声"四丫头"。金喜看到海叔穿着长衫的身影迅速地消失在弄堂口的一片白光里，长长的弄堂最后只剩下金喜和金喜身边孤零零的脚踏车。后来他飞快地蹬起了脚踏车，像一支箭一样地蹿了出去。

仿佛整个上海最忙碌的就是金喜。他和他的脚踏车始终都在上海的街头奔忙，从北四川路到亚尔培路，到外白渡桥以及上海的一些纵横如水带的马路，都被压在了金喜那辆旧脚踏车的旧轮胎下。春天的

| 第四十章 |

风把他的衣服鼓了起来,他的身子前倾,脚踏车斜斜地划过一个个十字路口。金喜觉得风已经把他的身体灌满了。

金喜先是回到了家中。他在院子里看到了小饶。小饶就站在院门边上,好像是在等着金喜似的。金喜在家中看到了一只袁春梅留下的信封,十分醒目地放在一只暗红色的箱子上。金喜在离家之前,带上了长筒望远镜和勃朗宁手枪,然后他站在院子里不停地喘息。

其实那天金喜一直都为先去雅培小学接回袁春梅,还是先去司令部而犹豫。最后他去了司令部,小饶跃上了金喜的脚踏车后座,它很从容地蹲坐着,处世不惊的样子。它十分清楚它的主人那满头大汗的形状,一定是遇到了一生之中最忙乱的一件大事。

金喜蹬着脚踏车飞快地穿过一条条街道,回到了警备司令部。他去了国良的办公室,办公室内一片凌乱,国良正带着几人在收拾文件。他蹲在地上,抬头看了金喜一眼,继续低头整理文件。金喜觉得很无趣,这时候他才发现,几乎所有的办公室都在整理要带走的东西。这时候,远处隆隆的炮声仿佛又响起来了。

金喜去了稽查六处,六处空无一人。周柳枝的办公桌上那只小巧的玻璃花瓶中,竟然还插着一枝已经凋谢的玫瑰。金喜久久地站着,想象着罗家英当初在打字机前噼里啪啦打字的情景。然后金喜用一块毯子包起了罗家英留下的安琪儿石膏像和那只电熨斗。

2

金喜走出国良的办公室没多久,一名军统特工匆匆地走进了国良的办公室。他在国良的耳边轻声地耳语,国良的脸色稍稍有些变了。他马上拎起了电话,一会儿程浩男一路小跑地冲进了他的办公室。

国良把一张纸条递给了程浩男,上面是一行字:雅培小学　袁春梅。

程浩男随即带着人匆匆走了。这个突然之间变得无比纷乱的上

向延安

海，让程浩男感到厌恶。他和他的手下一共开了两辆车，车子迅速地向雅培小学驶去。他们的车子驶过一条条大街，甚至赶在了走小路的金喜的前头。当金喜骑着脚踏车从一条不知名的小弄堂蹿出时，程浩男带队的两辆车刚好从弄堂口蹿过。金喜认出了这两辆军车，他突然意识到两辆车从这个方向过去的话，好像和袁春梅会有一些关联。他的心底里就开始感到隐隐的不安，在稍稍停顿后，他开始调转脚踏车龙头，疯狂地蹬踏起来。他迅速地找到了一家公用电话亭，一位管亭子的老娘姨正流着口水打瞌睡。隐隐的炮声仍然在传来，但是好像是和她没有关系的。她睁开昏花的老眼，抬头看了一眼这个满脸满身都是汗的男人。她发现这个男人在打电话的时候，简直是想要把电话机拆开。他在胡乱地吼叫着，喂喂喂。

那时候袁春梅在另一间办公室里批改作业。她剪着清爽的短发，她身边不远的地方是包子带着向春生在玩剪纸。他们把纸剪出了一把手枪的形状。隔壁办公室的电话铃声在不停地响着，但是袁春梅没有去接。所有打来学校的电话，要不就是找校长的，要不就是打给学校里的年轻女教师的。袁春梅带着两个孩子，不太可能有人对她有多大的兴趣。

这天袁春梅穿着淡蓝的旗袍，微风轻轻掀起她的头发和裙角。她觉得这是一个令人愉悦的天气。包子的心里却有点儿隐隐的不安，他听到电话铃声的时候觉得这天的电话铃声特别让人烦躁。他认为应该去接一下的，他说妈妈，有电话。这时候电话铃声已经响了无数次了。袁春梅想了想，站起身来去隔壁办公室接电话。就在她走到隔壁空空如也的办公室拿起话筒的时候，话筒里传来咔嗒挂断电话的声音。

那个管电话的娘姨看到这个满头是汗的男人扔掉电话机，发疯一样地冲出了电话亭，跳上了脚踏车。他把脚踏车蹬得飞快，娘姨看到那辆车子摇摇晃晃跌跌撞撞地向前冲去，她觉得这个男人一定是疯了。

第四十章

金喜记得有一条更小的小路直通雅培小学，于是他向着这条小路前进。他奋力蹬着车，然后他听到了咔的一声脆响，脚踏车停了下来。他看到车子的链条，像一条奄奄一息的蛇一样软软地垂着。于是他扔掉了脚踏车开始向着雅培小学疯狂地奔跑。

在金喜奋力奔跑的过程中，两辆军车停在了雅培小学的操场上，蜂拥下来许多人。袁春梅听到了汽车马达声，她的目光从作业本上抬起来时，看到了一群国军士兵在向这边跑来。袁春梅就很淡地笑了一下，对包子和向春生说，你们见不到爸爸了。

其他办公室的一些教员也围过来扎闹猛。他们看到一个年轻英俊的国军军官下车，身后紧随着数名士兵。他们撞进了袁春梅的办公室，袁春梅没有抬头，还是专心地批改了最后一本作文本。她在作文本中批注：想象力丰富，人生亦有无限的可能性！

然后她合上了作文本，抬起头平静地问程浩男，他们需要不要一起走？

程浩男看了呆若木鸡的向春生和包子一眼说，需要。

袁春梅就上前抱起了向春生，并且牵过包子的手，她带着孩子在同事们惊诧的目光中，一步步地向那两辆盖着篷布的军车走去。他们走向军车的路显得异常漫长，白白的日光在地上留下三个小小的投影。她开始想念一个叫"木匠"的人，也开始想念一个叫"四丫头"的人。她觉得她后半段的人生几乎就是这两个男人造就的。在同事们的窃窃私语中，袁春梅带着包子和向春生上了车。然后程浩男带着士兵们也上了车，车子开走了。白亮的操场安静下来，静得很可怕。然后在这样的安静里，一个浑身汗湿的男人冲进了操场，所有的教师都看到了，那个男人发疯一般地冲向袁春梅的办公室，他咣地撞开了办公室的门。办公室里空无一人，他的脸就像雪一样地白了，然后他喘着粗气，软软地靠墙瘫坐在地上。

向延安

3

　　金喜在这天晚上的暗夜里潜入了圣彼得堂，他躲进了教堂的阁楼，开始按指示等待黎明的降临。一直到后来上海解放，金喜开始寻找袁春梅和包子、向春生的时候，才知道袁春梅和包子当天晚上就遇害了，军统来不及审问这些临时抓来的共产党人，所以要求速战速决，迅速地处理掉一批共产党人。程浩男亲自在操场上动了手。

　　那天晚上程浩男站在一堆月光下，看着一个脸容姣好的女人。他觉得在这个女人光洁的额头上留下一个洞，是一件比较残忍的事。但是最后他还是下了手，他拔枪的动作迅捷，枪响了，袁春梅倒了下去，没有发出任何的声响。这时候包子显然是吓坏了，他也软软地倒在了地上。程浩男扣动扳机，在包子的脑门上，同样留下了一个红色的小洞。

　　这时候国良在办公室里呆呆地坐着。向春生还很小，他的整个身子都蜷在沙发上，手里拿着几块国良给他的饼干。两声枪响的时候，国良忍不住闭了一下眼睛。他终于明白原来身边的敌人就是金喜，于是让程浩男去搜家，却没有搜到任何东西，也没有逮到金喜。时局已经不可能让他们潜伏下来守候金喜了，他们的路有两条：一是战争；二是逃跑。

　　国良是被选定的撤离人员之一。他简单的行李已经准备好，那只皮箱里是他和向金美的结婚照。他还在苏州河边金喜家的客厅里，为向老爷子点了三炷香。离开的时候他向墙上黑白分明的向老爷子深深地鞠了一躬。国良跨出客厅门槛的时候，仿佛听到了向伯贤从墙上传来的一声叹息。

　　国良随着一批人员先行迁往台湾。走的时候他抱走了程浩男带回的孩子向春生。国良是没有孩子的，所以他完全可以把向春生当成自己的孩子。这天晚上，他抱着向春生走向那辆停在院里的汽车时，对向春生说，你叫姑父。

| 第四十章 |

向春生说，姑父。

国良想了想，说，不对，叫爸爸。

向春生说，爸爸叫金喜。

但是在那天晚上，金喜并不知道袁春梅这个他差不多已经爱上了的假妻子，已经走了。和她一起走的是从延安带回来的他们领养的孩子包子。金喜打开了那只袁春梅留在家中的信封，信封中是一块手帕，上面留着几个字：娶她吧，她是你所有的爱情。

金喜泪如雨下，他划亮火柴烧掉了那块手帕，轻声地说，春梅，我所有的爱情早就不见了。

第四十一章

1

在解放军正式攻城的前两天，金喜一直在圣彼得堂尖顶的阁楼里擦父亲当年留下的"点四五"勃朗宁手枪。这把手枪他竟然一次也没有使用过。他很想试一下这把枪的威力，所以他在考虑要不要潜回司令部，如果能有机会让他和程浩男打一个照面，他就会朝程浩男的脸部开枪。他要让那颗生锈的子弹钻进他的脑门。

金喜差不多就做好了这样的打算。在出发之前，他去了六大埭菜市场的门口，他想在那根木电线杆上发现一些什么。他果然在电线杆上的小广告中，看到了最后一道用异体字组成的木匠的密令：不许贸然行动！

金喜突然想到，木匠对自己的性格是如此了解，就像一位亲人。

金喜打消了潜回司令部的念头。他又回到了圣彼得堂的阁楼里，和一只叫小饶的猫生活在一起。无所事事的日脚里，他开始潜心研究菜谱。他还偷偷地回了一次家，看到客厅的小香炉里，插了三炷已经燃尽的香。金喜就知道，这肯定是国良来过了。金喜回家想要带走的，是饶神父送给他的那只无线电收音机。

金喜按照指令等待黎明。他突然觉得自己一下子变得十分地空

第四十一章

闲，所以他开始想念凤仙，以及凤仙和向金水的儿子向玉洲。他还开始想念罗家英，不知道罗家英去了哪儿。罗家英和金喜是两条情报线的，她在撤离了警备司令部以后，去了江苏南通的新四军根据地待了几天，接受了新的命令。然后她又潜回了上海，她其实就住在金喜家的隔壁，那房子当年曾经是秋田一家租住过的。看到院子里那棵并不十分粗壮的樱桃树时，她仍然会想起当年向伯贤从屋顶滚落到隔壁院子的情景。罗家英有时候也会想想金喜，她越来越觉得金喜是一个捉摸不透的人。凭直觉，她觉得金喜的身后深藏着大片的秘密，像密密的甘蔗林一样，让人望不到里面的内容。

罗家英接受的任务是领导工会坚守一些重要的工厂，把这些工厂顺利地保留下来并且平稳过渡，交接给新的政权。在黎明前的几小时内，程浩男带着一支十人小分队赶往了杨树浦发电厂，他们是来炸毁电厂的。炸药早就通过一批特务，藏在了最容易摧毁电厂的一个车间里。就在他们进入厂区的时候，有人向他们开枪了。程浩男带领的十人小分队也开枪了，但是这支小分队不知道子弹是从哪儿飞向他们的。他们很快就倒在了地上，仅剩负伤的程浩男，还站在这十个人的中间，捧着自己流血的肚皮痛苦不已。他的五官因为疼痛而扭曲着，以前的英俊面容已经荡然无存。然后他又听到一声枪响，自己的手腕又中了一枪。他的手枪跌落在地上。

罗家英一步步地走向了程浩男。她看到程浩男已经颓丧地坐在了地上喘着粗气。罗家英蹲下身来说，老同学，我们又见面了。

程浩男虚弱地说，我果然没有猜错，你就是那个"四丫头"。

罗家英说，我肯定不是"四丫头"，但是我也可以肯定，在上海四处都有"四丫头"。

程浩男说，你赢了，你是不是想饶我一条狗命？

罗家英不再说话，而是在她贴身的衣袋里翻找起来。她翻到了一张照片，是一个八九岁男孩的照片。罗家英的眸子里随即荡起了母性的光芒。她说你看看，这就是你的儿子。他本来是姓程的，我告诉他：你的爸爸是英雄，老有本事的。但是现在他不姓程了，他只能姓罗。他叫罗成。虽然他改姓罗了，但他肯定还是你亲生的孩子。他现在生活得很好，我在青浦找了一户人家，他就寄养在那儿。

程浩男的眼中有了密集的雾水，他眨巴着眼睛，拿过照片亲了一下。罗家英迅速地将照片夺了回来，藏在自己的贴身衣袋里。这个举动让程浩男感到恐慌，他大叫起来：你是不是想让孩子连爹也没有？

罗家英笑了，平静地说，是你让他没有爹的。

罗家英一步一步地后退，她退回到了工人们中间，从一个纠察队员手中抢过一支钢叉。钢叉呼啸着从罗家英的手中脱离开去，直直地飞向了程浩男。程浩男看到了一支钢叉迎面而来，还来不及细想，那钢叉就进入了他的胸口，随即有几个血窟窿开始冒血。他觉得自己就像一棵树，而那钢叉是他突然多出来的树枝。他看着血静静地流着，然后他听到了自己越来越沉重的心跳。他不由得心慌起来，因为他觉得这心跳慢慢变成了迟缓的脚步声。他的眼皮子已经无力再抬起来，就在他要沉沉睡着以前，他用无力的眼神扫了一下罗家英。

他看到罗家英的脸上，布满了泪水。

然后，他听到了震耳欲聋的炮声。再然后，他就什么也不知道了。

2

金喜也听到了隆隆的炮声。那时候他躲在圣彼得堂尖顶的阁楼里，听着无线电收音机里播放的《解放军进行曲》，就有了一些得意扬扬的味道。他开始学习军人的样子，在阁楼里合着进行曲的节拍大步地走着。他知道黎明就要来了，收音机里一个声音很好的女人亲切地告诉他：人民解放军自南向北分路挺进上海，第二天早晨在跑马厅会师。苏州河北岸的桥头工事还站着国军士兵，横浜桥附近的弄堂在戒严。这些在金喜听来十分熟悉的地名，幻化成真切的景象，让金喜

| 第四十一章 |

仿佛像看电影一样,看到了一场黑白的战争。

金喜为自己猛灌了一口酒,他大声地在阁楼里朗诵《到延安去》:

沿着无尽的山梁,和奔腾的河流,我们到延安去;

经过一次次路途的困倦,和黑暗里内心的煎熬,我们到延安去;

四面八方的风,告诉我何处可以得到安慰,我们到延安去;

在寒冷的空气里,哪里才可以温暖冻僵的脚趾,我们到延安去;

快去那光明辉耀的地方,快去那火把照亮的前方,我们,到延安去!!!

他认为他就有可能要去延安了,迟到了将近十年,他终于可以成行。他去延安一是要看看那座宝塔,二是要去会会那里的同学们,告诉他们我金喜不是汉奸。

实际上金喜一直不知道,那时候党中央和许多的年轻学生,早已不在延安。延安在金喜的脑海里,只是一个十分向往的图案。

然后,战争就结束了。战争总是要结束的。

3

金喜回到了他的家。他仍然选择在夜晚或清晨爬上屋顶,用那支"海哲牌"长筒望远镜窥望着上海的一些局部。当然他还会去六大埭菜场的门口,看那些小布告里的异体字,希望能接到"木匠"向他下达的指令。但是很快他就失望了,"木匠"好像已经忘了这个"四丫头"的存在。

向延安

一个清晨，金喜的长筒望远镜的镜头里走进了海叔。海叔正向这幢三层小楼走来，而且越走越近。金喜忙匆匆地从楼上下来，由于匆忙的原因，他还在楼梯口重重地摔了一跤。他摸摸额头上迅速鼓起的一个包，跌跌撞撞地跑向院子，越过天井，就在他打开院门的时候，海叔刚好走到了院门口。这时候的海叔，已经穿上了解放军的军装。

海叔笑了，他伸出手去握住金喜那双不知所措的手，说：金喜同志，你隐藏得真深。

金喜说，我想去延安，这下我可以去延安了吗？

海叔说，"木匠"同志牺牲了，他的大名叫向金山。他死的时候，全身骨头都被敲断了，但是……

海叔说到这儿的时候，声音哽咽起来，脸上迅速布满了泪珠。他接着说，但是，他的每一寸被敲断的骨头上，寸寸都写满了忠诚。

金喜泪如雨下，那个赌棍；那个私自把药品运走，坑了金水兄弟俩的哥哥；那个不太多话，却神出鬼没的人，就是一直在向他发布指令的"木匠"。

金喜说，果然是他！

金喜狠狠地擦了一把眼泪，又说，海叔，我想马上去延安行不行？

海叔说，木匠留下的最后一句话是：金喜，你得养好向家的后代。

金喜说，你怎么知道得那么详细？

海叔说，因为刑房里有我们的同志。另外我还必须告诉你，"木匠"同志的妻子叫袁春梅，代号"蝶"。

金喜随即呆若木鸡。

海叔留下了最后的指令："四丫头"，继续等候命令！

金喜啪地立正，敬了一个十分不标准的军礼：是！

这时候，庆祝上海解放的锣鼓声从远处的大街上震天动地地传了过来，向这边像海浪一般地滚动着。海叔向金喜行了一个军礼，然

第四十一章

后转过身大踏步地离开了。在海叔走出很远的时候,金喜还在淌着眼泪。他觉得自己的眼睛一定是出了一点儿毛病,不然怎么会有那么多流也流不完的眼泪?

金喜像想起什么似的,对着海叔的背影大声地喊:海叔,你们送我去延安!我要去延安!!!

后来

    金喜一直没有等到海叔的指令，因为海叔后来调走了，并且牺牲在解放浙江舟山的战役中。能证明金喜曾经参加共产党地下组织的人，一个都不剩了。而罗家英，也仅仅是对金喜的身份感到神秘而已。在1952年，十五岁的曾经叫过阿黄，后来改名为小饶的那只猫老死在金喜的怀中。死前它突然对着金喜叫了一声，这是它唯一的一次发音。金喜仿佛预感到了什么，他忙抱起小饶，看到小饶的眼皮慢慢地合拢了。它是老死的，金喜将它埋在苏州河边，让它一直都可以看到苏州河的风景。

    金喜后来住在一处叫作丹桂坊的石库门中，一张书桌上纤尘不染地放着当年罗家英留在稽查六处办公室的安琪儿石膏像和电熨斗。无所事事的时候，他会经常去苏州河边看穿梭的船只。有时候他也会去福开森路看那儿的洋房，他喜欢站在那棵粗大的梧桐树下，看罗列留下的那幢空无一人的房子。那儿成了一群流狼猫的集居地，金喜想，原来人和房子都是一样的，荒凉起来的时候，你总是没有法子阻挡。

    在更多的时间里，金喜会听听那只老掉牙的留声机和饶神父留下的无线电收音机。在他家的墙上，贴着一张发黄了的延安抗大的招生广告，以及一张延安地图。地图上"延安"两个字被向金喜画一个红圈。很多时候，向金喜会对那个红圈发呆，他觉得那里面住着他的一

| 后　来 |

个梦。

　　无数个清晨,金喜仍然会面对着那张招生广告,大声地朗读《延安之歌》,或者《到延安去》的台词。他说袁春梅、武三春、李大胆,还有小饶,都听好了……现在由向金喜同志朗读《延安之歌》!

再后来

二十多年后的一个春天。上海春光棉纺织厂的厂门口挂出了热烈欢迎市领导视察的标语。厂里组织了一个上海解放图片展，要请首长来讲讲。在讲的时候，台下的金喜一眼看到了台上已经发福的罗家英。罗家英即兴为大家朗读了一段《到延安去》。

中午在食堂的小餐厅，厂部领导接待市里的首长，厨房里的厨师金喜特意做了一道红烧狮子头，这是菜单里没有的。罗家英吃到的时候愣了一下，因为她知道只有金喜的红烧狮子头会做出这样的味。她提出要见这个厨师。在厨房里，金喜已经醉得摇头晃脑了，手里捏着那双他自己做的筷子，一根筷子上刻着"罗家英"，一根筷子上刻着"向金喜"。

罗家英见到金喜的时候眼含热泪，她说，我找了你二十多年，以为你已经不在了。向金喜说，你找不着我是因为我改名了，我现在叫向延安。

罗家英默默地从胸前解下军功章，佩在金喜的胸前。这时候向金喜才知道，罗家英最后还是嫁给了当年她不愿接受的方文山，这就是命。罗家英提出要去金喜家看看。望着罗家英臃肿的脸，金喜突然觉得罗家英其实是不漂亮的，首先她的鼻子就比较塌。但是在那段年轻得要发疯的岁月里，金喜为什么要发疯一般地爱上罗家英？

| 再后来 |

金喜佩着军功章的样子有些傻兮兮的，看上去他就是一名普通的脸上布满风尘的工人。他的表情十分平静，带着罗家英路过龙江街道胜利饭店时，他们都停了下来。金喜看到一个头发半白的胖女人正在为客人们下面条，她的手法娴熟。金喜站在阳光下眯着眼露出了笑容。他知道，在以前，这家店叫作凤仙面馆。

金喜说，家英，这是我第二个老婆。第一个老婆叫袁春梅，第二个叫凤仙。

结束

洒水车叮叮咚咚的声音终于响了起来，长夜已然过去，天色大亮，白色的光线落在我的床上。我像一件古董一样，懒散，老旧，毫无生机地平铺在床上。我的手伸出去，打开了那台红灯牌收音机。新闻联播的声音响起来，在我所有的回忆里，凤仙最后一个离场，她死于1984年冬天。而罗家英，在1968年的一个黄昏，把自己扔进了苏州河……

我老了。漫长的黑夜，以及上海，再见。

上海啊上海

关于《向延安》答记者问

记者：《向延安》的红色主题十分明显，你为什么要写下这样的一个故事？是你对红色题材十分迷恋？

海飞：我一直以为那时候激情澎湃的年轻人，一定会发生许多的故事。就算他们或牺牲，或终老，那些红色的记忆一定会一直残存在记忆里。我想写一个不一样的红色小说，以此缅怀和祭奠前辈们的青春。我认为《向延安》较为真实地还原了那时候年轻人的状态。并不是我对红色题材特别迷恋，我把这个小说当成一场电影来写。每个人的一生都是一场电影，每个人的青春也都是一场电影。写作的过程中，我的脑海里飘荡着那时候的镜头，栩栩如生。我迷恋弹壳落地的声音，迷恋老旧的上海，迷恋远去的炊烟。

记者：从小说的内容看，这是一个十分上海的故事，小说主人公向金喜心怀延安，但是为了革命他始终不能成行。你为什么要选择上海作为故事的发生地？

海飞：我一直热爱着上海。上海是一个产生故事的地方，她有弄堂，也有高楼，有苏州河、外白渡桥，以及那些老人一般的老房子。那层层叠叠的建筑中，深藏着一个个密不透风的故事。所以我选择了故事的发生地点：上海。我选择的时间段是从二战时期开始，到解放战争结束。二战同样是一个令我迷恋的时间段，倒不是迷恋这个时段的血腥，或是充满刚性的枪炮声。我迷恋的是这个时段生发的悲欢离合，人性的复杂与情感的纠结，会在这样的时段内显现到极致。我选择上海的另一个原因是，上海住着我的半个童年。她直接影响了我对这个世界的认知，我认为在我童年时期，我的心里就已经开始书写沉闷、巨大、瑰丽的上海了。

记者：我对你小说背后的事物更感兴趣，知道了你为什么把小说发生地选择在上海，更想知道的是你设置的人物关系。你为什么要把主人公设计成大厨，仅仅是为了让小说更贴近地气，让人物更容易接近民间吗？

海飞：我在设计一个有趣的人。向金喜几乎和他被流弹击中的父亲有着相同的爱好，他们热爱着新鲜的事物，所以会用望远镜望远，甚至爱留声机，爱收音机，爱勃朗宁手枪，爱一切未知的但却让人怦然心动的人和事。向金喜身为一名家里有着大药房的少爷，固执地爱着厨艺也有十分的事理性。古代的皇上也有热爱杀猪、砌墙的，他一名少爷爱炒几个小菜太过正常。我让他成为大厨，只是觉得无论是游走在日本特务机关秋田公司，还是在淞沪警备司令部里在后勤处谋职，他吊儿郎当的大厨形象十分合适与贴切。在上海的弄堂、石库门或者苏州河畔，在上海的任何角落，都曾经弥漫着阵阵菜香。我就十分怀念外婆在弄堂里制造的菜香，她会把做菜当成事业来做。既然如此，那么在多年以前向金喜也可以是一名称职的大厨。而实际上我更想说的是，抛却无私的革命，他更是一名最正义的中国人。

记者：我也知道在那个血与火的时代里，很多年轻人都奔向了延安。我私底下认为，尽管那是一件艰苦卓绝的事，但同样也是一件美妙无比的事，因为年轻。年轻是有光亮的，年轻的光亮有时候很灼人，她让人羡慕。我想知道这个长篇有没有原型，人物的结构又是怎么样的？

海飞：原型可以分为两种，一种是事件，一种是人物。《向延安》里充斥着大量真实的碎片，比如难民救助站，比如国民党军队和日本军队对前往延安的青年学生的拦截，比如日本特务机关里的投毒案……而在小说人物中，比如堪称"中国的辛特勒"的独臂神父，以及那些无数奔赴延安的年轻人，还有夫妻为不同的理想而劳燕分飞。在这个小说里，有最紧密的人物结构，那就是在向家的兄妹中，大哥是秘密的地下党人，二哥是汪伪特工，姐夫是军统锄奸队员，姐姐是革命的激进分子并且奔向了延安，而小说主人公向金发，则在懵懂中踏上了革命之路，成为永远也没有去成延安，却信念无比坚定的共产党人。在这样的人物结构中，主义的碰撞如两根高压电线的突然交错，产生了强大的火花。所有的爱恨情仇，都在一幢苏州河畔的小洋房里紧锣密鼓地上演。我比较喜欢这样的紧锣密鼓，因为她是小而密集的，她不发散、不广泛，但是却最纠集。

记者：在你的描述中，我看到了旧上海的影子，仿佛二十世纪三四十年代的上海街头旧像，像电影一般地浮现在眼前。既然你一直在写剧本，那么你这个小说和剧本有什么关系？是不是小说里面充斥了大量的影视元素？

海飞：我承认一个既写小说又写剧本的作家，很难把两种文体在写作过程中分割得十分清楚。她们相互影响，特别是剧本创作中大篇幅的对白和按剧情需要设置的小高潮，如果体现在小说中，这会让小说的质量十分糟糕。在《向延安》中，我在文字中留下了许多想象空间，也就是说我把枝繁叶茂的故事，用最简单的枝丫和数枚叶片就表达出来了。《向延安》里的一些对白，就是影视剧对白，但我尽量地减少使用，尽量地使用描述性的语言。如果要说这个小说有没有影视元素，我觉得元素最重的是人物结构，这完全是可以生发出无数矛盾与纠葛的人物结构。